CW00972077

L'AGENDA
KOSOVO

DU MÊME AUTEUR

(* TITRES ÉPUISÉS)

AUX ÉDITIONS GÉRARD DE VILLIERS

* titres épuisés

COMPILATIONS DE 5 SAS

AUX ÉDITIONS VAUVENARGUES

GÉRARD DE VILLIERS

L'AGENDA KOSOVO

Éditions Gérard de Villiers

COUVERTURE
Photographe : Thierry VASSEUR
Armurerie : Courty et fils
44 rue des Petits-Champs 75002 PARIS
maquillage/coiffure : Marion MAZO

© Éditions Gérard de Villiers, 2008.
ISBN 978-2-84267-878-4

CHAPITRE PREMIER

Le caporal Mario Vanzetti, du 7ᵉ régiment de Bersaglieri, alluma d'un geste machinal l'énorme projecteur planté en bordure du profond ravin au fond duquel coulait une petite rivière, la Bistrica, qui longeait l'arrière du monastère orthodoxe de Vesaki Decani, un des plus anciens du Kosovo, où vivaient une trentaine de religieux serbes. Le puissant faisceau lumineux illumina aussitôt la faille jusqu'à la petite passerelle de bois franchissant la Bistrica.

Le soldat italien activa ensuite deux projecteurs plus modestes qui éclairaient la langue de terre, coincée entre l'à-pic et les murs de pierre de cinq mètres de hauteur du monastère, où étaient installés le bâtiment préfabriqué et les toilettes transportables du poste de garde de la KFOR [1], lequel faisait partie de la protection de cet établissement isolé, situé aux confins du Monténégro et du Kosovo, dans les « Alpes shqiptares [2] », où alternaient collines boisées et profonds canyons. Un autre détachement de la KFOR, beaucoup plus important, était installé en face de l'entrée principale du monastère, sur la petite route de terre allant du village de Decani à la frontière du Monténégro, en suivant le lit de la Bistrica. Un check-point pré-

---

1. Force de maintien de la paix au Kosovo (OTAN et Russie).
2. Alpes albanaises.

cédé de chicanes permettait de filtrer la circulation
– réduite à quelques véhicules et des tracteurs – pour éviter les visiteurs indésirables. De gros rouleaux de barbe-
lés couraient le long des fossés et la KFOR avait installé
sur les collines se faisant face de part et d'autre du monastère deux postes de veille, occupés ponctuellement.

Bien entendu, en cas de problème, les soldats italiens
pouvaient demander des renforts, leur camp étant installé
sur les hauteurs du village de Decani, à dix minutes en
voiture.

Le monastère faisait partie des enclaves serbes extrêmement sensibles du Kosovo, qu'il fallait protéger de toute
incursion hostile. Depuis les émeutes antiserbes de
mars 2004, où des meutes de Kosovars déchaînés avaient
déferlé sur les villages et les monastères encore occupés par
des Serbes dans un Kosovo désormais ethniquement pur
– 90% de Kosovars de souche albanaise –, la KFOR voulait absolument éviter tout nouvel incident pouvant
faire dérailler le fragile processus d'indépendance prévu
pour la fin 2007. En 2004, il y avait eu 28 tués et 600 blessés, le centre de la ville de Prizren avait été incendié, comme
le petit monastère féminin de Devic, dans la vallée de la
Drenica, où les émeutiers kosovars avaient crevé les yeux
des icones, avant de mettre le feu à l'édifice.

Depuis juin 1999, le Kosovo, toujours officiellement
province serbe, vivait en apesanteur. Après plusieurs
années de «guerre de libération» fortement encouragée
par les États-Unis et l'Union européenne, les bombarde-
ments de la Serbie en avril 1999 avaient forcé le président serbe, Slobodan Milosevic, à évacuer le Kosovo.
Celui-ci, désormais occupé par les troupes de l'OTAN
– la KFOR – et administré par un organisme international,
la Minuk [1], attendait d'être fixé sur son sort.

Les Kosovars réclamaient l'indépendance avec de plus

1. Mission des Nations unies au Kosovo.

en plus d'insistance, alors que les Serbes ne voulaient pas en entendre parler.

Situation née d'un grand accès de lâcheté des puissances occidentales, à la conférence de Rambouillet censée décider de l'avenir du Kosovo, en 1999. Dans leur hâte à éteindre la nouvelle guerre des Balkans, les négociateurs occidentaux avaient promis aux Serbes que le Kosovo resterait éternellement serbe, et aux Kosovars qu'ils obtiendraient très vite l'indépendance... Après huit ans de palabres cahotiques, on en était au même point ! Normalement, il aurait suffi d'une résolution du Conseil de sécurité des Nations unies, remplaçant la résolution 1244 qui avait entériné l'autonomie du Kosovo, pour résoudre le problème. Hélas, la Russie avait volé au secours de la Serbie et averti qu'elle mettrait son veto à toute résolution du Conseil de sécurité accordant l'indépendance aux Kosovars. Or, ceux-ci, excédés de cet interminable retard, menaçaient, après un ultime délai de grâce de cent vingt jours, expirant le 10 décembre 2007, de proclamer unilatéralement leur indépendance.

Une perspective qui donnait des sueurs froides à tous les diplomates de l'Union européenne. Car cette indépendance, déclenchant une réaction en chaîne dans cette zone instable, risquait de remettre le feu aux Balkans. Alors, les dix-sept mille soldats de la KFOR se préparaient au pire, même s'il n'était pas certain. Tant de gens avaient intérêt à ce que cela se passe mal...

Ce minuscule territoire de 10 800 km² – à peine un gros département français – avait été divisé en cinq zones militaires tenues par la France, la Hongrie, les États-Unis, les Turcs et les Italiens. Ces derniers avaient hérité de la région jouxtant l'Albanie et le Monténégro, à l'ouest, la plus remuante. Le monastère de Vesaki Decani en était le point le plus « sensible », qu'ils surveillaient comme le lait sur le feu. Toute atteinte à ces îlots religieux était ressentie en Serbie comme un drame national...

Heureusement, il y avait peu de circulation sur la petite route desservant le monastère, à part quelques paysans et de petits trafiquants allant acheter au village de Plav, à une dizaine de kilomètres de la frontière, des cartouches de cigarettes, nettement moins chères au Monténégro.

Beppe Forlani, le second bersaglier du petit poste de veille, émergea du bâtiment préfabriqué leur servant de dortoir et de salle de garde et s'approcha du bord du ravin désormais éclairé *a giorno*, scrutant le sentier qui descendait jusqu'au lit de la rivière. La passerelle de bois qui franchissait le cours d'eau débouchait sur un chemin étroit menant au village kosovar de Decani, distant de trois kilomètres. De jour, il était assez fréquenté, car, sur le flanc de la colline, surplombant la passerelle, se trouvait une source dont l'eau, selon les villageois, guérissait toutes sortes de maux. La nuit, il n'y avait pas un chat. La circulation n'était guère plus dense sur le chemin longeant l'entrée du monastère, défendue vingt-quatre heures sur vingt-quatre. Casqués, équipés de gilets pare-balles, armes approvisionnées, les soldats de la KFOR interdisaient l'accès au monastère. Personne n'avait le droit de le visiter sans une invitation de l'iguman[1] ou une autorisation de la KFOR, qui ne les délivrait qu'au compte-gouttes.

Il y avait des raisons objectives à cette prudence : cette région du Kosovo avait toujours été à la pointe du combat pour l'indépendance et Decani un foyer d'extrémistes antiserbes. Durant les émeutes de 2004, une foule enragée était montée à l'assaut du monastère avec la ferme intention de le brûler et de massacrer ses occupants. Le détachement de soldats suédois qui gardait alors les lieux

---

1. Responsable religieux du monastère.

n'avait pu contenir les assaillants qu'en tirant au-dessus de leurs têtes à la mitrailleuse de 12,7, ce qui avait refroidi leurs ardeurs.

Ce n'était pas une vaine précaution. À une centaine de kilomètres de là à vol d'oiseau, dans la vallée de la Drenica, berceau de la lutte indépendantiste kosovare, les habitants de la vallée étaient parvenus à franchir le barrage des soldats danois défendant un petit monastère, totalement isolé en plein bois, et à mettre le feu au bâtiment vieux de plusieurs siècles… On avait pu évacuer par hélicoptère les sept religieuses qui y résidaient, leur évitant d'être brûlées vives. Depuis, les intrépides religieuses étaient retournées dans les ruines de leur monastère, en cours de reconstruction aux frais de l'Union européenne.

Malheureusement, les dix-sept mille militaires de la KFOR n'étaient pas certains de toujours pouvoir éviter le pire. Depuis 1999, date du départ des troupes serbes, la population serbe du Kosovo avait subi un nettoyage ethnique larvé, sous le regard impuissant de la Minuk, incapable de faire vivre ensemble deux populations qui se haïssaient.

Le Kosovo, peuplé d'environ deux millions d'habitants, était devenu le casse-tête de l'Europe et des États-Unis.

En 1999, le but affiché était d'arriver à un Kosovo multiethnique où Serbes, Albanais, Juifs, Roms, Gorans auraient vécu en bonne intelligence, sous la houlette éclairée d'administrateurs internationaux. Hélas, les bons sentiments étaient mal partagés au Kosovo, peuplé à 90 % d'albanophones musulmans, mais intégré à la Serbie qui le considérait comme le berceau de la nation. Au fil des ans, quelques centaines de milliers de Serbes étaient venus s'y installer au milieu de nombreux monastères orthodoxes. Bien que les Kosovars fassent leur service militaire dans l'armée yougoslave, les Serbes les considéraient un peu comme des « frères inférieurs ». Lorsque, dans les années 1980, un mouvement indépendantiste avait commencé à se manifester, la répression avait été brutale. Sur le thème « le Kosovo, c'est la Serbie ».

La résistance, aidée par les États-Unis et certains pays européens, s'était développée jusqu'au coup de théâtre de juin 1999, où les troupes serbes avaient évacué le Kosovo. Ensuite, pendant près de huit ans, on avait à coups de dollars endormi les Kosovars, ravis de reconstruire leur pays avec l'argent des contribuables européens. Tandis qu'on négociait avec les Serbes pour une indépendance officielle. En dépit des bonnes intentions de la Minuk, la population serbe du Kosovo s'était réduite comme une peau de chagrin. D'abord terrifiés pour le désir de vengeance des Kosovars, qui n'avaient pas vraiment été bien traités par la Serbie, beaucoup de Serbes étaient partis avec les troupes de Milosevic. Ensuite, de petits massacres en assassinats ciblés, en incendies, les Kosovars albanophones et musulmans avaient fait comprendre aux Serbes qu'ils n'étaient plus les bienvenus au Kosovo.

La « cohabitation pacifique » n'avait jamais existé que dans la tête des administrateurs de la Minuk, enfermés dans leurs bureaux climatisés. En 2007, il ne restait plus que 130 000 Serbes environ au Kosovo, une soixantaine de mille regroupés au nord, le long de la rivière Ilar, les autres répartis en diverses « poches », dont quelques villages serbes isolés qui résistaient encore, voués à une prompte disparition, tous les jeunes ayant fui en Serbie.

Mario Vanzetti et Beppe Forlani, modestes rouages de la KFOR, affectés pour un mois à la garde du monastère de Decani, s'apprêtaient à passer leur troisième nuit sur leur plate-forme coincée entre les hauts murs du monastère et le ravin, dans des conditions de confort sommaires. Comme ils n'avaient pas le droit de pénétrer à l'intérieur du monastère, ils étaient un peu comme des naufragés sur une île déserte, se relayant pour veiller vingt-quatre heures sur vingt-quatre sur les précieux moines.

Debout au bord du ravin, Beppe Forlani jeta un coup d'œil inquiet à la colline boisée s'élevant de l'autre côté. Quatre mois plus tôt, un malfaisant avait tiré une roquette de RPG 7 sur le monastère, à partir de là. Dieu merci, le projectile avait rebondi sur le mur, sans incendier l'église du XIIIe siècle.

Mais l'intention y était.

Il rejoignit ensuite Mario Vanzetti qui fixait le sentier descendant jusqu'à la rivière. Grâce au projecteur, on distinguait la passerelle comme en plein jour. Le bersaglier se tourna vers son copain.

— Tu crois qu'elle va venir ?

Mario Vanzetti haussa les épaules et remonta la courroie de son fusil d'assaut.

— Tu crois aux miracles !

Avant de gagner leur poste de veille, ils avaient été chargés du ravitaillement en eau et boissons gazeuses de leur unité. Normalement, les soldats de la KFOR n'avaient aucun contact avec la population locale et faisaient venir leur nourriture de leurs pays respectifs. Pas de permissions, pas de sorties en ville. Cependant, les unités de la KFOR étaient autorisées à se procurer les boissons sur place

Alors, pendant un mois, Mario Vanzetti et Beppe Forlani étaient descendus tous les jours à Decani chercher des caisses d'eau minérale et de sodas. Or, miracle, l'employée qui les servait était une brune pulpeuse, au regard brûlant et à la forte poitrine d'un blanc laiteux, qui baragouinait un peu d'italien ! À chaque achat, elle échangeait quelques mots avec les deux soldats, plaisantait avec eux et, pour tout dire, les allumait.

Pour eux, c'était le supplice de Tantale, car, leurs achats faits, ils remontaient dans leur camp établi en rase campagne, au-dessus du village, sans pouvoir en ressortir. Et retrouver leur « conquête », qui s'appelait Adile et qui, visiblement, avait un faible pour Beppe Forlani, lequel ressemblait vaguement à un danseur mondain, avec son petit collier de barbe et ses yeux charbonneux.

Hélas, c'était comme s'ils avaient été sur une autre planète…

La veille de leur départ pour leur nouvelle affectation, Beppe Forlani, fasciné par la bouche rouge et les gros seins blancs d'Adile, s'était lancé.

– On ne va pas se revoir, avait-il soupiré, demain, on est envoyés au monastère…

– Dommage ! avait déploré Adile qui semblait attristée de ce départ. C'est bête que vous ne puissiez pas venir en ville.

Beppe Forlani avait eu alors une inspiration de génie.

– Pourquoi tu ne viendrais pas nous dire bonjour là-bas ? avait-il proposé.

La jeune femme avait sursauté.

– Chez les moines ! Tu es fou !

– Non, pas chez eux, derrière, avait précisé le jeune bersaglier, expliquant où ils étaient affectés. Tu peux venir par le sentier qui longe la rivière, il y en a pour une demi-heure. On n'a rien à faire de toute la journée.

En dépit de l'envie palpable qu'elle avait de dire «oui», Adile avait protesté.

– Non, non, on me verrait !

– Tu n'as qu'à venir le soir ! Personne ne te remarquera, avait répliqué Beppe.

Ils étaient en train de charger la dernière caisse de soda. Adile lui avait lancé une œillade brûlante et avait dit très vite :

– J'essaierai !

Son regard était resté accroché à celui de Beppe plusieurs secondes et le jeune Italien avait senti qu'elle avait envie de lui. Il avait dû faire un gros effort pour ne pas prendre sur-le-champ ses seins à pleines mains. Depuis, il n'arrêtait pas de rêver à Adile. Sans beaucoup d'espoir.

La voix de son copain l'arracha à sa rêverie.

– *Fan culo !* Regarde !

Il tendait le bras vers le ravin. Beppe Forlani aperçut une silhouette en train de traverser la passerelle. Une femme en jupe longue qui s'apprêtait à prendre le sentier montant vers l'arrière du monastère, là où ils se trouvaient… Le jeune bersaglier fut submergé par un flot d'adrénaline et sentit son sexe gonfler d'un coup. Il n'arrivait plus à détacher les yeux de la silhouette en train de grimper vers eux, comme s'il craignait qu'elle s'évanouisse. Si la jeune Kosovare venait le retrouver à cette heure-ci, avec les risques que cela comportait pour elle, son but était clair.

– Salaud ! Tu ne vas pas t'embêter, lança Mario Vanzetti, avant de rentrer dans le bâtiment préfabriqué.

**

Les dix hommes, le visage masqué par une cagoule noire, progressaient à la queue leu leu le long d'un sentier étroit serpentant à flanc de colline, invisibles à cause de l'épaisse végétation. En tournant la tête vers la gauche, ils pouvaient apercevoir la masse sombre du monastère de Decani, de l'autre côté du ravin, piquetée de deux lumignons jaunâtres : des moines dans leur cellule, en train de lire ou de prier. Espacés de quelques mètres, les hommes avançaient d'un pas rapide, dans une obscurité presque totale.

Cinq d'entre eux portaient en bandoulière une Kalachnikov et le dernier avait dans son dos un RPG 7 et trois roquettes dans leur étui de toile. L'homme de tête s'arrêta quelques instants, écouta les bruits de la nuit, puis obliqua sur un sentier descendant vers le fond du ravin. S'accrochant aux buissons pour ne pas déraper sur le sol glissant, les autres suivaient, dans un silence absolu. Un quart d'heure plus tard, l'homme de tête sentit sous ses pieds les cailloux de la rivière. Il s'arrêta, rejoint par ses

compagnons qui se regroupèrent autour de lui et s'ac-
croupirent en attendant les ordres. Leur chef, qu'ils
connaissaient sous le pseudo de «Vula», releva la
manche de toile de son blouson pour regarder l'heure sur
le cadran lumineux de sa montre. Encore un bon quart
d'heure. Il avait préféré prendre de la marge. Son regard
se reporta sur le monastère : les deux lumignons s'étaient
éteints. Seule, la lueur crue du projecteur, en surplomb,
loin sur leur gauche, trouait la nuit. Une nuit claire, avec
un ciel piqueté d'étoiles.

Adile Uko émergea du sentier et s'arrêta pour
reprendre son souffle, en plein dans le faisceau du projecteur. Beppe Forlani en eut instantanément l'eau à la
bouche. La jeune femme avait attaché ses cheveux noirs
sur le sommet de sa tête, sa grosse bouche rouge lui mangeait le visage et elle portait une longue robe noire réhaus-
sée de sequins d'argent dont le profond décolleté en V
révélait ses lourds seins blancs.

Chaussée de sandales à semelle compensée, elle était
un peu plus grande que Beppe Forlani. Celui-ci s'avança
vers elle.

— C'est gentil d'être venue ! fit-il, la bouche sèche.

Brusquement, il se sentait tout gauche. Adile Uko
regarda autour d'elle.

— Où est ton copain ?

— Dans le poste de garde, dit Beppe. Il dort.

Il ne fallait surtout pas l'effaroucher. Il posa son
casque, son fusil et se débarrassa de son gilet pare-balles,
ne gardant que son treillis. Ensuite, il fit signe à la jeune
femme.

— Viens.

Ils gagnèrent l'ombre du mur, loin de la clarté brutale

du projecteur. Adile Uko regarda en direction du bâtiment
préfabriqué.

— Tu es sûr qu'il dort ?

— Oui, jura le jeune Italien.

Alors que Mario Vanzetti devait mater comme un
fou… Il s'approcha de la jeune femme, assez pour sentir
le souffle tiède de sa respiration.

— Je ne peux pas rester longtemps ! murmura-t-elle. Tu
es sûr que personne ne risque de venir ?

— Les moines ne sortent jamais la nuit, assura Beppe
Forlani, et les copains en faction devant le monastère
n'ont pas le droit de se déplacer.

Sournoisement, il s'approcha encore et posa une main
sur la hanche d'Adile Uko, dévorant la jeune femme des
yeux.

— Tu es belle ! souffla-t-il d'une voix rauque.

Le contact de la hanche tiède sous ses doigts le rendait
fou. Il n'avait jamais eu autant envie d'une femme. Brutalement, sans qu'il sache comment, il se retrouva collé à
la jeune Kosovare. Elle fit semblant de détourner la tête
quand il voulut l'embrasser puis, très vite, le laissa enfoncer une langue avide dans sa bouche… En quelques
secondes, ils furent collés l'un à l'autre, s'embrassant à
pleine bouche. Lorsque Beppe emprisonna un des gros
seins entre ses doigts, il crut qu'il allait éjaculer sur-le-
champ. Son sexe hurlait à la mort, sous la toile du treillis.

Adile se dégagea et reprit :

— Arrête ! Il faut être sage, je dois repartir.

Autant arracher un morceau de viande à un tigre
affamé…

Le jeune Italien tira sur la robe et les gros seins blancs
jaillirent presque entièrement du décolleté. Il se mit à les
pétrir sauvagement. Adile se laissa faire quelques instants, collée à lui, excitée de sentir contre son ventre le
sexe dressé du jeune homme. Puis elle l'écarta.

— On peut nous voir ! souffla-t-elle. On ne peut pas

aller ailleurs ? À l'intérieur du monastère… il y a une porte, là.

Effectivement, une petite porte en bois s'ouvrait dans le mur, permettant aux moines de descendre jusqu'à la rivière.

– Non, fit Beppe, elle est fermée de l'intérieur.

Fébrilement, il était en train de défaire les boutons de son treillis. Adile désigna alors la cabine des W.-C. chimiques.

– Et là ?

Beppe n'aurait pas osé le lui proposer, mais il ne fallait pas être plus royaliste que le roi. Après tout, si elle voulait se faire baiser dans les chiottes… Évidemment, son copain Mario ne pourrait pas les observer et lui en voudrait. Mais il n'avait pas le choix…

– *Bene ! Avanti* [1] *!* souffla-t-il.

Il ouvrit la porte et poussa la jeune femme à l'intérieur. Malgré elle, Adile se retrouva assise sur la cuvette et aussitôt Beppe plongea les deux mains dans son décolleté, sortant cette fois complètement les gros seins qui le fascinaient. Il crut que son pouls explosait lorsqu'il sentit les doigts d'Adile extraire de son slip son sexe raide. Sans façon, elle se pencha et l'enfonça dans sa bouche.

D'un geste, « Vula » fit signe à ses compagnons de le suivre. En quelques enjambées, il eut traversé la rivière presque à sec et gagné la rive où se trouvait le monastère. Un sentier presque invisible zigzaguait au flanc du ravin. Sur la gauche, à une centaine de mètres, il apercevait toujours le projecteur éclairant le fond du ravin, mais eux se trouvaient dans la zone d'ombre. En quelques minutes, les dix hommes arrivèrent au niveau du monastère, débouchant sur un terrain en friche, à droite du mur d'en-

1. Bien ! Allons-y !

ceinte allant jusqu'à la route. Il servait d'atelier en plein
air et de dépôt pour le bois. Les dix hommes se collèrent
le long du mur d'enceinte. Ils se trouvaient en contrebas
de la route, à une centaine de mètres du poste de garde
principal des Italiens.

Après avoir écouté un long moment, « Vula » longea le
mur et atteignit une petite porte en bois qui faisait communiquer l'intérieur du monastère avec cette zone. Il posa
la main sur le gros loquet de bois et le fit pivoter sans difficulté. Ensuite, il tira vers lui et le battant s'ouvrit silencieusement sur le jardin du monastère et la vieille église
du XIIIe siècle. À sa droite, « Vula » distingua la longue
allée montant vers l'entrée principale du monastère. En
face, une autre allée desservait la partie du bâtiment où
se trouvaient les cellules des moines, réparties entre le
rez-de-chaussée et le premier étage

La lune éclairait vaguement les lieux. « Vula » se baissa
et vérifia que son poignard était bien enfoncé dans sa
botte : s'il tombait sur un moine somnambule, il l'égor-
gerait. Pas question de laisser entraver sa mission. Le
cœur battant, il franchit la petite porte, pénétrant à l'intérieur du monastère, suivi de ses hommes, marchant sur la
pelouse pour ne pas faire crisser le gravier. Il touchait au
but.

CHAPITRE II

Beppe Forlani lâcha un grognement sauvage au moment où il se vidait dans la bouche d'Adile Uko sans avoir pu se retenir. Son plaisir fut si violent qu'il faillit lui en arracher les seins… Pourtant, sa libido n'était pas assouvie et il était toujours aussi raide. Saisissant Adile par son chignon, il se mit à aller et venir dans sa bouche et, bon gré mal gré, elle dut continuer sa fellation, avec un effet presque immédiat.

Cette fois, lorsqu'il fut de nouveau bien raide, le jeune Italien ne tenta pas le diable. Soulevant sa partenaire par les aisselles, il la força à se lever, plongeant aussitôt la main sous la longue robe noire qu'il retroussa jusqu'au ventre. Ses doigts crochèrent l'élastique d'une culotte qu'il tira vers le bas comme un furieux. Il essaya ensuite de pénétrer la jeune femme mais il était gêné par la cuvette. Alors, il fit pivoter Adile et la plaqua contre la paroi latérale de la minuscule cabine, collant son membre brûlant contre sa croupe. Adile l'aida en se cambrant et le membre s'enfonça d'un trait au fond de son ventre. Le jeune soldat poussa un soupir de soulagement.

Enfin, il baisait ! À grands coups de reins, faisant trembler la paroi, les mains crispées sur les seins d'Adile, qui se mit à couiner de plus en plus fort. Affolé, Beppe Forlani lui plaqua la main sur la bouche tout en continuant à la marteler. Toute la cabine des W.-C. en était secouée et, emportée par le plaisir, Adile enfonçait ses dents dans la paume du jeune homme, sans même qu'il s'en aperçoive.

Il se dit qu'il allait la sodomiser, mais c'était trop tard : il explosa pour la seconde fois.

Pantelante, Adile Uko demeura collée à la cloison, emmanchée jusqu'à la garde, le cœur battant la chamade. Beppe réalisa qu'il ne pourrait pas rebander une troisième fois et commença à se dégager. C'était quand même une sacrée soirée ! Il n'aurait jamais pensé que cette petite villageoise vienne jusque-là pour se faire baiser. Fièrement, il en conclut que les Kosovars devaient avoir des petites queues.

Essayant de se confondre avec le mur intérieur du monastère, les hommes de « Vula » retenaient leur souffle. Les portes d'une partie des cellules monacales s'ouvraient à quelques mètres d'eux. « Vula », accompagné d'un des leurs, venait d'entrer silencieusement dans la cellule la plus proche, celle qui s'ouvrait sous une voûte menant à la porte donnant sur l'arrière du monastère. Simplement en tournant la poignée. Aucune cellule n'était fermée à clef.

Soudain, les hommes restés à l'extérieur se raidirent : des craquements de plancher venant de la terrasse située au-dessus d'eux indiquaient une présence. Un moine, probablement insomniaque, était en train d'y faire les cent pas. À trois mètres au-dessus d'eux ! Mais pour les apercevoir, il aurait fallu qu'il se penche par-dessus la rambarde, et encore ! Ils se confondaient avec le mur, grâce à leurs vêtements noirs.

Tétanisés quand même, ils attendirent, les mains crispées sur leurs armes. Les soldats italiens de la KFOR ne se trouvaient qu'à une centaine de mètres, au bout de l'allée menant au portail. Ils pouvaient accourir en quelques minutes et appeler des renforts qui rendraient leur fuite impossible.

Ils se tournèrent vers la porte de la cellule d'où aucun bruit ne filtrait. Déjà presque deux minutes que les deux membres du commando y avaient pénétré.

*

Beppe Forlani émergea de la cabine des W.-C., étourdi et ravi, sonné par le plaisir violent qu'il venait d'éprouver. Une voix chuchotant à côté de lui le fit sursauter.

— Putain ! Tu ne t'es pas ennuyé !

Il distingua son copain Mario Vanzetti, sorti silencieusement du poste de garde.

— *Si ! si !* bredouilla-t-il, c'était extra.

Il en avait les jambes coupées. Soudain, en baissant les yeux, il distingua quelque chose de pâle qui émergeait du pantalon de treillis de l'autre bersaglier. Son copain avait sorti son sexe et le masturbait doucement. Beppe Forlani se fit la réflexion qu'il était beaucoup plus long que le sien.

— Ça t'ennuie si j'y vais aussi ? demanda timidement Mario Vanzetti. J'en peux plus. Quand je l'ai entendue gueuler, j'ai failli cracher la purée…

Beppe Forlani n'avait pas envisagé cette solution. Il tourna la tête vers la cabine à la porte rabattue. Après tout, il avait son compte et si cela faisait plaisir à son copain…

— Vas-y ! souffla-t-il, mais fais gaffe qu'elle ne gueule pas !

D'un pas de somnambule, il se dirigea vers le bâtiment préfabriqué et se laissa tomber sur la couchette, repassant dans sa tête les merveilleuses dix dernières minutes. Il sentait encore dans ses paumes la masse tiède des gros seins blancs de la Kosovare.

* * *

Le frère Momcilo Padrovic dormait profondément lorsqu'il entendit un craquement du côté de sa porte. Il se
dressa sur son séant et alluma, croyant qu'un chien était
entré par le battant mal refermé. Il eut le temps de dis-
tinguer deux hommes cagoulés, tout en noir, avant que
l'un d'eux ne se jette sur lui, le repoussant dans son lit.
Une main gantée de noir lui enserra la gorge et une voix
murmura à son oreille, en serbo-croate :

— Ne crie pas ou je t'égorge ! Fais ce que je te dis et
tout se passera bien… Lève-toi tout doucement.

Paniqué, le pouls à 200, le jeune moine se leva. Vêtu
d'un long gilet de corps et d'un caleçon, il était barbu,
très maigre, myope, et n'avait aucune force physique.
L'idée de résister à ses agresseurs ne lui vint même pas.
C'était un kidnapping ! Incroyable ! Que faisaient les soldats chargés de les protéger ? L'homme lâcha sa gorge et
passa derrière lui, plaquant sa main gantée sur sa bouche.

— Mets tes chaussures ! souffla-t-il.

À tâtons, le jeune moine enfila ses brodequins. Aussitôt, il sentit deux mains lui prendre les poignets et les
réunir derrière son dos, puis le contact froid de l'acier. On
venait de lui immobiliser les bras avec des menottes qui
entraient dans sa chair. Les deux hommes le firent sortir
de la cellule et l'un répéta, en posant la lame d'un poignard contre sa gorge :

— Si tu cries, je t'égorge.

Les trois hommes émergèrent de la voûte et le jeune
moine, encadré par ses deux ravisseurs, dut se diriger vers
le fond du jardin, puis franchir la petite porte donnant sur
l'extérieur.

À peine les trois hommes eurent-ils disparu que deux
autres membres du commando poussèrent la porte de la
cellule en face d'eux. Le battant s'ouvrit avec un léger

grincement et ils aperçurent un homme agenouillé à côté de son lit, abîmé en prière, à la lumière d'une veilleuse rouge. Il n'eut même pas le temps de se redresser que déjà il était à moitié étranglé.

Lorsque Adile Uko vit la porte de la cabine des W.-C. se rouvrir, elle pensa que c'était son éphémère amant qui revenait. Elle avait encore les jambes coupées et protesta à voix basse :

— *Jo, jo*[1], je dois partir.

Dans son trouble, elle avait parlé albanais. Déjà, le nouveau venu la repoussait contre la cloison et farfouillait brutalement sous sa longue robe noire, négligeant ses seins pourtant découverts.

— *Jo,* répéta-t-elle.

Seulement, c'était une tornade. Une main arracha la culotte qu'elle venait tout juste de remettre et sa propre main effleura un sexe nu et brûlant. À sa consistance et à sa longueur, elle réalisa que ce n'était pas celui qui venait de la transpercer ! Déjà, l'élastique de sa culotte craquait. Plaqué contre elle, son agresseur alla droit au but. Fléchissant légèrement sur ses jambes, il ajusta rapidement son sexe à l'entrée de celui d'Adile puis donna un puissant coup de reins, s'enfonçant jusqu'à la garde dans le ventre de la jeune Kosovare.

Celle-ci eut le souffle coupé par la violence de l'assaut et ne pensa plus à résister. Déjà, l'autre se démenait comme un furieux, la martelant à toute vitesse. Mais la position était inconfortable et il glissa hors d'elle. Aussitôt, il la retourna, remonta la robe et, cette fois, s'enfonça en elle plus facilement, murmurant quelques mots à son oreille.

1. Non, non !

– Tu vas en prendre plein le cul, salope ! Plein le cul !

Comme il avait parlé italien, Adile ne comprit pas le sens de ses paroles mais elle sentit le sexe aller encore plus loin que le précédent. Clouée à la paroi de plastique par ce dard puissant, elle se laissa faire.

C'était la cinquième cellule dans laquelle ils pénétraient. Déjà quatre moines avaient disparu dans l'obscurité par la petite porte de bois, escortés par leurs kidnappeurs. « Vula » avait décidé de procéder ainsi pour limiter la casse s'ils étaient surpris. Chaque équipe de deux comportait un homme armé, capable de retarder une contre-attaque éventuelle des soldats italiens. Peu probable : un silence minéral régnait toujours sur le monastère et même les craquements du plancher de la terrasse avaient cessé. Le moine avait dû retourner se coucher.

Cette fois, le religieux qu'ils avaient réveillé était grand et costaud, barbu comme les autres. Il parvint pendant quelques secondes à échapper à la poigne qui l'étranglait et glapit en serbe :

– Qu'est-ce que vous voulez ? Qui êtes-vous ?

La pointe d'un poignard s'enfonça un peu dans son ventre plat et une voix lança :

– Tais-toi ou on te tue !

Tétanisé, il obéit. Lui aussi dormait en sous-vêtements. En un clin d'œil, il fut chaussé, menotté et poussé hors de sa cellule. Un de ses ravisseurs lui maintint une main sur la bouche, aussi longtemps qu'ils furent dans le monastère. Lorsqu'ils eurent franchi la petite porte de bois, le dernier des kidnappeurs la referma soigneusement et remit en place le gros loquet, rejoignant ensuite son compagnon qui poussait leur prisonnier vers le sentier menant à la rivière. Ils descendirent la pente sans un mot. Le reste du groupe les attendait de l'autre côté du ruis-

seau, tapi dans la broussaille de la berge. Toute l'opération n'avait pas duré plus de vingt minutes. «Vula» leva
le regard vers le promontoire où était installé le projecteur. Aucune activité de ce côté-là.

— Allons-y, souffla-t-il.

Ils remontèrent jusqu'au sentier menant au village de
Decani. Ils y seraient en une demi-heure maximum.

Pour la troisème fois, Mario Vanzetti s'enfonçait dans
le ventre de la jeune Albanaise. La cabine des W.-C. tan-
guait sous ses coups de boutoir et il éprouva une certaine
difficulté à arriver à l'orgasme. Bien sûr, il avait forcé la
Kosovare à le sucer mais, en dépit de sa jeunesse, il arrivait au bout de ses possibilités. Enfin, il vida le peu de
sperme qui lui restait avec un grognement étouffé et se
retira lentement du ventre inondé, le souffle court.

— Tu es une bonne petite ! murmura-t-il en italien, flat-
tant la croupe d'Adile Uko. Il faudra revenir souvent.

Elle ne répondit pas et il sortit, remettant son sexe dans
son treillis, humant l'air frais de la nuit. Il avait envie de
chanter et de danser. Il regagna le préfabriqué, devina
dans la pénombre Beppe, allongé sur sa couchette, en
train de cuver, lui aussi, ses orgasmes.

— Putain, quel coup ! lança-t-il.

Beppe ne répondit pas. Il s'était endormi. Mario Vanzetti s'allongea à son tour, le cœur encore palpitant, le
ventre brûlant. Apaisé. Normalement, les consignes de la
KFOR exigeaient d'avoir en permanence une sentinelle
dehors, mais personne ne viendrait voir ce qu'ils faisaient.
Du moins, pas avant l'aube. Ceux de devant étaient obligés de traverser tout le monastère pour arriver jusqu'à eux
et ne le faisaient qu'en cas d'urgence.

Sans même s'en rendre compte, Mario Vanzetti bascula dans un sommeil réparateur.

**

Les quinze hommes progressaient d'un pas rapide sur le sentier invisible dans les bois. «Vula», en tête, commençait à apercevoir les lumières de Decani. Encore un quart d'heure de marche. Les cinq moines kidnappés marchaient eux aussi en silence, terrifiés, gelés, trébuchant sur le sol inégal. Dès que l'un d'eux ralentissait, il recevait un coup violent dans les reins, accompagné d'une menace chuchotée. Ils n'avaient pu se parler et ne comprenaient pas où on voulait les mener. Tout ce qu'ils voulaient, c'était s'arrêter : cette marche était épuisante.

Enfin, le sentier redescendit et ils débouchèrent dans un espace découvert, juste derrière le village. Un patchwork de champs et de jachères. Ils continuèrent à la file indienne dans l'herbe, toujours aussi silencieux. Le frère Momcilo Padrovic se demanda où on les emmenait. Dans le Kosovo contrôlé par la KFOR, on risquait de vite les retrouver. L'alerte serait donnée dès l'aube, à l'heure de la première prière, vers quatre heures du matin, quand les autres moines remarqueraient leur absence.

D'ici là, ils n'auraient pas le temps d'aller très loin.

Adile Uko arriva, essoufflée, à la passerelle de bois enjambant le ruisseau. Le feu au visage, morte de honte et rompue de plaisir. Elle n'avait même pas remis sa culotte, déchirée, et le sperme de ses deux amants successifs coulait sur ses cuisses. Bien sûr, en allant rejoindre le jeune Italien, elle savait à quoi s'attendre, mais cela la mettait mal à l'aise d'avoir fait l'amour avec son copain aussi. Elle se consola en se disant qu'elle avait été violée, ce qui était un peu vrai.

Ces deux jeunes gens virils lui avaient quand même fait passer un très bon moment.

En tout cas, sa copine Iliriana se régalerait de son récit. C'est elle qui lui avait conseillé de se rendre à ce rendez-vous un peu fou. Indépendantiste farouche, elle avait un cousin à La Haye[1], ce qui lui donnait une certaine autorité dans le village peuplé de radicaux antiserbes. Son père tenait une station d'essence à l'entrée du village et était, lui aussi, un ancien membre de l'UCK[2].

Iliriana, depuis qu'Adile lui avait parlé de son Italien, la poussait à aller le rejoindre. Elle lui avait même demandé quel jour elle irait, laissant entendre qu'elle pourrait l'accompagner. La veille, Adile l'avait avertie, mais Iliriana s'était dégonflée.

La jeune Kosovare trébucha et faillit tomber. En se relevant, elle entendit soudain un bruit incongru à cette heure : le « teuf-teuf » d'un petit moteur deux temps ! Comme ceux qui propulsaient des « daboubs », des bennes motorisées importées de Chine, munies de grands guidons qui les faisaient ressembler à des Harley-Davidson. On en croisait tout le temps sur les chemins de campagne et certains Roms les avaient transformées en machine à couper le bois, branchant sur le moteur une scie circulaire. Ils allaient ensuite de village en village couper le bois de chauffage des paysans qui n'avaient pas à se déplacer. Seulement, personne ne travaillait la nuit, d'habitude. Adile se dit qu'un original avait des insomnies.

Elle avait parcouru cent mètres quand le bruit cessa comme il avait commencé et elle n'y pensa plus.

---

1. Siège du Tribunal pénal international.
2. Armée de libération du Kosovo.

Calmement, «Vula» déplia le plateau d'acier où on posait les bûches et lança le moteur du «daboub». Il avait eu beau le couvrir d'une couverture, le vacarme lui parut effroyable. Heureusement, ils se trouvaient à plus de cinq cents mètres du village, à côté d'un énorme stock de bois que les Roms avaient commencé à débiter voilà plusieurs jours. Ils quittaient Decani le soir et revenaient le matin très tôt.

Dix mètres plus loin, le reste du commando attendait, accroupi sous la grange. «Vula» fit un signe et deux de ses hommes se levèrent, entraînant Momcilo Padrovic. Celui-ci titubait sur ses longues jambes maigres et ne comprit pas ce qu'on lui voulait. Tout se passa très vite. Un des hommes le força à s'agenouiller tandis que l'autre, le prenant par les cheveux, lui posait le cou sur la plaque d'acier.

«Vula» n'eut qu'à pousser un levier bien graissé et la scie circulaire entama la nuque du moine serbe comme elle l'aurait fait d'une bûche. Les scies ne pensent pas et la tête fut séparée du corps en quelques secondes. C'était beaucoup moins résistant qu'une bûche de chêne… Le corps retomba sur le côté et «Vula» plaça la tête dans un grand panier d'osier apporté spécialement. Déjà, deux autres de ses hommes amenaient le deuxième moine. Celui-ci n'avait pas réalisé non plus et ne résista même pas. En sept minutes exactement, les cinq moines furent décapités, sans le moindre effort.

À peine la dernière tête avait-elle été jetée dans le panier que le chef du commando arrêta l'engin et regarda en direction du village. Pas la moindre lumière : le bruit du moteur n'avait alerté personne.

Aidé d'un de ses hommes, il prit le panier et s'éloigna en direction de la route, tandis que le commando s'enfonçait à nouveau dans les bois pour n'en ressortir que beaucoup plus loin.

«Vula» ne les reverrait pas, repartant de son côté, sitôt la dernière partie de sa mission accomplie.

Vers quatre heures et demie du matin, Nasmi Taqi, le
gérant de l'hôtel *Iliria*, situé à l'entrée du village de
Decani, juste en bordure de la route, fut réveillé par des
coups violents frappés à la porte de l'hôtel. Il alla ouvrir
et se trouva nez à nez avec deux bersaglieri à l'air ren-
frogné, reconnaissables à leurs coiffes rouges ornées
d'une plume.

— Que se passe-t-il ? demanda-t-il.

— Cinq moines ont été enlevés cette nuit du monastère,
annonça l'officier italien. Nous devons fouiller le village.
Avez-vous remarqué quelque chose de suspect ?

— Non, je dormais, bredouilla le Kosovar, encore
abruti de sommeil.

Les phares de plusieurs véhicules de la KFOR illuminaient les alentours. Des soldats commençaient à se
déployer partout, barrant la route et s'enfonçant au milieu
des maisons. Soudain, une exclamation horrifiée éclata un
peu plus loin. L'officier italien échangea quelques
phrases dans sa langue avec un des militaires et entraîna
brutalement le Kosovar.

— *Avanti !*

Nasmi Taqi se laissa faire, rejoignant un groupe de soldats italiens agglutinés à une dizaine de mètres de là. Tous
fixaient le sol. Le lieutenant dirigea sa lampe sur cinq
objets posés sur le sol, en cercle, avec un papier blanc au
milieu.

— Vous savez qui a commis cette horreur ? demanda-
t-il d'une voix blanche.

Le gérant de l'*Iliria* demeura muet, tétanisé, horrifié,
fixant les cinq têtes barbues aux yeux clos. Décapitées
nettement, comme guillotinées. Il avait participé à la
Résistance, mais n'avait jamais vu une telle horreur. L'officier italien lui courba la nuque, braquant sa torche

électrique sur le papier posé sur le sol au milieu des têtes coupées.

— Qu'est-ce qu'il y a écrit là ?

Le Kosovar bredouilla lentement :

— *Ujqit e zi té Kosovés.*

— Qu'est-ce que cela veut dire ?

— Les Loups noirs du Kosovo.

— Et le reste ?

Le Kosovar avala sa salive et traduisit d'une voix tremblante l'inscription en lettres rouges : «Indépendance immédiate. Ceci est un premier avertissement à tous les ennemis du Kosovo libre. Nous avons exécuté cinq membres des forces d'occupation serbes. D'autres suivront.»

Blanc comme un linge, le lieutenant des bersaglieri fit un signe de croix machinal et bredouilla :

— *Mama mia !*

D'un pas incertain, il s'éloigna vers son 4×4 Touareg de commandement et appela le Com-KFOR[1] à Pristina. La situation le dépassait.

Dans quelques minutes, la KPF[2] et la Minuk seraient sur le pont et tout le Kosovo se réveillerait dans l'horreur. Depuis 1999, on redoutait un acte barbare de ce genre et il fallait que cela tombe sur lui.

1. Commandement de la KFOR.
2. Kosovo Police Force.

CHAPITRE III

De violentes rafales de vent balayaient le petit tarmac de l'aéroport de Pristina où il n'y avait qu'un seul avion, un Fokker de la Malev, en partance pour Budapest. On avait l'impression que les gros nuages noirs qui dévalaient des collines au fond de l'horizon allaient écraser les petites maisons de briques rouges qui hérissaient le paysage plat.

Un temps sinistre, épouvantable.

Lorsque Malko s'engagea dans la passerelle, une rafale de pluie glaciale lui gifla le visage et il eut envie de remonter dans l'avion qui l'avait amené de Ljubljana, en Slovénie. C'était horriblement compliqué d'arriver au Kosovo et Elko Krisantem avait dû le conduire en voiture du château de Liezen à Ljubljana, où il avait embarqué sur un vieux DC 9 de la JAT[1] qui semblait prêt à se désintégrer.

Les passagers du vol de Ljubljana filaient en courant sous la pluie pour gagner l'aérogare et il se joignit à eux. Regrettant déjà la soirée passée avec Alexandra dans la capitale slovène. Les formalités de police étaient réduites à leur plus simple expression, le Kosovo n'étant pas vraiment un pays, juste un territoire, sous administration onu-

---

1. Yougoslavian Air Transport.

sienne. À peine eut-il récupéré ses bagages qu'un jeune homme au crâne rasé, vêtu d'un costume gris, cravaté, une allure de cadre supérieur, s'approcha de lui.

— *Mister* Linge?

— Oui.

— Je suis Vernon Stillwell et je dois vous accompagner à votre hôtel. Ensuite, vous avez rendez-vous à la mission, avec Mrs Pamela Bearden.

— La mission?

Le jeune Américain sourit.

— Oui, c'est comme ça qu'on appelle les ambassades, ici. Mrs Bearden vient juste de revenir de Naples et vous attend.

Pamela Bearden était la responsable de la CIA pour le Kosovo, une excellente spécialiste, lui avait assuré le chef de station de Vienne en le conviant à gagner Pristina, capitale du futur Kosovo indépendant.

Ils prirent place dans un énorme 4×4 Cadillac Escalade noir, aussi massif qu'un char Abrams et presque aussi blindé, piloté par une blonde au visage ingrat et à la carrure de boxeur.

Très vite, après avoir quitté l'aéroport, ils s'engluèrent dans une interminable file de voitures avançant au pas. Les autoroutes étaient inconnues au Kosovo et les routes à deux voies n'arrivaient pas à absorber les innombrables 4×4 des organisations internationales, KFOR, Minuk, OSCE et autres sigles barbares. Comme les Kosovars, à peine sortis de l'occupation serbe, s'étaient jetés sur les voitures, on ne pouvait tout simplement plus circuler. Ils mirent un quart d'heure à traverser Kosovo Polié[1]. Le 28 juin 1389, les Turcs y avaient écrasé les Serbes. Ceux-ci en parlaient encore comme si cette bataille s'était déroulée la veille. Sept siècles plus tard, il ne restait de ce combat héroïque qu'une triste bourgade sans le

1. La Plaine des merles.

moindre charme, étirée le long de la route de Pristina.
Pourtant, la Serbie officielle continuait à vénérer ce lieu
chargé d'histoire et à le revendiquer. Un peu comme
l'Alsace et la Lorraine pour la France après la guerre de
1870. Malko, à travers les glaces à l'épreuve des balles
de la Cadillac, découvrait la foule grise, mal habillée, les
étals de fruits et légumes rachitiques, les maisons héritées
du communisme.

Le Kosovo ne produisait rien, à part une mauvaise
impression. Le pays vivait de l'argent de la diaspora, les
Kosovars émigrés en Allemagne ou en Suisse. Ceux-ci,
chaque été, grâce à leur «fortune», revenaient au pays
rafler les plus belles femmes. Sur place, un certain
nombre de «familles», toutes plus mafieuses les unes que
les autres, se partageaient différents trafics lucratifs et
vivaient fort bien, mais le Kosovar moyen, paysan dur au
travail, fruste et patient, végétait au bord de la misère.
Avec 60 % de chomage, le Kosovo se plaçait en tête des
déshérités européens. Il n'y avait pas d'industrie, à l'exception de quelques mines dans le Nord, qu'on était
obligé de fermer, tant elles polluaient, et une seule centrale électrique pour toute la province, marchant à la
lignite, qui arrosait Pristina de sa fumée jaunâtre et
nauséabonde.

Enfin, ils atteignirent Pristina. La pluie avait cessé.
Tandis qu'ils remontaient l'avenue Bill-Klinton, Malko
aperçut, bien alignés sur les trottoirs, des dizaines de
petits générateurs. Les coupures de courant et d'eau
étaient fréquentes, ce qui ne simplifiait pas la vie.

– Nous sommes arrivés ! annonça Vernon Stillwell.

La moitié du parking du *Grand Hôtel Pristina* était
occupée par les 4×4 des internationaux. Malko pénétra
dans le hall lugubre du *Grand Hôtel*. La dernière fois qu'il
s'y était trouvé, c'était en juin 1999. Huit ans après, rien
n'avait changé. À droite de l'entrée, le même magasin
offrait quelques nappes tissées en Chine et des magazines

vieux de plusieurs mois à gauche, le long comptoir de la réception était désert. Quand il voulut gagner sa chambre au cinquième, il put constater que l'ascenseur de droite était toujours en panne…

— J'arrive, lança-t-il au jeune Américain.

Dans les étages, une moquette verdâtre et tachée, en parfait accord avec l'éclairage crépusculaire, donnait envie de se suicider. La chambre aurait fait honte à un camp de concentration. Pour téléphoner, il fallait encore passer par le standard et affronter une employée parlant tout juste anglais. Malko posa sa valise et redescendit, le moral dans les chaussettes.

Des cinq étoiles fièrement alignées sur le toit du *Grand Hôtel*, quatre au moins étaient totalement imméritées.

— Mrs Bearden vous attend avec impatience, assura Vernon Stillwell.

— Je m'en doute ! sourit Malko.

Comme tout le monde, il avait lu dans les médias le récit de l'horrible attentat commis au monastère de Decani. Le meurtre froidement exécuté de cinq moines serbes, kidnappés puis décapités à la scie circulaire…

Bien entendu, on n'avait arrêté personne.

Depuis, c'était l'ébullition. La KFOR était passée en alerte rouge, les communautés religieuses serbes publiaient sans cesse des communiqués au vitriol, reprochant à la KFOR de ne pas les protéger et accusant les Kosovars d'être tous des assassins. À Belgrade, la presse se déchaînait, prévoyant d'autres massacres et demandant que l'armée serbe revienne au Kosovo pour protéger ses ressortissants.

Tous les médias serbes tiraient à boulets rouges sur les Kosovars qui réclamaient l'indépendance pour mieux assassiner les derniers Serbes encore présents au Kosovo, où la tension était palpable, renforcée par les innombrables check-points de la KFOR et de la KPF.

Problème : celles-ci ignoraient qui elles cherchaient…

Évidemment, le village de Decani, dont les habitants étaient connus pour leurs sentiments antiserbes, avait été passé au peigne fin, les villageois interrogés, les maisons fouillées. Sans le moindre résultat : le commando de tueurs était venu d'ailleurs, mais on ignorait d'où. Ils avaient sûrement bénéficié de complicités locales, car seuls les villageois pouvaient savoir que les Roms étaient là pour huit jours avec leur scie circulaire, laissée sans surveillance la nuit.

Désormais, les religieux serbes exigeaient des véhicules blindés pour aller faire leur marché...

Bien entendu, tous les médias du monde dénonçaient ce crime horrible, qui faisait réfléchir sérieusement les pays européens, poussés à reconnaître la future indépendance du Kosovo. De nombreux commentaires pointaient du doigt les extrémistes kosovars qui s'étaient déjà distingués dans le passé par leurs pogroms antiserbes. Ce massacre-là était différent. Il s'agissait d'un acte politique, froidement planifié et exécuté. Dont seules les premières conséquences commençaient à se faire sentir.

Vernon Stillwell se tourna vers Malko, alors qu'ils montaient une rue asphaltée.

– Attention, cela va secouer. Souvenez-vous de la route, quand vous reviendrez à la mission : ici, au Pet Shop, on tourne à droite. C'est un sens interdit mais cela ne fait rien. C'est la rue Salim-Berisha, ensuite à gauche la rue du 24-Mai.

Effectivement, l'énorme 4×4 se mit à tanguer furieusement. Les rues étroites de la colline d'Arbeira, à l'ouest de Pristina, un des plus élégants quartiers de la ville, étaient défoncées comme une piste africaine. Pris d'une frénésie de renouveau, les Kosovars en remplaçaient tous les pavés, défonçaient le sol au mépris des missions étrangères, en grande partie regroupées dans ces rues étroites. Enfin, la Cadillac slaloma entre des merlons de ciment pour stopper devant une plaque d'acier escamotable qui disparut dans le sol. De lourdes grilles noires s'écartèrent, donnant accès à un magnifique bâtiment blanc de trois étages, devant lequel flottait le drapeau américain.

En plus de leur importante participation dans la KFOR, les Américains déversaient sur le Kosovo des monceaux de dollars, arrosaient tous les politiques et disposaient de milliers de «capteurs» pour suivre la situation de près. Si le volet militaire était géré à partir de Naples, QG sud de l'OTAN, le reste dépendait du State Department et de la CIA. L'histoire d'amour entre les Albanais du Kosovo et les États-Unis avait commencé en juin 1998 par une rencontre entre Richard Holbrooks, alors secrétaire d'État américain, c'est-à-dire ministre des Affaires étrangères, et des responsables de l'UCK, à Junuc. Horrifié, Richard Holbrooks avait découvert que ces maquisards se saluaient le poing levé! Comme les Soviets! Pour les faire changer de bord, une pluie de dollars s'était depuis abattue sur eux.

En montant le perron de la mission américaine, Malko se demandait d'ailleurs pourquoi les Américains, qui disposaient de tant de moyens dans ce pays minuscule, l'avaient appelé à l'aide. De notoriété publique, c'est eux qui faisaient la loi au Kosovo, depuis la conférence de Rambouillet. Il leva les yeux et retint un mouvement de recul. Une baleine échouée l'attendait en haut des marches. Une femme à l'allure vaguement monstrueuse. Des cheveux blondasses raides qui semblaient n'avoir pas connu le shampoing depuis des lustres, un visage rond et empâté, vêtue d'un survêtement gris et d'un pantalon sans forme.

– *Welcome in Kosovo!* lança chaleureusement la créature, en tendant à Malko une main grassouillette. J'ai beaucoup entendu parler de vous.

Pamela Bearden était la mort de la libido. Il fallait se forcer pour regarder en face son corps difforme, façonné par la *junk-food*[1]. Même si ses yeux bleus pétillaient d'intelligence. Derrière elle surgit sa réplique en homme, un géant de près de deux mètres qui devait approcher les deux quintaux.

– Le colonel Malcolm Tustin, annonça Pamela Bearden. Mon officier de liaison avec la KFOR.

La main de Malko disparut dans l'énorme battoir de l'Américain et il suivit à l'intérieur du bâtiment le couple pachydermique. Jusqu'à une salle de conférences où se trouvait déjà un homme jeune au visage en lame de couteau, brun, élégant, le regard vif. Il se leva pour accueillir Malko. Pamela Bearden fit les présentations.

– M. Kadri Butka est le responsable du KSHIK[2]. Il dirigeait, pendant la Résistance, le service de contre-espionnage de l'UCK. Il nous est précieux.

Donc, l'homologue local de Pamela Bearden. Ils prirent tous place autour de la table, devant des bouteilles d'eau minérale et une cafetière sur un réchauffeur. L'Américaine se tourna aussitôt vers Malko.

– C'est M. Frank Capistrano, le *Special Advisor for Security* de la Maison Blanche, qui a insisté pour que nous fassions appel à vous.

– J'en suis flatté, répondit Malko, mais vous paraissez déjà très bien entourée.

Autant ne pas se faire un ennemi de Kadri Butka. Celui-ci sourit mécaniquement. Pamela Bearden enchaîna :

– Bien sûr, nous avons des atouts, mais nous n'avons pas *tous* les atouts. Or, nous sommes confrontés à une situation extrêmement volatile. Le président George W. Bush tient *absolument* à ce que la situation au Kosovo reste sous contrôle jusqu'à l'indépendance, qui doit intervenir dans un avenir très proche.

– Quand ?

1. Nourriture de merde.
2. Services de Renseignement du Kosovo.

L'Américaine eut un geste évasif.

– Le dernier round des négociations entre les membres de la troïka[1], les Kosovars et la Serbie se termine le 10 décembre prochain. Il y a peu de temps, le Premier ministre kosovar, Agim Seku, a fait part de sa volonté de proclamer unilatéralement l'indépendance du Kosovo, dans un délai très court, après le 10 décembre. Conformément à leurs engagements, les États-Unis reconnaîtront cette indépendance, même sans l'aval du Conseil de sécurité des Nations unies.

Un ange aux ailes ornées de l'aigle impérial russe traversa le bureau. La Russie avait averti que son veto à l'indépendance du Kosovo, sans le feu vert des Serbes, était irrémédiable. Or, la Russie avait un siège permanent au Conseil de sécurité… La reconnaissance onusienne exclue, il ne restait que des mauvaises solutions, ou de très mauvaises solutions, en raison de l'inextricable enchevêtrement des minorités dans les Balkans.

Alors, dans les chancelleries, ont priait beaucoup. Le tic-tac de la bombe à retardement de la conférence de Rambouillet se faisait entendre de plus en plus fort. Un incident comme le massacre des cinq moines orthodoxes risquait de faire dérailler encore plus vite un processus déjà très mal en point. Comme si elle avait lu dans les pensées de Malko, Pamela Bearden précisa :

– Ce qui s'est passé au monastère de Decani est extrêmement grave. Si les coupables ne sont pas rapidement identifiés et arrêtés, tout le processus d'indépendance risque de se gripper. Les États-Unis ne peuvent pas reconnaître un pays incapable de contrôler ses extrémistes. Moscou tirerait sur nous à boulets rouges. Seulement, si nous changeons d'attitude, ce sont les Kosovars qui ris-

---

1. Union européenne, États-Unis et Russie.

quent de se soulever. Et de nous reprocher notre reniement. Donc, nous n'avons pas droit à l'échec.

En ayant terminé, elle se versa un grand verre d'eau minérale.

Malko la laissa étancher sa soif et posa la question qui lui brûlait la langue :

– Je pense que les moyens de l'Agence sont considérables au Kosovo, où vous êtes installés depuis huit ans. D'autre part, M. Butka semble mieux armé que moi pour découvrir les coupables. Je ne suis pas albanophone et ne possède aucun contact dans ce pays.

Visiblement, la responsable de la CIA à Pristina s'attendait à ces objections et, après avoir allumé une cigarette en s'excusant de fumer pour maigrir, elle expliqua posément :

– Certes, l'Agence dispose de moyens puissants, mais nous nous sommes concentrés sur les politiques. Ce problème relèverait de la DO[1]. Or, celle-ci est faiblement représentée ici. Quant à M. Butka, il va vous expliquer lui-même son problème.

Le Kosovar déplia une carte du Kosovo et posa l'index sur la partie ouest du pays.

– Cet horrible massacre s'est produit non loin de Pec, la grande ville de l'Ouest. Or, dans cette région, mes réseaux sont très faibles, pour ne pas dire inexistants. Je n'ai donc pu recueillir d'informations précises.

– Il y a bien des gens qui savent ce qui se passe là-bas, objecta Malko.

– Certainement, reconnut le patron du KSHIK. Il s'agit essentiellement de la famille Berisha, qui n'est pas en bons termes avec nous, car son leader, Adem Berisha, se trouve à La Haye, inculpé de crimes de guerre. Quant au groupe de Naser Salimaj, ce sont des extrémistes adeptes de la grande Albanie, qui n'ont pas pu ou voulu s'intégrer

1. Division des Opérations.

au processus politique en cours. Des têtes brûlées. Nous les soupçonnons même d'être très proches de l'AKSH.

– Qu'est-ce que l'AKSH ? interrogea Malko.

– L'Armée nationale du Kosovo, une structure clandestine cataloguée par l'Union européenne comme mouvement terroriste pour avoir déjà commis des attentats.

– Vous ne les soupçonnez pas ?

– Si, bien sûr ! Mais sans aucune preuve.

– Vous avez d'autres pistes ?

– Oui. Ramiz Berisha, pour venger son frère prisonnier à La Haye.

– Et ce Naser Salimaj ?

– C'est possible aussi, reconnut le patron du KSHIK.

Sa façon de mettre cartes sur table montrait son désarroi. En face de lui, le colonel Malcolm Tustin luttait visiblement contre le sommeil, s'affaissant sur ses bourrelets.

Malko réalisa au silence pesant qu'on ne l'avait pas fait venir pour rien : la CIA était *vraiment* dans la merde.

– Bon, fit-il, commençons par le commencement. Ce monastère se situe tout près de la frontière du Monténégro. Est-il concevable que les assassins soient venus de là ?

Kadri Butka secoua la tête.

– C'est très peu probable. Le poste de police monténégrin n'a vu personne cette nuit-là. J'en ai parlé à Doushko Markovic, le patron des Services monténégrins, il n'y croit pas. Or, c'est un bon.

– Ce monastère était protégé par la KFOR ? continua Malko.

– Bien sûr. Un poste de garde devant, un derrière, deux check-points sur la route. Ils n'ont rien vu. Ce sont les moines qui ont donné l'alerte à l'aube, en s'apercevant de la disparition de leurs camarades.

– Vous avez enquêté au village voisin, Decani ?

– La KPF l'a fait. Consciencieusement, car c'est un village connu pour ses opinions radicales antiserbes. Ils

n'ont rien trouvé. Pourtant, il y a forcément eu des complicités locales. La scie circulaire mobile qui a servi à
décapiter les cinq moines était là depuis trois jours, et
seuls les habitants de Decani étaient au courant. Seulement, ces gens-là ne parlent pas…

L'ange repassa, bâillonné. L'omerta n'existait pas
qu'en Italie. Pamela Bearden sortit une feuille de son dossier et la poussa vers Malko.

– Les assassins ont laissé cette revendication, assimi-
lant les moines à une armée d'occupation, et menaçant
d'autres actions. Elle est signée «les Loups noirs du
Kosovo».

Malko se tourna vers Kadri Butka qui dit aussitôt :

– C'est la première fois que j'entends parler de ce
groupe ! J'ai enquêté : personne n'en a jamais entendu
parler.

Cela rappela à Malko les groupes islamistes armés
d'Irak, qui adoptaient des noms fantaisistes pour leurs
crimes les plus horribles.

– Autrement dit, conclut-il, nous sommes dans le noir.
Ce ne serait pas une provocation des Services serbes de
Belgrade ?

Évidemment, des Serbes assassinant des moines orthodoxes, c'était limite, mais dans la guerre de l'ombre, il ne
fallait éliminer aucune hypothèse.

Aucun de ses interlocuteurs ne sembla réceptif à sa
suggestion. Même Kadri Butka secoua la tête.

– Les risques politiques seraient trop grands.

– Et une motivation religieuse ? Le Kosovo est musulman et ces moines sont orthodoxes.

Cette fois, c'est Pamela Bearden qui répondit :

– Ici, on n'est pas en Arabie Saoudite ! Le taux de pratiquants ne dépasse pas 17 %. Certes, chaque village a sa
mosquée, mais il n'y a aucun fanatisme, pas de femmes
voilées, tout le monde boit de l'alcool, bière ou raki. Et
le tiers des musulmans appartiennent à la secte des Bek-

tachis, qui sont très libéraux. Il y a aussi 30 % de catho-
liques au Kosovo, où églises et mosquées cohabitent parfois dans la même ville. Si les Kosovars rejettent les
monastères orthodoxes, c'est parce qu'ils les accusent
d'avoir servi parfois de centres de torture, pendant l'occupation serbe.

Malko n'insista pas. Le problème restait entier.

– À qui profite ce crime abominable ? résuma-t-il.

Il fallait revenir aux fondamentaux : *It fecit qui prodest.*

Pamela Bearden répondit aussitôt :

– Aux Serbes, évidemment, qui aimeraient prouver à
la communauté internationale que les Kosovars ne sont
pas mûrs pour l'indépendance.

Malko se tourna vers Kadri Butka.

– Qu'en pensez-vous ? C'est votre pays et vous êtes un
spécialiste du renseignement.

– Je pense que les Serbes sont derrière, répondit le
patron du KSHIK, mais ce sont des Kosovars qui ont agi.

– Pour quelle raison ?

– Ils y ont été forcés. Les Serbes, en partant, ont laissé
beaucoup de « taupes ». Des Kosovars recrutés secrète-
ment par le SDB [1]. Les « traitants » serbes sont partis avec
leurs dossiers et peuvent facilement les activer.

Cette hypothèse ne sembla pas farfelue à Malko. Une
manip semblable ne pouvait avoir été conçue que par un
grand Service. Ce n'était pas un bricolage d'amateur. Le
problème, c'est qu'il ne voyait pas par où débuter son
enquête. Pamela regarda sa montre et annonça :

– J'ai un rendez-vous à la Minuk. Je voudrais vous
retrouver vers six heures au restaurant *Tiffany*, pour vous
présenter quelqu'un qui peut vous aider. Vous parlez allemand, n'est-ce pas ?

– C'est ma langue maternelle.

– *Good !* Il s'agit d'une fonctionnaire autrichienne de

---

1. Services de renseignements serbes.

l'OSCE, Karin Steyr. Elle connaît bien le Kosovo car elle en est à son deuxième séjour. Elle m'a dit qu'elle pourrait peut-être nous aider.

Elle était déjà debout, imitée par le colonel Tustin qui émergeait difficilement de sa demi-sieste.

Dans le couloir, Malko retrouva Vernon Stillwell, le *deputy* de Pamela Bearden, qui lui tendit un plan de Pristina et des clefs de voiture.

— Mrs Bearden vous conseille d'utiliser ce véhicule qui a une plaque OSCE, il passe inaperçu.

Ils descendirent ensemble dans le parking et Malko découvrit un 4×4 blanc Touareg flambant neuf. Pas totalement discret. Il prit le volant et se plongea dans la carte. Heureusement, Pristina, ce n'était pas Tokyo. Il découvrit sans peine le *Tiffany*, signalé par un point rouge.

— Je vous présente Karin Steyr, annonça Pamela Bearden, criant pour dominer le brouhaha.

Malko sentit un petit picotement agréable au creux de l'estomac. Karin Steyr était tout ce qu'il aimait. Un visage aux traits fins, avec des yeux gris expressifs, une bouche bien dessinée, un corps harmonieux aux longues jambes gainées de bas résille très fins. Détail inattendu : elle ne portait pas de soutien-gorge, car les pointes de ses seins lourds se dessinaient sous la soie verte du chemisier. C'était peut-être la coutume à l'OSCE.

Un verre de champagne dans la main gauche, elle tendit la droite à Malko, avec un sourire ambigu.

— *Grüß Gott*[1], Pamela m'a expliqué votre problème. J'espère pouvoir vous aider. On se voit tout à l'heure.

Elle replongea dans la foule du cocktail. Tous les « internationaux » étaient là, de toutes les nationalités pré-

1. Bonjour.

sentes au Kosovo, avec quelques uniformes de la KFOR. Malko s'approcha du bar où un barman empressé déboucha une bouteille de champagne Taittinger pour remplir sa flûte.

Pendant un moment, il contempla la foule des fonctionnaires en mission au Kosovo, visiblement pressés d'étancher leur soif. Pamela Bearden, qui avalait des canapés en cachette, était en grande discussion avec un général français.

Karin Steyr resurgit de la foule. Malko pensa qu'elle venait le rejoindre, mais elle tendait déjà sa flûte au barman qui ressortit de son seau la bouteille. Malko en profita quand même pour accrocher la jeune femme.

– Pamela Bearden m'a dit que vous connaissiez très bien le Kosovo...

– Je le connais un peu, reconnut-elle. Tiens, vous voulez rencontrer le poulain des Américains, Hashim Taci ?

Elle désignait un homme de grande taille, souriant, entouré d'un groupe compact.

– Pourquoi l'ont-ils choisi ?

Karen Steyr lui adressa un sourire onctueux.

– Par défaut. Leur vrai candidat pour les prochaines élections, c'était Adem Berisha. Celui des Britanniques aussi.

– Pourquoi ont-ils changé ?

Le sourire de la jeune femme s'accentua.

– Il est en prison à La Haye, accusé de crimes de guerre.

Évidemment, cela faisait désordre...

Un grand jeune homme blond aux cheveux en brosse lui fit signe et elle leva sa flûte de champagne pour lui répondre, se tournant ensuite vers Malko.

– C'est Ben Gordon, le type du «6». Il sait beaucoup de choses.

– Sur l'affaire du monastère ?

– Non.

– J'ai rencontré Kadri Butka, dit Malko, il semble efficace.

– C'est un bon, concéda Karin Steyr, mais il ne peut pas vous aider. Ceux qui pourraient connaître des choses sur cette affaire sont les concurrents politiques de son patron, Hashim Taci. Ils ne l'aideront à aucun prix. Sinon, Taci pourrait en bénéficier.

– Et vous ? Pamela Bearden m'a dit que vous aviez proposé de m'aider.

– C'est vrai, reconnut la jeune femme. Je connais quelqu'un qui sait peut-être quelque chose et qui m'aime bien. Il est motivé : il ne veut à aucun prix que le processus d'indépendance déraille.

– Dites-m'en plus !

Karin Steyr acheva sa flûte de Taittinger Brut sans répondre et Malko proposa aussitôt :

– Si je vous invite à dîner, vous m'en direz plus ?

Le regard gris se posa sur lui, moqueur.

– Si le dîner est bon, oui.

CHAPITRE IV

La perspective du dîner avec Karin Steyr s'éloignait de plus en plus. Cernée par un groupe d'internationaux, la jeune femme, flûte de champagne au poing, semblait prête à fermer le *Tiffany*. Les gens les plus importants étaient déjà partis : Hashim Taci, futur Premier ministre selon les vœux des Américains, le chef de la mission russe, le général français commandant la KFOR… Enfin, le groupe qui entourait Karin Steyr se disloqua. L'Autrichienne embrassa tendrement un grand Brit, organisateur du cocktail, et rejoignit Malko.

– On y va ? Vous avez une voiture ?

– Oui.

– O.K. Je laisse la mienne.

Dans la Touareg, Malko demanda :

– Où allons-nous ?

Karin Steyr consulta sa montre.

– À cette heure-ci, au *Renaissance*. C'est tout près du *Grand Hôtel*. Garez-vous là.

Le Touareg en sécurité, ils traversèrent le boulevard Garibaldi pour s'engager dans une ruelle au sol défoncé et à l'éclairage glauque.

– Voilà le siège du KSHIK, annonça Karin Steyr, le Service de Kadri Butka.

Elle désignait un modeste bâtiment jaune de trois

étages, en retrait sur leur gauche, totalement obscur. Ils continuèrent, passant sous une voûte pour déboucher dans une cour pavée, à peine éclairée. Un vrai coupe-gorge. Arrivée au fond, Karin Steyr frappa à une porte anonyme qui s'ouvrit sur un personnage hirsute aux longs cheveux blonds. Il accueillit la jeune femme avec effusion.

Un long bar à gauche, une salle profonde dominée par un petit podium, où un homme jouait du piano. Tout était en bois clair. On se serait cru dans un chalet de montagne. Rien que des hommes, discutant à voix basse. On les mena tout au fond, à une table isolée. Karin expliqua, à mi-voix :

— Ici, c'est le repaire des hommes de Kadri.

Sans même qu'ils aient commandé, une serveuse aguichante se mit à couvrir la table de mézés, accompagnés d'une carafe de raki.

Le Taittinger n'avait pas suffi à étancher la soif de Karin Steyr. À peine Malko eut-il rempli deux verres de raki qu'elle leva le sien et lança :

— Au succès de votre mission au Kosovo !

Elle vida son verre d'un trait et le reposa avec une petite grimace de satisfaction.

— Il est à la pomme. Très bon.

Elle se jeta sur les mezzés, tandis que Malko remplissait à nouveau son verre. Il avait du mal à détacher les yeux de ses seins lourds qui bougeaient librement sous le chemisier de soie verte. Tout, dans la jeune femme, fleurait l'érotisme : son regard assuré et rieur, sa façon de bouger, son visible appétit de vie. Elle n'avait pas vraiment le profil type des fonctionnaires internationaux. Les bas résille et l'absence de soutien-gorge devaient faire tousser.

— À propos de mission, vous avez une théorie sur l'affaire des moines ?

Karin Steyr prit le temps de terminer des keftas, avant de répondre.

— D'abord, dit-elle, il faut savoir que le Kosovo est un pays violent. Ce sont des Albanais regroupés en clans où on règle les problèmes à la Kalach. Il y a peu de temps, un des frères d'Adem Berisha, le chef de file du parti AAK[1], a été rafalé en pleine ville dans sa voiture. Précisément le jour où son 4×4 blindé était en panne... Onze impacts. Tué sur le coup.

— Pourquoi ?

Elle haussa les épaules, ce qui fit bouger ses seins.

— Seule la famille le sait.

— Un homme comme Kadri Butka l'ignore ? s'étonna Malko. Le Kosovo, c'est tout petit.

— Il doit le savoir, concéda Karin Steyr, mais il ne le révélera pas à des non-Kosovars. Cela lui causerait des problèmes.

Elle revint au raki à la pomme. Malko attendit patiemment pour revenir à la charge.

— Est-ce que des Kosovars auraient pu se venger des moines serbes ?

Karin Steyr eut une moue dubitative.

— Peu probable. Il y a trois mois, quelqu'un a tiré une roquette de RPG 7 sur le monastère de Decani, sans faire trop de dégâts, mais c'était un acte isolé. Au cours d'une manif, les Kosovars peuvent devenir très dangereux, mais à froid, non.

— Alors, qui a décapité ces moines ? insista Malko.

Karin Steyr se pencha au-dessus de la table, écrasant sa lourde poitrine contre le bois, fixant Malko avec une intensité presque gênante. Il y avait de tout dans son regard.

— Si je le savais, je serais la reine du pétrole !

— Vous avez dit à Pamela Bearden que vous pouviez m'aider.

La jeune femme se redressa.

1. Alliance pour l'avenir du Kosovo, issu de l'UCK.

— Elle vous a parlé du manchot, Naser Salimaj ?

— Oui. C'est un extrémiste.

— Un radical, partisan de la grande Albanie, un regroupement du Kosovo, de la Macédoine et du Monténégro. Il a appris que Kadri Butka fait courir le bruit que ce serait des gens proches de lui, comme ceux de l'AKSH, qui auraient pu faire le coup, et cela le rend fou.

— Vous pensez qu'il est innocent ?

— Oui, il veut l'indépendance avant tout, et ne fera rien qui puisse entraver le processus. C'est vrai, l'AKSH, ce sont des zozos cagoulés et armés qui commettent de petites exactions, et il les connaît. Raison de plus pour qu'ils ne bougent pas une oreille : Naser Salimaj fait peur.

— Alors, qui soupçonnez-vous ?

Karin Steyr n'hésita pas.

— Peut-être des anciens « collabos » des Serbes. Ce sont des voyous, comme jadis les gens de la Gestapo française. Ils n'ont rien à perdre et les Serbes les tiennent.

— Qui a des informations sur eux ?

— Kadri Butka, mais pas dans l'Ouest. Il n'a aucune source là-bas. Si quelqu'un en a, c'est Naser Salimaj.

— Il les donnera ?

— Peut-être. Je l'ai rencontré à plusieurs reprises. Il était traité par les Brits, qui l'ont laissé tomber. Trop sulfureux. En plus, il a dû mener sa propre enquête. Le triangle Pec-Suva Reka-Dakovica, c'est son fief.

Malko se resservit de raki à la pomme. Le pianiste était parti et le restaurant s'était vidé.

— Il paraît en effet étonnant, conclut-il, que personne, dans le village de Decani, n'ait rien vu…

— Il faut poser la question à Naser Salimaj, conclut la jeune femme. Peut-être aura-t-il une réponse.

— Vous pouvez me le faire rencontrer ?

— Je vais essayer. Mais ne dites surtout pas que vous avez rencontré Kadri Butka. Après l'indépendance, ces deux-là vont s'étriper.

– Naser Salimaj parle anglais ou allemand?

– Un peu des deux, mais je parle albanais. On y va, je travaille tôt demain…

Ils sortirent sous les courbettes du vieil hippie aux cheveux sur les épaules. Un groupe d'hommes, près de l'entrée, chuchotaient encore autour d'une bouteille de raki. Probablement des gens du KSHIK.

La cour, plongée dans une obscurité totale, était décidément un vrai coupe-gorge. Malko prit le bras de Karin Steyr qui trébuchait sur ses escarpins à cause des pavés inégaux. Heureux de ce contact physique. Fugitivement, la masse tiède d'un sein effleurait son bras. Ils émergèrent enfin face au *Grand Hôtel.*

– Je vous raccompagne? proposa Malko.

Karin Steyr hésita quelques secondes, puis répondit :

– Oui, je prendrai un taxi demain matin. Je suis à Arbeira, sur la colline.

Là où se trouvaient toutes les missions étrangères. Cinq minutes plus tard, après avoir dépassé la mission russe, elle indiqua à Malko :

– C'est ici.

Il n'avait pas envie de la quitter et remarqua :

– À ce cocktail, vous étiez la seule femme en jupe.

La jeune femme sourit.

– J'aime bien rester féminine, même quand je travaille. Cela vous choque? ajouta-t-elle ironiquement.

– Pas du tout! Au contraire. Voilà mon portable, j'attends votre appel.

Elle jeta la carte dans son sac et se glissa hors du 4×4. Avant de disparaître sous une voûte sombre, elle lança :

– Je vous appelle.

Adile Uko alignait des chiffres machinalement, face aux deux soldats italiens qui attendaient pour payer leur livraison de sodas. Elle n'osait même pas croiser leurs regards. Pourtant, ils avaient avec elle une attitude parfaitement normale, se contentant parfois de jeter un coup d'œil discret à son décolleté.

Une semaine s'était écoulée depuis son expédition au monastère et, bien entendu, elle n'avait jamais revu ses deux amants d'un soir.

Comme tous les habitants de Decani, elle avait appris le lendemain du meurtre ce qui s'était passé. Horrifiée et terrifiée. À chaque seconde, elle s'attendait à voir débarquer chez elle la KPF. Mais les jours passaient sans que rien ne se produise. Les deux soldats italiens n'avaient pas dû se vanter de leur entorse à la discipline… S'ils ne parlaient pas, comme personne n'avait vu Adile Uko filer vers le monastère, elle était tranquille.

Sauf avec sa conscience.

Au départ, Adile n'avait établi aucun lien entre sa visite aux deux bersaglieri et l'horrible massacre du monastère. Ensuite, elle avait repensé à plusieurs petits faits troublants. Lorsqu'elle avait reparlé le lendemain des meurtres à sa copine Iliriana Maloku, celle-ci avait haussé les épaules et lâché :

— Ce sont des Serbes. C'est bien fait pour eux.

Ensuite, Adile avait repensé au bruit de moteur entendu tandis qu'elle regagnait Decani. Désormais, elle savait qu'il coïncidait avec l'assassinat des cinq moines. Du coup, une petite pensée sournoise s'était rappelée à elle. Une seule personne savait à quelle heure elle était allée rejoindre les deux bersaglieri : Iliriana. Celle-ci avait insisté pour qu'Adile le lui précise, pour, éventuellement, l'accompagner. Bien entendu, elle ne s'était pas montrée.

Pourtant, Adile se souvenait qu'elle l'avait fortement encouragée à cette escapade.

Bien sûr, sur le moment, Adile n'y avait vu qu'un jeu. Désormais, une pensée horrible s'était infiltrée en elle. Et si sa présence avait facilité le massacre des cinq religieux ? Adile n'était pas idiote : elle réalisait parfaitement que les deux bersaglieri, pendant qu'ils lui faisaient l'amour, ne surveillaient pas le ravin. Or, l'enquête de la KPF avait déterminé que les kidnappeurs avaient emprunté un sentier à flanc de colline, juste en face du poste de surveillance des deux Italiens, pour gagner l'entrée du couvent.

Tout en terminant son addition, elle réalisa qu'elle aurait pu faire avancer l'enquête. Mais, à quel prix ! Si ses turpitudes étaient mises au grand jour, son frère la tuerait pour préserver l'honneur de la famille.

Il valait mieux ne rien dire.

Machinalement, elle tendit leur note aux deux bersaglieri, avec un sourire mécanique. Dès qu'ils furent partis, elle alluma une cigarette, obsédée par ce qui tournait dans sa tête. Iliriana et son père, Naim Maloku, étaient de farouches ennemis des Serbes. Un oncle d'Iliriana était à La Haye pour avoir torturé et assassiné trois soldats serbes dans des circonstances assez atroces.

De toute façon, Adile n'oserait jamais parler de cela à sa copine.

Une voix la fit sursauter.

– Alors, tu as revu ton bel Italien ?

Elle leva les yeux, découvrant Shqipe, une de ses copines, qui venait parfois lui donner un coup de main. Elle aussi avait remarqué le bersaglier qui faisait la cour à Adile. Celle-ci, horriblement mal à l'aise, protesta :

– Tu es folle ! Tu sais bien qu'ils n'ont pas le droit de venir au village.

Shqipe lui jeta un regard ironique. Petite, boulotte, le visage ingrat, les hommes ne s'intéressaient guère à elle et Adile la soupçonnait d'être vaguement jalouse d'elle. La jeune Kosovare se pencha sur le comptoir et dit à voix basse :

– L'autre soir, j'étais allée chercher du bois et je t'ai vue prendre le sentier de la rivière… Il faisait déjà nuit.

Il faudra que tu me racontes ce que tu as fait avec lui, sinon…

Elle la quitta sur un éclat de rire. Adile avait envie de rentrer sous terre. Bien sûr, sa copine ne faisait aucun lien entre les meurtres et son expédition amoureuse. C'était juste de la curiosité un peu malsaine.

Seulement, cela signifiait qu'elle savait… Or, Shqipe était une incorrigible pipelette. Elle risquait d'en parler à tout le village. Et si cela revenait aux oreilles de la KPF, Adile était mal.

Très mal.

Un ciel bleu immaculé rendait Pristina presque attrayante. Malko émergea du cagibi qui servait de salle de bains et se demanda si Karin Steyr allait lui donner signe de vie.

Cela pressait.

Dans l'enclave serbe de Gracavica, au sud de Pristina, les murs s'étaient couverts d'affiches réclamant le retour de l'armée serbe, afin de protéger les habitants de l'enclave. Les réactions continuaient, s'amplifiant même. La KPF et la KFOR avaient beau jurer que l'enquête allait déboucher, personne ne les croyait. *Politika,* le grand magazine serbe de Belgrade, publiait un reportage de huit pages sur le Kosovo, composé essentiellement de témoignages des Serbes vivant encore là-bas, qui racontaient les exactions et les brimades dont ils étaient victimes.

Il y avait aussi une interview d'une religieuse orthodoxe, Anastasia, racontant comment, en 2004, une foule kosovare déchaînée avait mis le feu à son monastère et tenté de la brûler vive… Dans un encadré, un certain Milan Ivanovic, député serbe de la ville mixte de Mitrovica, extrémiste notoire, déclarait que le meutre horrible des cinq moines ne demeurerait pas impuni. Et prétendait que le groupe auquel il appartenait, « la Garde du prince Lazar », était déjà sur la piste des coupables.

Tout cela n'était pas rassurant…

Malko finissait de s'habiller lorsque son portable sonna.

— Je ne vous réveille pas ? demanda la voix suave de Karin Steyr.

— Ne plaisantez pas… Vous êtes au travail ?

— Oui, j'ai trop bu hier soir ! Mais j'ai travaillé pour vous. On peut se retrouver vers une heure, au restaurant *Home*, juste à côté de l'OSCE.

— Pas de problème.

— Alors, à tout à l'heure.

Elle avait déjà coupé. C'était un simple flirt ou du business ? Il allait le savoir très vite.

Cette fois, Karin Steyr portait un tailleur clair sur un pull blanc dont le décolleté en V donna immédiatement à Malko l'envie d'y plonger la main. Pas plus que la veille, elle ne portait de soutien-gorge. Il s'assit en face d'elle, à la petite terrasse du *Home*, en retrait de l'avenue Luan-Haradinaj.

— Vous voulez toujours rencontrer Naser Salimaj ? demanda la jeune femme avant même qu'il ait commandé.

— Bien sûr.

Elle se leva.

— Alors, on y va. Je n'ai pas beaucoup de temps. Mais cela peut être intéressant : je lui ai parlé ce matin et il semblait très désireux de vous voir. Il prétend avoir sur ce massacre des informations qu'il n'a encore données à personne.

CHAPITRE V

— On le voit ici ? demanda aussitôt Malko.

— Non, il vient peu à Pristina et ne veut pas se montrer avec nous. Il m'a donné rendez-vous à Dakovica, là où il habite. C'est à une heure d'ici, on va prendre ma voiture, c'est plus discret. Venez.

De nouveau, quand elle passa devant lui, il éprouva un agréable picotement dans les reins, en observant le balancement de ses hanches. Elle se glissa au volant d'un 4×4 Touareg comme celui de Malko, le plus répandu chez les internationaux, et ils se lancèrent dans la circulation, d'abord vers Kosovo Polié, comme pour aller à l'aéroport, avant de traverser la morne campagne kosovare, piquetée d'innombrables maisons neuves en brique rouge, émergeant des champs de maïs.

— Vous pensez vraiment qu'il sait quelque chose ? demanda Malko

— Dans le cas contraire, il ne m'aurait pas fixé rendez-vous, rétorqua Karin Steyr.

Ils croisèrent un convoi de la KFOR arborant le pavillon danois. Presque tous les kilomètres, un 4×4 blanc de la KPF était embusqué sur le bas-côté, guettant les excès de vitesse, improbables tant les routes étaient étroites et défoncées. Karin Steyr conduisait vite, et bien.

Le buste légèrement penché en avant, ce qui mettait ses seins en valeur. Elle tourna vers Malko un regard rieur.

— Alors, il paraît que vous aimez les femmes ?

— Qui vous a dit cela ?

— *Vox populi*, la rumeur publique, dit-elle. Ici, vous serez servi, les Kosovares sont ravissantes et habituées à obéir aux hommes. Les bonnes prétendent que, dès qu'elles ont un nouvel employeur, il les culbute sur un coin de table, et elles n'osent rien dire…

— Il n'y a pas que les Kosovares, releva Malko. Je pense que vous n'avez rien à leur envier…

— Oh, moi ! fit-elle, laissant sa phrase en suspens.

Brutalement, le profil des seins lourds lui inspira une remarque audacieuse.

— Vos seins sont magnifiques ! dit-il. J'ai une envie folle de les caresser.

Comme Karin Steyr ne répondait pas, il avança la main et effleura la pointe d'un sein à travers le fin pull blanc. Il eut le temps d'éprouver une sensation grisante en sentant le téton durcir, puis la main droite de Karin Steyr partit comme une fusée, le frappant à la joue gauche, si violemment qu'il fut rejeté contre la portière. Le 4×4 n'avait pas dévié d'un centimètre de sa trajectoire. D'une voix égale, la jeune femme laissa tomber :

— Nous sommes là pour travailler.

Que répliquer ?

Malko, furibond, se cantonna dans un silence prudent. Peu de temps après, ils quittèrent la route de Pec pour un plus modeste chemin menant à Dakovica, gros bourg à mi-chemin entre Pec et Prizren. À l'entrée de la ville, se dressait l'inévitable statue de Mère Teresa, grandeur nature, courbée, portant tout le malheur du monde sur ses épaules. Elle était née en Macédoine, mais les Albanais l'avait récupérée…

Karin Steyr s'arrêta en face d'un bâtiment moderne

arborant sur le toit un grand panneau : *Hôtel Pashtriku*. Malko tiqua.

— Nous n'allons pas chez lui ?

— Non, il n'aime pas. Et il ne donne jamais ses rendez-vous deux fois de suite au même endroit. Il a gardé les habitudes de la clandestinité.

Ils gagnèrent une grande terrasse et s'installèrent dans un coin, à l'écart. La plupart des tables étaient occupées par des groupes d'hommes discutant avec animation. Les Kosovars passaient le plus clair de leur temps à bavarder devant un café vide. Peu de femmes. En province, elles n'allaient pas au café.

Karin Steyr semblait avoir totalement oublié l'incident de la voiture.

— Le voilà, fit-elle soudain.

Un homme jeune, très brun, les cheveux rejetés en arrière, mince, le visage en lame de couteau, venait de surgir sur la terrasse, suivi par deux hommes en blouson beige qui prirent place à la table voisine, impassibles, le visage fermé. Des « baby-sitters ». Malko remarqua le bras gauche de Naser Salimaj. La main était absente, le bras coupé au-dessus du poignet, avec un moignon sans aucune protection. Ils se serrèrent la main. Naser Salimaj avait un regard vif, intelligent et froid. Il prononça quelques mots en albanais, traduits aussitôt par Karin Steyr.

— Il n'a pas beaucoup de temps parce que son affaire est à Pec. Il doit y retourner.

— Qu'est-ce qu'il fait ?

— Une société de protection. Comme il est très connu comme « commandant » de l'UCK, il a beaucoup de clients.

Le Kosovar fixait Malko. Un regard froid, intense.

— Comment a-t-il perdu sa main gauche ?

Elle traduisit la question et la réponse.

— En août 1999, il déminait une maison. Il y avait deux

mines l'une sur l'autre, il n'a pas vu la seconde, mais il dit qu'il n'est pas ici pour raconter sa guerre. Il ne parle jamais de cela. Que voulez-vous savoir ?

– Que pense-t-il du massacre du monastère ?

La réponse fusa comme une balle.

– Ce ne sont pas les gens de l'AKSH !

– Des Serbes, alors ?

Naser Salimaj demeura un moment silencieux, puis répondit :

– Peut-être.

Il n'en semblait pas convaincu lui-même. Malko insista :

– Il ne croit pas à une implication albanaise ?

Longue réponse de Naser Salimaj.

– Il pense que ce ne sont pas des Albanais «normaux», traduisit Karin Steyr. Des combattants, comme lui. Il a tué beaucoup de Serbes, ceux-ci ont tué son frère, mais aucun de ses hommes n'aurait jamais touché à un religieux.

– Il a une idée ?

Naser Salimaj resta quelques instants la tête baissée, la releva et prononça une seule phrase, traduite aussitôt par Karin Steyr.

– À Decani, il y a une femme qui sait peut-être quelque chose. Elle s'appelle Adile Uko. Elle travaille dans un commerce qui vend des boissons aux Italiens.

Il était déjà debout. Le temps de lui serrer la main, il avait disparu.

Malko faillit se lever pour le suivre, mais se ravisa. On ne faisait pas parler de force ce genre d'homme. Karin Steyr l'observait.

– Qu'en pensez-vous ? demanda-t-il.

– Il faut le prendre au sérieux, conseilla-t-elle. Je sais pourquoi il nous a parlé : il a peur que des provocateurs fassent échouer le processus d'indépendance du Kosovo et veut dédouaner ses amis de l'AKSH.

Elle avait écrit le nom donné par Naser Salimaj sur une carte et la tendit à Malko.

— À vous de jouer !

— Comment ?

Elle trempa les lèvres dans le verre d'eau accompagnant son café.

— Vous pouvez en parler à la KPF. Mais je ne suis pas certaine du résultat.

— Vous avez une meilleure idée ?

— Peut-être. Je peux faire une demande *officielle* de l'OSCE, prétendant qu'Adile Uko a postulé pour un emploi à l'OSCE et que je fais une enquête de routine. Nous n'apprendrons rien sur les meurtres mais on en saura plus sur cette Adile Uko.

— C'est une bonne idée, approuva Malko

Au retour, ils restèrent coincés dans un embouteillage à Kosovo Polié. Karin Steyr avait mis un CD de reggae et semblait d'excellente humeur. Refroidi, Malko ne regardait même pas ses seins. Bien décidé à ne pas se faire piéger une seconde fois. Karin Steyr était tout simplement une allumeuse. Aussi fut-il très surpris lorsque, en le déposant au *Grand Hôtel*, elle se tourna vers lui et demanda d'une voix parfaitement normale :

— Vous faites quelque chose ce soir ?

— Je ne sais pas encore. Pourquoi ?

— On pourrait dîner avec Ben Gordon, le gars du « 6 ». Il me fait un peu la cour et il sait pas mal de choses.

— Pourquoi pas, approuva Malko, quand même sur ses gardes.

— Alors, à neuf heures, au *Dereda*, lança Karin Steyr. C'est une brasserie dans UCK Street.

* *

La réunion avait lieu dans un petit restaurant de la partie serbe de Mitrovica, la grande ville du Nord. Dans la salle du fond du *Numéro 1*, décorée comme une bergerie serbe, ils étaient une douzaine de membres de « la Garde du prince Lazar », d'anciens Bérets rouges serbes, en train d'alterner bière et Slibovic. Des paramilitaires qui s'étaient déjà heurtés plusieurs fois aux militaires français gardant le pont principal de Mitrovica sur la rivière Ibar, séparant les quartiers albanais, au sud, des serbes, au nord. Ils se turent brusquement. Un homme en costume cravate venait d'entrer dans la pièce. Ils se levèrent spontanément et il les embrassa tous l'un après l'autre.

C'était Dragoljub Vukovic, l'animateur de ce groupe radical fièrement antialbanais. Pendant un moment, ils se concentrèrent sur les salades et les bürik[1], puis Dragoljub Vukovic lança :

– Nous ne pouvons pas laisser les *Shqiptars*[2] commettre leurs crimes sans réagir.

Tous approuvèrent gravement et l'un d'eux proposa :

– Il n'y a qu'à aller de l'autre côté de la rivière et leur donner une bonne leçon.

Ancien paramilitaire serbe, il avait torturé pas mal de Kosovars accusés de travailler avec l'UCK. Avec son couteau de chasseur à large lame, aiguisé comme un rasoir, il avait éventré une fois un Kosovar qui lui avait jeté une pierre.

– Non, trancha Dragoljub Vukovic, il y a beaucoup mieux à faire. Ces ordures ont frappé au cœur de ce que nous avons de plus cher. Il faut répondre de la même façon. Mais habilement. Si nous faisons couler le sang, on va encore dire que les Serbes ne méritent pas de garder le Kosovo.

Déçus, ses hommes gardèrent le silence. Ce n'étaient

1. Feuilletés au fromage.
2. Albanais.

pas des intellectuels et ils ne connaissaient qu'une seule loi : celle du talion. Lorsque Dragoljub Vukovic reprit la parole, ils étaient presque démobilisés. Mais chacune de ses paroles leur alla droit au cœur. Quand il eut terminé son exposé, leurs yeux brillaient.

– Si nous réussissons, conclut-il, les *Shqiptars* se tiendront tranquilles un bon moment.

Ils éclatèrent en félicitations. C'était la meilleure idée qu'on leur eût jamais soumise.

– On y va quand ? demanda un certain Milan Bukanovic. Dragoljub Vukovic doucha son enthousiasme.

– Il faut *d'abord* soigneusement préparer l'opération. Toi, Radovan, tu as une voiture en plaques kosovares ?

– Oui.

Les voitures en plaques serbes étaient rarissimes au Kosovo et immédiatement repérées.

– Tu iras faire une reconnaissance, prendre des photos, bien étudier le terrain. Tu parles *shqiptar* ?

– Oui, reconnut Radovan, un peu honteux.

– Donc, ils te prendront pour l'un des leurs, le cas échéant. Vas-y plusieurs fois. Je vais te faire la liste des points à vérifier. Nous nous reverrons dans trois jours.

Dragoljub Vukovic s'éclipsa. Pour son projet, il avait besoin d'un feu vert, qu'il devait aller chercher à Belgrade.

– Vous me donnez du feu ?

Malko, de nouveau en admiration devant la poitrine de Karin Steyr, sursauta et tendit la main vers le briquet posé sur la table. La jeune femme l'observait avec un sourire carnassier. Elle aspira la première bouffée et la souffla lentement, sans cesser de le fixer. Premier *eye contact* depuis la gifle dans la voiture. Elle se tourna ensuite vers Ben Gordon, le Britannique, qui la dévorait des yeux.

Malko, à de minuscules détails, le soupçonnait d'avoir été son amant.

— Ben, qu'est-ce que vous pensez de l'affaire des moines ? demanda Karin. Nos amis américains se font beaucoup de souci.

L'homme du « 6 » arbora une expression grave.

— C'est une sale histoire ! avoua-t-il. On n'a rien à se mettre sous la dent. C'est évidemment une provoc, mais de la part de qui ?

— Les Serbes ? suggéra Malko.

Le Britannique secoua la tête.

— Non, ils tiennent à apparaître irréprochables, victimes de la communauté internationale.

— Des extrémistes kosovars, alors ?

— Oui, peut-être, fit le Britannique du bout des lèvres, mais on les connaît tous ! Ce sont des va-de-la-gueule, des paysans. Ils peuvent tirer une roquette ou mettre le feu à un monastère, mais là, c'était une opération conçue, planifiée et exécutée professionnellement. La politique intérieure kosovare est si compliquée que cela peut être éventuellement une tentative pour discréditer le parti d'Adem Berisha, qui tient l'ouest du pays.

— Qui, dans ce cas ?

Malko était suspendu à ses lèvres.

— Peut-être la famille Mulluki. Ce sont des voyous, des tueurs, expliqua le Britannique. Eux aussi ont créé un parti pour se présenter aux élections. Ce sont des concurrents de la famille Berisha. Ça les arrangerait qu'on lui attribue ce crime.

Devant le silence de Malko, il continua avec un léger sourire :

— Cela pourrait, *aussi*, être les Berisha qui voudraient se positionner « dur ». Tous ceux que je cite ont des armes et des hommes.

— Autrement dit, constata Malko, cela peut être n'importe qui...

– C'est à peu près cela, conclut Ben Gordon.

Après un coup d'œil sur sa montre, et un second, plein de regret, en direction de Karin Steyr, il soupira :

– J'ai un *meeting* demain matin à sept heures. Je vais vous laisser.

La petite brasserie était de plus en plus bruyante. On pouvait à peine s'entendre tant les clients parlaient fort. Sans compter la musique de fond. C'était gai et animé, avec beaucoup de filles ravissantes, souvent par couples : le Kosovo moderne. Resté en tête à tête avec Karin, Malko termina son raki et annonça à la jeune femme :

– Je crois que je vais aussi aller me coucher. Quand aurez-vous un retour de la KPF ?

– Dans deux ou trois jours, fit Karin Steyr en se levant.

Ce n'est que sur le trottoir qu'elle proposa :

– Vous ne voulez pas prendre un verre dans un endroit amusant ? Le *Red House*. C'est à deux pas d'ici. Une disco plutôt animée.

– Pourquoi pas, fit Malko, qui n'avait pas la moindre envie de retrouver sa chambre minable du *Grand Hôtel*.

C'est Karin Steyr qui lui prit le bras. Son long manteau léger dissimulait sa jupe noire très courte et son chemisier assorti dont un bouton ouvert laissait apercevoir la naissance de ses seins. Ils marchèrent jusqu'au bout de UCK Street, puis Karin Steyr tourna dans une sorte de terrain vague. Malko aperçut au fond, sur le toit d'un bâtiment, trois lettres lumineuses : LDK. Le parti de feu Ibrahim Rugova. Karin contourna le bâtiment et frappa à une porte métallique dépourvue de toute inscription, qui s'ouvrit aussitôt sur une bouffée de musique. Malko devina, à la lueur d'innombrables projecteurs rouges, un grand bar où se pressait une foule de jeunes, puis, au fond, des gens debout, en train de boire ou de danser dans une pénombre presque totale. Après s'être débarrassée de son manteau, Karin Steyr se glissa dans la foule qui piétinait près des baffles et, très naturellement, se retourna vers Malko.

– On danse un peu ?

Quelques couples s'agitaient à un mètre l'un de l'autre, d'autres collés-serrés s'embrassaient à bouche que-veux-tu, soudés et immobiles.

Malko prit la taille de Karin, presque avec précautions, mais la jeune femme se coula spontanément contre lui et, très vite, il sentit le contour de son pubis. Elle dansait presque sans bouger, mais il sentait ses cuisses onduler avec souplesse contre lui.

Ce qui arracha sa libido à sa prudente expectative. Ils dansèrent un moment, puis Malko se dit qu'il fallait sortir de l'ambiguïté. S'écartant un peu, il effleura la soie du chemisier, s'attardant aux pointes des seins qui durcirent aussitôt sous ses doigts. Karin Steyr poussa un léger soupir et ses yeux se fermèrent.

– Vous avez changé d'avis depuis cet après-midi ? ne put s'empêcher de demander Malko.

Karin Steyr rouvrit les yeux et dit avec un sourire :

– Non, il y a un temps pour tout…

Malko eut l'impression qu'on lui injectait de l'adrénaline directement dans le cerveau. Tout en continuant à danser, il s'éloigna sournoisement du gros de la foule, les isolant dans un coin, à l'abri des regards.

Karin Steyr ne pouvait plus ignorer le membre dressé collé à son ventre. Cette fois, Malko défit sans hésiter deux boutons du chemisier et glissa la main à l'intérieur. Il empauma un sein ferme, serrant le bout durci entre le pouce et l'index.

– C'est bon ! souffla Karin.

Il pinça un peu plus fort et elle dit d'une voix égale :

– Maintenant, vous me faites mal…

Il s'empara de l'autre sein et, pendant quelques instants, savoura ce contact éminemment sensuel. Les tétons de Karin Steyr étaient durs comme du bois. Autant que

son sexe à lui. La jupe ultracourte était un appel au viol.
Il posa une main sur la cuisse de Karin et remonta. Il était
à quelques millimètres de son ventre lorsqu'elle l'arrêta
de la même voix calme.

— Non !

De nouveau, la fureur l'envahit, mais déjà la jeune
femme glissait le long du mur et poussait une porte invisible dans l'obscurité, entraînant Malko à sa suite. Il distingua un billard au milieu de la pièce faiblement éclairée.
La porte refermée, la musique leur parvenait plus faiblement. Karin Steyr lui fit face.

— Les gens ne viennent pas beaucoup ici. Ils ne savent
pas.

Elle le défiait, adossée au billard, les boutons de son
chemisier ouverts jusqu'à la taille. Cette fois, elle ne protesta pas lorsque Malko remonta sa courte jupe et atteignit son ventre. Il allait arracher le triangle de nylon noir
lorsque Karin demanda :

— Caressez-moi encore les seins ! Ils sont très
sensibles.

Réfrénant une envie furieuse de s'enfoncer dans son
ventre, il céda, lui caressant longuement les seins, de plus
en plus fort. Les mains accrochées au bord du billard, les
yeux clos, Karin Steyr respirait rapidement, émettant de
petits gémissements. Son bassin frémissait. À bout d'hé-
roïsme, Malko abandonna brusquement ses seins, plongeant sous la jupe noire.

Pas pour longtemps.

Les doigts de Karin Steyr se refermèrent autour de son
poignet et sa voix calme reprit :

— Non, vous m'avez fait jouir merveilleusement. J'ai
les seins très sensibles. Parfois sur la plage, je me pro-
mène torse nu et le vent, s'il est assez fort, peut me faire
jouir.

Malko en oublia sa frustration. C'était la première fois
qu'il rencontrait une femme qui faisait l'amour avec le

vent ! Déjà, Karin Steyr l'entraînait, après avoir rebou-
tonné son chemisier. Ils traversèrent la discothèque et ressortirent du *Red House*.

– Ma voiture est à côté, fit la jeune femme, je vais vous
déposer.

Apparemment, la récréation sexuelle était terminée
pour elle. Elle s'arrêta à côté du 4×4, ses clés à la main,
et dit d'un ton neutre :

– Je vous appelle dès que la KPF m'a téléphoné.

Malko allait acquiescer, quand quelque chose dans le
déhanchement de la jeune femme réveilla brusquement sa
libido frustrée. De nouveau, il flambait.

Il allongea le bras et prit les clés du 4×4 des mains de
Karin Steyr. Il ouvrit la voiture, se glissa au volant et lui
lança :

– Je vais conduire, venez.

Interloquée, la jeune femme ne réagit pas immédiatement, puis fit le tour du véhicule et monta.

– Je me lève très tôt, demain, lança-t-elle d'une voix
sèche.

– Alors, ne perdons pas de temps.

Malko connaissait assez Pristina pour ne pas avoir à lui
demander d'indications. Pendant le trajet, il s'abstint de
la toucher, et même de la regarder. La voiture garée dans
la cour de son immeuble, il la suivit chez elle sans lui
rendre les clefs du 4×4. Son appartement était un faux
deux pièces, avec une alcôve occupée par un grand lit.

Karin Steyr s'assit dans un fauteuil, sans même enlever son long manteau et dit :

– O.K., vous m'avez raccompagnée. Maintenant, je
veux dormir.

– Enlevez votre manteau, dit simplement Malko.

Leurs regards s'affrontèrent quelques instants, puis elle
le fit glisser de ses épaules sans un mot.

– Le reste aussi, ordonna Malko.

C'était le point d'orgue du «*power game*».

Après une imperceptible hésitation, elle défit les boutons de son chemisier avec un soin presque méticuleux, s'en débarrassa, puis tira le zip de sa jupe et resta en culotte de dentelle noire. Parfaitement à l'aise, en apparence, elle demanda :

— Voulez-vous boire quelque chose ?

Aussi naturelle que si elle avait été en robe du soir. Pris de court, Malko répondit :

— De la vodka, si vous en avez.

Elle en avait. Ils burent debout, à côté du lit. Puis il fit courir ses mains sur son corps, lentement, voluptueusement. Karin frémissait. Légèrement. Malko prit les seins lourds dans ses mains, les sentit durcir à nouveau sous ses caresses. Puis fit descendre la dentelle noire le long des jambes et se débarrassa de ses vêtements. Karin l'observait, silencieuse.

Sans un mot, Malko la renversa sur le lit puis, de toute la force de ses os et de ses muscles, avec toute sa soif de vie il s'enfonça dans son ventre. La baisant comme si c'était la fin du monde. Karin Steyr commença à émettre un long gémissement filé qui monta progressivement en intensité, comme la note d'un chanteur d'opéra.

Juste au moment où Malko sentait son plaisir arriver, le gémissement se mua en un cri rauque, animal, et Karin lui serra la nuque à la briser.

Malko avait l'impression d'avoir une locomotive lancée à pleine vitesse dans le crâne. Le raki. Il mit quelques secondes à réaliser où il se trouvait, aperçut d'abord le corps de Karin puis son visage, la bouche barbouillée de rouge à lèvres. La jeune femme était en biais par rapport à lui. Elle glissa et sa grande bouche se referma sur son sexe. Pendant un moment, il se laissa faire, reprenant goût à la vie. Puis il la renversa sur le dos, se mit à califourchon sur elle et commença à faire aller et venir son sexe tendu entre ses seins.

Aussitôt, Karin, des deux mains, les rapprocha pour en faire un étui tendre et soyeux.

Il était en train de lui inonder le visage lorsqu'une sonnerie stridente de portable se déclencha. Avec des gestes maîtrisés, Karin Steyr se dégagea et alla répondre. Puis elle revint et annonça, avant de s'éclipser dans la salle de bains :

— C'était ma secrétaire, à l'OSCE. La KPF lui a fait un rapport. Il est à mon bureau.

CHAPITRE VI

Malko lisait par-dessus l'épaule de Karin Steyr, installée au cinquième étage de l'immeuble de l'OSCE, dans l'avenue Luan-Haradinaj :

« Adile Uko, vingt-quatre ans, travaille à la succursale de Decani de la société Elita dont le siège se trouve à Pec. Employée de bureau, pour un salaire de 120 euros par mois. Célibataire. Habite avec ses parents et son frère dans le village. Aucun antécédent judiciaire. »

C'était lisse comme la peau d'un bébé.

Malko était déçu.

– On ne peut rien avoir d'autre ? demanda-t-il.

Karin Steyr leva les yeux.

– Pas de ce côté. C'est une enquête *de routine*, n'oubliez pas.

– Alors, il faut aller à Decani. Je voudrais voir par moi-même à quoi ressemble cette fille.

– Ca va être délicat. Dans ces villages, les gens sont méfiants.

– Vous pouvez venir avec moi ?

– Oui, mais pas avant demain matin.

– O.K. pour demain, conclut Malko.

Il tenait à suivre à fond cet unique et fragile fil conducteur. Naser Salimaj ne l'avait pas orienté sans raison sur cette Adile Uko.

*

Adile Uko rentrait chez elle lorsque sa copine Shqipe l'intercepta, le visage grave.

— Il faut que je te parle !

Les deux filles se réfugièrent au coin d'un champ et Shqipe attaqua aussitôt :

— Tu veux aller travailler à Pristina ? Si tu as une com bine, ça m'intéresse aussi. Il paraît que les internationaux paient jusqu'à 300 euros par mois.

Tombant des nues, Adile Uko se défendit.

— Mais je ne vais pas à Pristina. Qui t'a dit cela ?

Sa copine la regarda, mi-figue mi-raisin.

— Comment ! Il y a des flics de la KPF qui sont venus poser des questions sur toi, en expliquant que tu avais fait une demande pour travailler à l'OSCE.

Adile Uko ne retint que le mot « flic ». Elle crut que son cœur s'arrêtait et sentit ses jambes se dérober sous elle.

— Mais je n'ai rien demandé à personne ! protesta-t-elle.

— Alors, ils sont venus pourquoi, ces flics ?

Adile Uko en avait une petite idée mais elle ne vou-lait surtout pas la confier à Shqipe. Elle lui lança brutalement :

— Je n'en sais rien. Tout ça, c'est des menteries.

Elle s'éloigna le plus vite possible, courant presque pour regagner sa maison où elle fila se réfugier dans sa chambre. Pour réfléchir. Si des policiers étaient venus se renseigner sur elle, c'est que les Italiens avaient parlé… Et donc que la catastrophe était imminente. Brusquement, elle fut prise d'une fureur intense contre Iliriana Maloku qui l'avait poussée à faire cette connerie.

Ressortant de chez elle comme un boulet, elle se rua à

la station-service. Iliriana était plongée dans l'horoscope de *Koha Ditore*, un des grands quotidiens kosovars.

– Je suis dans la merde ! lança Adile Uko.

D'un trait, elle raconta toute l'histoire à sa copine. Iliriana Maloku ne se troubla pas.

– Même si ces deux salopards ont bavé, tu n'as qu'à dire que ce n'est pas vrai.

Adile Uko fondit en larmes.

– Je n'oserai pas ! Ils vont me mettre en prison. Il faut que je me sauve.

– Allons, ne fais pas l'idiote ! gronda Iliriana. Il ne va rien t'arriver.

– Si, si !

– Bon, je vais demander conseil à mon père. Je passe te voir chez toi, tout à l'heure.

Adile Uko s'enfuit. Si elle avait eu de l'argent, elle aurait pris le premier bus pour Pristina.

Naim Maloku, à qui sa fille Iliriana avait rapporté la mésaventure d'Adile Uko, semblait abonder dans le sens de cette dernière.

– J'ai un ami qui peut la loger quelque temps à Pristina. Ta copine peut aller y passer quelques semaines. Elle dira à sa boîte, ici, qu'elle est malade. Ensuite, elle reviendra à Decani. Même s'il y a une enquête, cela ne durera pas longtemps…

– Bien, je vais lui dire, conclut Iliriana.

– Il y a un bus en fin de journée, je peux tout arranger très vite, précisa Naim Maloku. Va la voir maintenant.

Lorsqu'il fut seul, il alluma une cigarette, pensif et préoccupé. Pourquoi la KPF était-elle venue enquêter sur Adile Uko, une fille sans histoires ? C'était un problème *très* important, dont il devait rendre compte. Avant tout, il fallait écarter provisoirement le danger. Devant des policiers, Adile Uko tiendrait cinq minutes, et encore.

Or, le peu qu'elle savait pouvait servir à des enquêteurs professionnels. Ils tireraient un fil qui mènerait jusqu'à lui. Lorsqu'il avait recueilli les confidences d'Iliriana sur Adile Uko, qui ne lui cachait rien, il avait tout de suite vu le profit qu'il pouvait en tirer pour mener à bien la mission qu'on lui avait confiée. Désormais, Adile Uko devenait un risque potentiel qu'il fallait neutraliser.

Le village de Decani se trouvait au bout d'une longue ligne droite. Un paysage banal. Des champs de maïs, des bois, des cubes de brique rouge. Karin Steyr ralentit devant l'hôtel *Iliria* et tourna sur une grande place, se garant à côté de trois véhicules de la KFOR arborant le drapeau italien, arrêtés devant un entrepôt portant une pancarte à moitié effacée : «Elita Sodas et Boissons».

Des soldats transportaient des caisses dans leurs fourgons.

— C'est là qu'Adile Uko travaille, annonça Karin Steyr. Qu'est-ce qu'on fait ?

— Allons-y, dit Malko. Je voudrais voir à quoi elle ressemble.

— Vous comptez lui parler ?

— Pourquoi pas ? Dites que vous cherchez quelqu'un pour travailler à l'OSCE et qu'on vous l'a signalée.

Karin Steyr lui jeta un regard froid.

— Cela risque de l'alerter…

Malko sourit.

— Pour faire sortir le loup du bois, il faut lui faire peur. En ce moment, nous n'avons *rien* contre cette fille. Juste une dénonciation dont je ne peux faire état. Il faut l'affoler. Si elle a quelque chose à se reprocher, elle risque de réagir.

Ils pénétrèrent dans le comptoir. Une employée albanaise était en train de compter les euros des Italiens.
Depuis 2001, le Kosovo avait adopté la monnaie européenne. Karin Steyr attendit qu'elle ait terminé pour
demander :

– Est-ce que Adile Uko est là ?

L'employée lui jeta un regard d'abord surpris, puis
inquiet.

– Non.

– Quand sera-t-elle de retour ?

– Elle est malade. Elle ne reviendra pas avant plusieurs
jours.

Visiblement, elle n'avait pas envie d'en dire plus. Ils
ressortirent. Les Italiens étaient en train de repartir, après
avoir fait le plein de boissons. Malko suivit des yeux leurs
véhicules qui s'éloignaient en direction d'un immense
camp établi au milieu de nulle part, à flanc de colline.

– Si elle est malade, elle doit être chez elle, remarqua-
t-il, déçu.

– Vous voulez y aller ?

– Au moins, *vous*. Qu'on ne soit pas venus pour rien.

– Bon, se résigna Karin Steyr. Je vais demander où elle
habite.

Elle retourna à l'entrepôt et en ressortit quelques instants plus tard.

– C'est tout près, annonça-t-elle.

Effectivement, le cube de brique rouge où demeurait la
famille Uko était à cent mètres.

– Je vous attends, proposa Malko. Dites bien que vous
étiez venue lui proposer un job.

Il attendit dans le Touareg. Pas longtemps, car Karin
Steyr ressortit presque immédiatement.

– Elle n'est pas là, annonça-t-elle. Partie à Pristina
pour quelques jours. Sa mère prétend qu'elle ne sait pas
où la joindre. Elle doit lui téléphoner.

Malko sentit l'adrénaline gonfler ses artères.

– C'est bizarre ! Elle a prétendu être malade… On dirait qu'elle a fui. Et si elle a fui…

– Vous voulez qu'on interroge la police locale ?

– Non. Ils ne sauront rien. Vous avez pris le téléphone de la mère ?

– Oui.

– Bon, on va en rester là aujourd'hui pour Adile Uko. Puisque nous sommes là, allons voir le monastère.

Deux kilomètres plus loin, ils tombèrent sur le check-point de la KFOR et sa chicane de plots triangulaires rouge et blanc. Un lieutenant barbu du 7e régiment de Bersaglieri les accueillit au poste de garde.

Karin Steyr exhiba sa carte de l'OSCE, expliquant qu'elle enquêtait sur le massacre des moines.

– Pouvez-vous détailler les mesures de protection de ce monastère ? interrogea Malko. On n'arrive pas à s'expliquer *comment* les agresseurs ont pu les déjouer.

– Nous sommes à peu près certains de la façon dont ils ont pu procéder, rétorqua aussitôt l'officier italien. Je vais vous montrer.

Karin Steyr et Malko le suivirent dans la grande allée menant au bâtiment principal du monastère et à l'église, jusqu'à une petite porte de bois ouverte dans le mur latéral. Le lieutenant des bersaglieri la poussa et ils débouchèrent dans un terrain vague où était installé un atelier, donnant directement ensuite sur le ravin où coulait la Bistrica.

– Il sont entrés par là, expliqua l'officier, cette porte n'est jamais fermée à clef.

– D'où venaient-ils ?

– De là-bas.

Il désigna la colline boisée, de l'autre côté du lit de la rivière, et continua :

– Nous avons trouvé des traces de leur passage. Ils ont utilisé un sentier à flanc de colline qui rejoint Decani, ils sont descendus dans le ravin et sont remontés par ici. De

notre poste de garde, ils étaient invisibles, nous sur-
veillons seulement la route.

— Cette partie-là n'est pas surveillée ? s'étonna Malko.

— Bien sûr que si ! protesta l'Italien. Deux de nos
hommes, équipés d'un puissant projecteur, surveillent
jour et nuit le ravin. Je vais vous montrer.

Ils regagnèrent le monastère et il les fit passer par une
petite porte qui fermait une voûte sous le bâtiment principal et débouchait sur une sorte de promontoire, coincé
entre le mur du monastère et le ravin où coulait la Bistrica. Deux bersaglieri, armés et casqués, bayaient aux
corneilles à côté d'un énorme projecteur. Malko s'avança
jusqu'au bord du ravin et aperçut la rivière au fond, ainsi
qu'une passerelle permettant de l'enjamber, débouchant
sur un sentier qui se terminait à quelques mètres d'eux.

Le flanc de la colline boisée d'en face était à cent
mètres à vol d'oiseau.

— Cette nuit-là, vos hommes n'ont rien vu ? demanda
Malko. Pourtant, les agresseurs sont passés juste sous leur
nez…

— Rien, affirma le lieutenant, à cause de la végétation
dense, la nuit, on ne voit rien.

— Ils n'ont rien entendu non plus ?

— Rien.

— À quoi sert ce sentier ?

— Les moines s'en servent parfois pour descendre à la
rivière. Il y a une source dont l'eau a des vertus médici-
nales…

Malko fixa pensivement le sentier. Qui lui donnait une
petite idée. Il se tourna vers le lieutenant.

— J'aimerais rencontrer votre chef de corps. Où se
trouve-t-il ?

— Le colonel Giulio Vocero se trouve à notre camp de
base, au-dessus de Decani, mais il lui faut une autorisation du Com-KFOR.

— Je l'obtiendrai, assura Malko.

Adile Uko s'était réveillée tard, épuisée par la tension nerveuse. La veille, tout s'était passé très vite. Le père de sa copine Iliriana lui avait donné deux cents euros ainsi que le nom et l'adresse de l'ami qui allait l'accueillir et elle avait pris le bus pour Pristina. Au Kosovo, il n'y avait pas de train. La ville lui avait semblé immense, mais heureusement, l'ami de Naim Maloku l'attendait à l'arrivée du bus. Il l'avait menée jusqu'à une pièce minuscule, au sixième étage d'un vieil immeuble. Une chaise, une armoire, une table, un lit, un lavabo et, parfois, de la lumière et de l'eau.

– Tu viendras m'aider, avait-il proposé, je vends des légumes à Kosovo Polié. Il paraît que tu cherches du travail à Pristina. Tu parles anglais ?

– Non, avoua Adile Uko.

– Alors, ça sera difficile.

Elle regarda le mur lépreux en face d'elle, se leva et voulut faire couler l'eau du lavabo. En vain. Pas de lumière non plus. Elle éprouvait une furieuse envie de regagner Decani mais n'osait pas. Se disant que c'était un mauvais moment à passer. Elle maudissait l'envie qu'elle avait eu de ce bel Italien. Comme s'il n'y avait pas de beaux mecs dans son village !

Le colonel Giulio Vocero, commandant le 7e régiment de bersaglieri chargé de la protection du monastère de Decani, avait accueilli Karin Steyr et Malko avec une politesse exquise, leur faisant l'honneur de son bâtiment préfabriqué installé au milieu d'une prairie où un générateur procurait lumière et chaleur.

Malko termina son expresso délicieux, comme seuls les

Italiens savent le faire. Affable, l'officier ne lui avait rien appris. Parce qu'il ne savait rien !

— Vos hommes ont-ils le droit d'aller au village ? demanda Malko.

— Non.

— J'en ai pourtant vu deux ce matin.

— C'est exact. Ils viennent juste acheter des boissons. C'est plus simple que de les faire venir de Pristina.

L'idée commençait à se concrétiser dans la tête de Malko. Adile Uko travaillait *justement* là où les Italiens se servaient.

— Pourrais-je rencontrer les deux hommes qui se trouvaient de garde sur la face arrière du monastère la nuit du massacre, mon colonel ? demanda Malko.

— Oui, bien sûr, acquiesça le colonel Vocero, mais cela va prendre un peu de temps pour les localiser.

— Vous en serez quitte pour m'offrir un autre excellent café, conclut Malko en souriant.

— J'en reprendrai un aussi, dit Karin Steyr, jetant à l'Italien un regard qui lui aurait fait creuser la colline avec ses mains.

Adile Uko arpentait l'avenue Bill-Klinton, grisée de se sentir anonyme dans la foule. Sensation inconnue dans son village. En même temps, elle avait un peu peur. Une petite pensée insidieuse commençait à se faire jour dans sa tête. Pourquoi le père d'Iliriana avait-il été aussi prompt à l'aider ? Lui prêtant même de l'argent...

Deux soldat, accompagnés d'un adjudant, pénétrèrent dans le bureau du colonel Vocero, se mirent au garde-à-vous et se présentèrent :

– Caporal Mario Vanzetti.

– Beppe Forlani, bersaglier de 1ère classe.

Ils restèrent au garde-à-vous, fixant un point loin devant eux, ignorant Karin Steyr et Malko. Ce dernier remarqua la pâleur de leur teint et l'effort visible qu'ils faisaient pour rester impassibles.

– Ces deux hommes étaient de garde la nuit de l'incident, à l'arrière du monastère, précisa le colonel italien. Posez-leur les questions que vous souhaitez.

Malko se leva et alla se planter devant le bersaglier de droite, Beppe Forlani, mais c'est aux deux qu'il s'adressa.

– L'un de vous a-t-il été en contact, en dehors de votre service, avec une certaine Adile Uko, une habitante de Decani qui travaille au dépôt de boissons où vous vous ravitaillez ?

Le silence se prolongea des siècles. Malko voyait les muscles des mâchoires des deux soldats italiens se contracter sous leur peau.

Soudain, l'un deux fit un pas en avant et annonça d'une voix blanche :

– Bersaglier de 1ère classe Beppe Forlani. J'ai rencontré cette personne en dehors du service.

CHAPITRE VII

Les deux officiers de la KFOR encadraient le policier kosovar de la KPF qui interrogeait les parents d'Adile Uko. Un peu en arrière, Karin Steyr traduisait les réponses pour Malko.

– Elle est partie à Pristina chercher du travail, expliqua la jeune femme, mais ils ne savent pas où la joindre.

– Elle n'a pas de portable ?

– Non.

C'était l'âge de pierre…

L'interrogatoire terminé, ils ressortirent de la petite maison de brique rouge. Le policier de la KPF semblait mal à l'aise.

– Cette fille semble sans histoire, remarqua-t-il. On a enquêté ici : elle ne fait pas de politique, sa famille non plus. Même si le village est très antiserbe. On a laissé notre numéro pour qu'elle puisse nous contacter dès son retour ou quand elle donnera des nouvelles. Mais…

Malko eut un sourire froid.

– C'est une simple vérification, cette Adile Uko a rendu visite à deux soldats de la KFOR de garde sur l'arrière du monastère, la nuit de l'assassinat. Même si je ne la soupçonne en rien, elle a peut-être aperçu quelque chose, ou quelqu'un. Grâce aux témoignages de villageois réveillés par le bruit, nous savons à quelle heure ces malheureux moines ont été décapités à la scie circulaire. Cela correspond à peu près au moment où cette fille revenait chez elle...

Beppe Forlani et Mario Vanzetti avaient parlé. Persuadés que Malko savait déjà la vérité, ils avaient tout raconté, avouant que, pendant presque une heure, ils avaient abandonné leur poste, pour profiter largement des charmes de la pulpeuse Adile Uko. Un régiment de blindés aurait pu défiler dans le ravin, ils ne s'en seraient pas souciés.

Malko remonta dans le Touareg avec Karin Steyr.

— Qu'en pensez-vous ? demanda la jeune femme.

— À première vue, c'est une histoire banale, reconnut Malko. Qu'Adile Uko ait voulu se faire sauter par ces Italiens n'est pas significatif. Eux sont évidemment hors du coup. Mais il y a une coïncidence troublante : pourquoi Naser Salimaj nous a-t-il justement donné le nom de cette fille ?

— Il a pu entendre des ragots sur cette histoire avec les Italiens et en tirer des conclusions, suggéra Karin Steyr.

— C'est vrai, reconnut Malko. Peut-être est-ce une pure coïncidence, mais je n'en serai certain qu'après avoir parlé avec elle. En plus, cette « fuite » à Pristina est étrange.

Il ne voulut pas lui dire que, dans son métier, il ne croyait pas aux coïncidences.

Arrivés à Pristina, ils se séparèrent, Malko filant à la mission américaine et Karin Steyr à l'OSCE. De nouveau, elle était distante et Malko ne chercha pas à la dégeler. Assouvi par sa soirée mouvementée, deux jours plus tôt, il préférait se concentrer sur son enquête.

Pamela Bearden allait être satisfaite de ce fil ténu qui mènerait peut-être quelque part.

*

Adile Uko composa d'une main tremblante le numéro qu'on lui avait communiqué. C'est en appelant chez elle qu'on lui avait appris que la police voulait l'interroger. Terrifiée, elle avait été en partie soulagée en apprenant qu'elle devait d'abord contacter une «employée de l'OSCE» qui s'occupait de l'enquête, et parlait albanais. Bien entendu, elle s'en était immédiatement ouverte à l'homme qui la logeait. Celui-ci, après s'être concerté avec son ami, le père d'Iliriana Maloku, lui avait conseillé :

– Donne-lui rendez-vous dans un bar, pas loin d'ici, rue Fehmi-Agani, le *Skender*. Je ne veux pas être mêlé à cela.

Adile Uko n'avait pas discuté.

Le numéro qu'elle appelait sonna puis bascula sur répondeur. D'une voix mal assurée, Adile Uko dicta son message. Elle se trouverait au bar *Skender* le lendemain à six heures. Lorsqu'elle raccrocha, elle réalisa qu'elle n'avait pas donné l'adresse précise, mais elle en aurait d'ailleurs été incapable. Elle se dit qu'après ce rendez-vous, elle pourrait retourner chez elle. Pristina l'intimidait, elle se sentait mieux à la campagne.

Et, après tout, elle n'avait rien fait de mal.

Karin Steyr avait trouvé le message de la jeune Albanaise au retour d'une réunion. Elle appela aussitôt Malko pour le mettre au courant.

– On va y boire un verre pour reconnaître les lieux, proposa-t-il aussitôt.

Ils s'étaient donné rendez-vous en face de l'OSCE. C'était dans la rue Fehmi-Agani au-dessus du boulevard Nane-Teresa, le renseigna la jeune femme. Aucun signe extérieur, comme pour la plupart des bars de Pristina. Si on ne connaissait pas, c'était impossible à trouver.

Ils eurent l'impression d'entrer dans un tunnel ! Des
néons rosâtres, des banquettes, un juke-box. Deux filles
attendaient en face d'un café terminé depuis longtemps.
Plusieurs groupes d'hommes à la mine patibulaire discu-
taient à voix basse Le garçon qui vint prendre leur commande leur jeta un regard soupçonneux.

Tandis qu'ils buvaient un mauvais raki, deux filles
entrèrent. Pantalons noirs moulant, grosse ceinture, pull
fluorescent, maquillage violent, regard assuré et vide. Des
putes. Elles s'assirent loin d'eux, la présence de Karin
Steyr les décourageant. Celle-ci se pencha vers Malko.

— C'est un bar à putes ! murmura-t-elle. Je vais vous
laisser.

Toujours aussi salope...

Malko posa la main sur sa cuisse, sous la table, et serra.

— Un mot de plus et je vous arrache votre culotte !
D'ailleurs, on va leur donner une leçon. Prenez-la et
posez-la sur la table...

Il avait dit cela en plaisantant. Pendant quelques
secondes, Karin Steyr ne réagit pas, puis, calmement, elle
glissa une main sous sa robe, se tortilla un peu, se pencha, puis sa main droite réapparut, tenant une petite boule
de dentelle noire qu'elle posa à côté du verre de raki de
Malko.

— Voilà ! fit-elle simplement.

Estomaqué, il se força à sourire et la mit dans sa poche.
Les deux jeunes putes, qui avaient observé la scène, n'en
revenaient pas.

Karin Steyr était décidément imprévisible.

— C'est bizarre comme endroit, pour une campagnarde
ne connaissant pas Pristina, remarqua-t-il. Ce n'est pas
précisément un salon de thé...

— Je vais me renseigner sur ce bar, promit Karin Steyr.
On y va ? J'ai un dîner.

Sans réclamer sa culotte, elle déposa Malko devant le
Grand Hôtel.

— Il faut faire établir une surveillance autour du *Skender*, décréta Pamela Bearden. Je me suis renseignée : c'est le fief d'une famille de trafiquants, les Mulluki. Des gens violents et dangereux.

— Ils sont dans la politique ?

— Bien sûr ! Mais c'est un clan criminel, qui espère élargir ses activités grâce aux élections.

— O.K., on en saura plus après avoir parlé à cette fille, conclut Malko. L'enquête de la KPF a donné quelque chose ?

— Rien.

Il était six heures dix et Karin Steyr n'était pas encore sortie du building de l'OSCE. Pourtant, son 4×4 était garé au coin de la rue... Malko, debout à côté, rongeait son frein ; il allait être en retard et n'avait aucun moyen de prévenir Adile Uko. Enfin, Karin Steyr émergea du building ultramoderne.

— *Sorry !* dit-elle. Il y avait une conférence avec un représentant de l'Allemagne qui exigeait des explications sur un investissement de son pays qui s'est évaporé au Kosovo.

C'était déjà un miracle que des gens couvrent ce pays ne produisant rien d'une manne d'euros...

Karin fonça dans les embouteillages. Malko ne lui avait pas rendu sa culotte, depuis la veille.

— Dans cinq minutes, on y est ! promit-t-elle

Ils grimpèrent, contournant l'avenue Nane-Teresa, les Champs-Élysées de Pristina, à la chaussée totalement défoncée par des bulldozers : la municipalité avait décidé de remplacer le macadam par un revêtement de granit plus digne de la future indépendance ! Étant donné la corruption ambiante, le granit allait coûter le prix de l'or. En plus, l'hiver, cela ferait une très jolie patinoire…

Karin Steyr poussa soudain un juron indigne de sa condition féminine : à l'entrée de la rue Fehmi-Agani, un policier en bleu détournait la circulation ! Elle baissa sa glace et l'interpella. Avec un gracieux sourire, il expliqua qu'une foreuse travaillait un peu plus bas et que circulation était interrompue jusqu'au lendemain…

Impossible d'abandonner la voiture au milieu de la rue. Ils durent effectuer un grand détour avant de trouver une place improbable dans une rue voisine et de continuer à pied.

Quand ils débouchèrent dans la rue Fehmi-Agani, Malko baissa les yeux sur sa Breitling : six heures et demie.

– Pourvu qu'elle ait attendu ! soupira-t-il.

Il n'avait pas terminé sa phrase qu'une explosion assourdissante ébranla la rue étroite.

Cinquante mètres plus bas, la porte du *Skender* sembla s'envoler, suivie d'une gerbe de flammes qui semblait jaillir d'un lance-flammes géant. Toutes les vitres de la rue s'éffondrèrent, pulvérisées par le souffle. Médusés, les passants n'avaient pas eu le temps de réagir. Une voiture brûlait à côté du bar. Un torrent de fumée noire sortait par la porte éventrée du *Skender*. Karin et Malko se précipitèrent mais durent reculer : l'entrée du bar ressemblait à celle de l'enfer. Des flammes et de la fumée.

– *Mein Gott !* bredouilla Karin Steyr, choquée.

Personne n'émergeait du brasier. Lorsque le hurlement de la sirène d'une ambulance commença à se rapprocher, les pompiers étaient déjà là, tentant de limiter le sinistre.

La KPF arriva à son tour, puis la Minuk et la KFOR avec des Portugais. On commença à sortir des corps sur des civières. Des hommes aux vêtements en feu, gravement brûlés. L'un d'eux n'avait plus de visage. Les pompiers progressaient avec précaution à l'intérieur du bar. Karin Steyr se retourna vers Malko, blanche comme un linge.

– Sans ma réunion et les travaux, on y était aussi…

C'est juste ce que pensait Malko. Il en avait la chair de poule. On sortit une civière : un corps recouvert d'une couverture orange. Il la souleva. C'était un moustachu à qui il manquait une partie du crâne.

Les ambulanciers se pressaient dans l'étroit boyau. Karin Steyr interrogea un des pompiers, et se tourna vers Malko.

– Il y a des survivants. Tous blessés.

Il en sortit une demi-douzaine, aussitôt avalés par les ambulances. Du coup, la circulation avait été rétablie dans la rue. Une civière déboucha, également recouverte d'une couverture orange. Malko la souleva avant qu'on l'enfourne dans l'ambulance. Aux longs cheveux noirs, il reconnut une femme. Méconnaissable, le visage brûlé. Comme, de toute façon, il ne connaissait pas Adile Uko, impossible de l'identifier. Ils restèrent encore une demi-heure, le temps qu'on évacue les derniers blessés.

Des démineurs français de la KFOR arrivèrent à leur tour et ils en surent un peu plus.

Quelqu'un avait «oublié» sous une banquette, dans le bar, une charge explosive évaluée à trois ou quatre kilos. Avec, vraisemblablement un dispositif retard de mise à feu. Morts et blessés n'étaient pas encore identifiés. Malko s'accrocha à une minuscule possibilité : qu'Adile Uko, ne voyant pas Karin Steyr, ait quitté le bar avant l'explosion.

Karin Steyr le tira par le bras.

– Allons-y, dit-elle d'une voix blanche, je n'en peux plus.

Malko la suivit. Elle prit le volant et fonça directement chez elle. À peine entrée, elle saisit sur une étagère une bouteille de raki et en versa deux verres, vidant le sien d'un trait et le remplissant à nouveau.

Malko en fit autant. Cette explosion n'était pas non plus une coïncidence. Il était partagé entre la satisfaction d'avoir tiré un fil et la frustration de le voir se casser tragiquement… Il remplit à nouveau les deux verres à ras bord et leva le sien.

– À la vie !

C'était un peu pompeux, mais cela correspondait à ce qu'il éprouvait. Ils burent cul-sec en même temps. Le goût un peu âcre du raki brûlait la gorge, mais réchauffait les artères.

Ils ne dirent pas un mot jusqu'à ce que la bouteille fût à moitié vide. Karin Steyr se leva alors et enfonça un CD dans son lecteur. Un très vieil air de jazz mélancolique à souhait, *Night and Day*, envahit la pièce. Ils burent encore. Malko voulait se vider le cerveau. Karin se leva et vint l'enlacer. Ils dansèrent un peu, puis il commença à la déshabiller lentement, jusqu'à ce qu'elle n'ait plus que sa culotte.

D'elle-même, elle s'allongea sur le lit et l'attira. Il vint sur elle. Son sexe trouva tout seul celui de Karin et ils se mirent à faire lentement l'amour.

À la fois absents et terriblement présents. Malko avait beau s'agiter, il n'arrivait pas à jouir, alors qu'il en avait furieusement envie. Finalement, ce mouvement mécanique sans issue le lassa et il s'immobilisa, toujours fiché en elle. Karin ne protesta pas. Ils s'endormirent de cette façon, abrutis d'alcool et de peur.

Pour une fois, l'adrénaline n'avait pas eu le dessus.

La conférence se tenait dans la *meeting room* de la mission américaine, avec Pamela Bearden, Kadri Butka, Karin Steyr, un représentant albanais de la KPF et Malko.

– Il y a eu trois morts, annonça Kadri Butka. Le barman et deux clients, dont cette femme, Adile Uko. Tuée sur le coup. Elle était assise très près du lieu de l'explosion. Les onze blessés étaient, eux aussi, des clients, dont quatre membres de la bande Mulluki à qui appartient le bar. On n'a pas encore pu les interroger, mais ils ne savent sans doute rien…

— Personne n'a vu qui a déposé la bombe ? interrogea Malko.

Kadri Butka secoua la tête.

— Le barman, sûrement, mais il est mort. Il y avait au moins trois kilos de C4. Il y en a partout dans ce pays, depuis le pillage des casernes albanaises en 1994.

— Y a-t-il une explication à cet attentat ?

— Le clan Mulliki est en guerre ouverte avec les Berisha pour le contrôle d'un trafic de cigarettes et de drogue, entre la Macédoine et le Monténégro, laissa tomber le patron du KSHIK.

— Vous êtes certain que c'est la cause ?

L'Albanais sourit.

— On en saura plus lorsqu'un établissement appartenant au gang Berisha aura sauté à son tour… Mais c'est très probable.

Malko échangea un regard avec Pamela Bearden, visiblement déçue. La mort d'Adile Uko pouvait-elle être le fruit d'une coïncidence ? Une victime « collatérale » d'une guerre des gangs ? Il n'arrivait pas à y croire.

Kadri Butka, pressé, s'excusa et la réunion fut levée. En redescendant vers le centre, Malko dit à Karin Steyr :

— Je veux revoir Naser Salimaj. C'est lui qui nous a orientés sur Adile Uko. On a voulu l'éliminer. Ceux qui sont derrière l'horrible massacre du monastère. Elle savait quelque chose.

— Très bien, approuva Karin Steyr. Je vais l'appeler.

Malko tâta le Glock 9mm qui alourdissait désormais sa ceinture. Prudente, Pamela Bearden le lui avait remis le

matin même. Son raisonnement était simple : étant donné
la brutalité avec laquelle on avait éliminé Adile Uko, on
risquait de s'attaquer de la même façon à Malko.

Karin Steyr l'attendait au *Home* devant un café.

— Naser Salimaj ne veut plus nous revoir, annonça-
t-elle. Il prétend qu'il ne sait rien de plus.

Malko n'hésita pas.

— Vous savez où le trouver ?

— Il doit être au bureau de sa société Siguria, à Pec.

— On y va. Avant, je vais demander l'aide de la KFP.
Qu'ils nous soutiennent.

— Ils n'accepteront pas sans un ordre exprès de la
KFOR, objecta Karin Steyr. Naser Salimaj est un héros,
ici.

— Alors, allons-y seuls.

— Salimaj est un homme dangereux, remarqua calmement la jeune femme.

— Moi aussi, fit Malko en montant dans le 4×4.

— Il est parti, annonça Karin Steyr, après avoir discuté
avec deux gorilles qui veillaient dans le petit hall du building abritant la société Siguria.

— Où ?

— Ils ne savent pas.

— Essayez de l'apprendre.

Elle insista et finalement se tourna vers Malko.

— Il paraît que tous les soirs, il va boire un verre dans
un bar situé au rez-de-chaussée de l'association des
anciens combattants de l'UCK, en face de la mairie de
Dakovica.

— On y va.

Il y avait une demi-heure de route jusqu'à Dakovica.
Karin Steyr eut un peu de mal à trouver la mairie, un

horrible bâtiment blanc. En face, il y avait un petit café en terrasse, avec plusieurs tables occupées.

Malko repéra tout de suite le moignon de Naser Salimaj à une des tables. L'Albanais était en compagnie d'une demi-douzaine d'hommes. En apercevant Karin Steyr et Malko, il se leva et vint vers eux, le visage fermé, puis apostropha violemment la jeune femme. Celle-ci, sans se troubler, répondit d'une voix égale. La conversation fut brève et Karin Steyr se tourna vers Malko.

– Il est furieux ! Il n'a rien à dire.

– Dites-lui ceci, précisa Malko : S'il refuse de parler avec nous, c'est lui qui risque d'être soupçonné dans l'affaire du monastère. Il doit parler.

Si les yeux de l'Albanais avaient pu tuer, Malko serait mort sur-le-champ. Naser Salimaj hésita quelques secondes, puis les entraîna à une table vide.

Malko alla droit au but.

– Il ne nous a pas dit pourquoi il nous a orientés sur Adile Uko. Je veux savoir pourquoi.

Elle traduisit et l'Albanais répondit très vite :

– Elle était en contact avec un homme de ce village qu'il soupçonne d'avoir travaillé avec les Serbes.

Un « collaborateur ».

– Qui ?

Bref échange.

– Il ne veut pas dire son nom. Il n'est pas sûr.

– Il a entendu parler de l'explosion de Pristina ?

– Oui.

– Sait-il qu'Adile Uko était dans ce bar et qu'elle avait rendez-vous avec moi ?

Les prunelles sombres de l'Albanais semblèrent rétrécir. Il demeura silencieux quelques instants, puis laissa tomber quelques mots.

– Cela confirme ce qu'il pense, traduisit Karin.

– C'est-à-dire ?

– Cette affaire a été montée par des Serbes, manipulant leurs anciens réseaux au Kosovo.

Naser Salimaj se leva sur un dernier mot et regagna l'autre table. Malko réfléchit. C'était une piste, qui remontait à Belgrade. Seulement, comment trouver les réseaux dormants du SDB de Milosevic ?

Les Serbes étaient restés assez longtemps au Kosovo pour avoir implanté des « taupes » un peu partout. Les Services de l'UCK, qui en étaient encore à leurs balbutiements, ne pouvaient pas les avoir toutes débusquées.

Ce genre de provocation ressemblait tout à fait à ce que le SDB et son successeur, le BIA, étaient capables de faire. Le noyau dur de l'*establishment* politique de Belgrade considérait comme un désastre la perte du Kosovo. Il fallait à tout prix discréditer les Kosovars aux yeux de l'opinion, afin que la communauté internationale renonce à reconnaître l'indépendance du Kosovo, ce qui en ferait un pays paria.

Donc, la solution se trouvait à Belgrade.

Comment la trouver ?

Ni les Américains ni les Britanniques ne pouvaient l'y aider. Leurs relations avec Belgrade étaient exécrables. Il fallait qu'il trouve dans son réseau personnel un accès aux responsables du BIA. Même si ceux-ci protégeaient leur réseau, s'ils acceptaient de s'engager à cesser leurs provocations, cela serait déjà un résultat appréciable... Et parallèlement, il fallait poursuivre l'enquête sur place pour tenter de démasquer ce réseau clandestin serbe.

Avec un seul fil à tirer : les auteurs de l'attentat contre le *Skender*.

Naser Salimaj s'était remis à discuter avec ses copains. Brutalement, Malko sentit une rage froide l'envahir : il avait à portée de main quelqu'un capable de le mener vers les coupables du massacre du monastère et cet homme refusait de l'aider !

Il rattrapa Karin Steyr qui se dirigeait déjà vers le 4×4.

— Allez lui dire que s'il refuse de me donner ce nom, j'appelle la KFOR et je le fais boucler, pour complicité de meurtre.

— Il n'y a rien contre lui, objecta Karin Steyr.

— Il suffit d'un coup de fil à Pamela Bearden. Le numéro 2 de la KFOR est un général américain. Il transmettra.

Un silence de mort tomba sur la table où Naser Salimaj discutait avec ses amis, lorsque Karin Steyr s'approcha de l'Albanais. Au Kosovo, les femmes n'avaient pas coutume de se mêler des affaires des hommes. Elle se pencha à son oreille et murmura quelques mots…

Après une brève hésitation, Naser Salimaj se leva et vint vers Malko. Suintant de haine. Il l'apostropha violemment.

— Il dit qu'il est un héros de la Résistance ! traduisit Karin Steyr. Il ne craint personne. Si on vient le chercher, il se battra, les armes à la main, comme contre les Serbes.

Malko ne se laissa pas intimider par cette rhétorique guerrière.

— Non seulement la KFOR l'arrêtera mais sa boîte de sécurité sera fermée, précisa-t-il. J'ai un mandat de la Minuk pour éclaircir cette affaire. Qu'il se considère en état d'arrestation.

Karin Steyr traduisit et il crut que l'Albanais allait lui sauter à la gorge. Pendant d'interminables secondes, ils se défièrent du regard, puis Naser Salimaj revint s'asseoir à la table où ils se trouvaient auparavant, le regard sombre. D'une voix tendue, il lança une longue phrase dans sa langue.

— Il va vous donner un nom, dit Karin Steyr à Malko. Pas parce qu'il a peur, mais parce qu'il pense que c'est l'intérêt du Kosovo. Mais si on apprend qu'il l'a fait, il vous tuera.

Naser Salimaj avait sorti un carnet de sa poche. Tandis qu'il le maintenait avec son moignon, il écrivit deux mots sur une feuille qu'il arracha, puis coinça sous un cendrier, avant de regagner l'autre table.

Malko prit le papier et lut, écrit en majuscules : NAIM MALOKU.

Il se tourna vers Karin Steyr.

– On retourne à Decani. Tout de suite.

Il faut battre le fer quand il est chaud.

CHAPITRE VIII

Naim Maloku raccrocha son téléphone, sonné. Une voix anonyme, celle d'un homme parlant comme lui avec l'accent de l'ouest du Kosovo, venait de l'avertir que la KFOR le recherchait, comme complice de l'opération menée contre les moines du monastère de Decani. L'inconnu avait raccroché sans donner plus de précisions, mais Naim Maloku ne doutait pas une seconde de son sérieux.

Son premier réflexe fut de communiquer cette information capitale à son « traitant », l'homme à qui il obéissait depuis le départ des troupes serbes en juin 1999, et qu'il ne connaissait que sous le pseudo de « Vula ». Il ouvrit son carnet et commença à appeler les quatre numéros de portable dont il disposait.

Aucun ne répondit et il n'y avait pas de messagerie.

Ancien sous-officier de l'armée yougoslave, Naim Maloku avait été récupéré dans le plus grand secret par une unité spéciale du SDB, juste après son service. Il était au chomage et catalogué comme opposant. Le SDB avait monté un faux dossier contre lui, l'accusant d'avoir jeté des pierres contre des policiers, lors d'une manifestation. Ce qui pouvait lui valoir dix ans de prison.

Alors, il avait accepté la proposition du SDB. Au début, c'était très limité. On lui demandait de faire des notes sur l'état d'esprit de la population ; la phase suivante consistait à désigner des opposants. Enfin, il avait dû participer à des opérations spéciales contre des groupes de résistants, où il accompagnait les Serbes qui ne savaient pas toujours lire l'albanais.

Régulièrement, il touchait des sommes importantes en liquide, investies dans la construction de sa maison et, plus tard, de sa station-service. Officiellement, cet argent était gagné par du trafic de cigarettes. Celui-ci existait bel et bien, couvert par le SDB. En même temps, ses « traitants » lui recommandaient d'avoir en public une attitude antiserbe. La police l'avait même arrêté plusieurs fois et il avait fait quelques jours de prison.

En 1998, le SDB lui avait donné l'ordre de rejoindre l'UCK, ce qu'il avait fait, y gagnant une aura de résistant. Il s'était cru libéré par le départ des Serbes, mais un jour, un certain « Vula » l'avait appelé, lui rappelant plusieurs des opérations auxquelles il avait participé. De nouveau, il était manipulé, impuissant : si son dossier sortait, il se retrouvait pendu à un croc de boucher. À Decani, on haïssait les Serbes et, encore plus, les traîtres à la cause kosovare.

Il leva la tête et aperçut l'enseigne de sa station Kosova Petrol. Pendant quelques instants, il demeura vissé à son siège, incapable de bouger, puis son cerveau se remit en marche. Il ne pouvait pas rester là, à attendre la police. Dans quelques mois, le Kosovo serait indépendant et la KFOR partie. Il fallait gagner du temps.

Il avait des cousins à Dürrès, en Albanie, qui l'avaient souvent invité. C'était une excellente occasion de leur rendre visite. Évidemment, il aurait voulu prévenir « Vula » de ce coup dur, mais c'était impossible.

Comme un automate, il fila dans sa chambre et commença à entasser des affaires dans une valise. Il avait presque terminé quand sa fille Iliriana entra dans la

chambre. Surprise par ces préparatifs, elle demanda
aussitôt :

— Qu'est-ce que tu fais ?

— Je viens de recevoir un coup de fil de mon cousin
Ramush Ceku, il a eu un infarctus et il veut me voir. Je
pars tout de suite.

— Maman n'est même pas rentrée de Pec ! objecta Iliriana. Tu ne peux pas partir sans lui dire au revoir.

— C'est vrai ! bougonna Naim Maloku, je vais
l'attendre.

Il s'assit, maudissant sa lâcheté, mais il ne voulait pas
mettre sa fille au courant de ses turpitudes. Il avait honte.
Tandis qu'il achevait sa valise, il entendit un coup de
klaxon. Une voiture venait de s'arrêter à la station-service. De la chambre, il cria à Iliriana :

— Va servir !

Il n'avait plus envie de se montrer et alluma une cigarette. La voix de sa fille le fit sursauter.

— Papa, ce sont des étrangers qui veulent te parler !

Naim Maloku eut l'impression qu'on lui remplissait
l'estomac de plomb. Il se précipita à la fenêtre et écarta
le rideau. Un 4×4 blanc était arrêté en face des pompes.
Il ne portait aucun signe distinctif, mais cela ne le rassura
pas. Sa décision fut prise en quelques secondes. Il plongea dans une armoire, y prit le pistolet automatique Makarov qu'il avait au maquis et lança à sa fille :

— Dis-leur que je suis parti ! Je n'ai pas le temps.

Il traversa la maison, sa valise à la main et ouvrit la
porte donnant sur le parking où se trouvait sa Mercedes.
Il coinça le pistolet entre les deux sièges avant et démarra.
Il serait au Monténégro dans vingt minutes.

Malko, debout à côté de Karin Steyr, était encore en
train de discuter avec Iliriana lorsqu'il vit une vieille

Mercedes grise surgir de derrière la station-service, passer devant lui et tourner à droite en accélérant.

– C'est votre père ? demanda-t-il à la jeune femme.

Iliriana ne répondit pas, détournant la tête. Le sang de Malko ne fit qu'un tour. Avant de venir, il avait prévenu la KPF qui allait arriver sur ses talons.

– C'est lui, lança-t-il à Karin Steyr.

Le temps de sauter dans le 4×4, la Mercedes était déjà loin. Malko réalisa que, par chance, elle se dirigeait droit vers le monastère de Decani et les check-points de la KFOR.

– Prévenez le Com-KFOR ! lança-t-il à Karin Steyr. Qu'on l'intercepte.

Celle-ci était déjà accrochée à son portable, appelant le QG de la KFOR à Pristina. Le check-point situé avant le monastère se rapprochait. Malko vit la Mercedes zigzaguer entre les plots rouge et blanc et continuer, sans même ralentir. Les soldats étaient sortis de leur guérite, mais n'étaient pas intervenus, les véhicules civils ayant le droit d'emprunter cette route.

À son tour, Malko franchit le check-point.

Devant lui, la Mercedes passa en trombe devant l'entrée du monastère. Sans provoquer la moindre réaction des militaires en faction ! Ils n'étaient pas là pour vérifier la circulation.

Au-delà, la route filait vers la frontière du Monténégro, vingt kilomètres plus loin.

Malko accéléra, réussissant à rattraper la vieille Mercedes. Impossible de doubler, la route était trop étroite, qui suivait le lit de la rivière. La Mercedes disparut après un virage, mais lorsque Malko le prit à son tour, il dut écraser le frein pour ne pas l'emboutir. Elle-même avait dû s'arrêter, ralentie par un tracteur tirant une benne à une allure d'escargot… Il n'hésita pas, enclenchant le crabot du Touareg pour escalader le talus, doubler la Mercedes, puis se rabattre devant son capot. Son conducteur pila et,

aussitôt, repartit en marche arrière. Karin Steyr était enfin
en ligne avec le Com-KFOR.

– Qu'ils donnent l'ordre au poste de garde du monastère d'arrêter ce véhicule ! lui lança Malko.

Le fugitif n'avait pas d'autre choix que de revenir sur
ses pas, en marche arrière.

* *
*

Naim Maloku, cramponné à son volant, essayait de rester sur la route, jurant sans interruption. Sans le maudit
tracteur, il serait déjà au Monténégro !

Heureusement, celui qui le poursuivait était aussi
obligé d'utiliser sa marche arrière. Enfin, il aperçut la por-
tion de ligne droite précédant l'entrée du monastère et son
sang se figea. Une herse avait été tirée au milieu de la
route, entourée de plusieurs soldats italiens, arme au
poing. Il était coincé.

Il pila et sauta de la voiture, escaladant la pente escar-
pée et boisée dominant le monastère. Par là aussi, il arriverait au Monténégro ! Il se retourna, pistolet au poing, et
aperçut l'homme du Touareg en train d'ameuter les soldats. Ceux-ci se lançaient déjà à sa poursuite, mais il
grimpait plus vite qu'eux. Soufflant, crachant, il montait
comme un automate. Cent mètres plus loin, il commençait à ralentir lorsqu'une voix le fit sursauter.

– Stop !

Il leva la tête et aperçut un bersaglier debout quelques
mètres plus haut, braquant sur lui son fusil d'assaut.
Depuis l'attentat contre le monastère, la KFOR avait ren-
forcé son dispositif par deux postes de guet. L'un sur la
colline, à l'arrière du monastère, l'autre de ce côté-là. Évidemment, personne n'en avait été averti. Naim Maloku
n'hésita pas longtemps. Les militaires de la KFOR avaient
la réputation de ne tirer qu'en dernier ressort. Il décida de
prendre le risque et arracha son Makarov de sa ceinture.

S'il franchissait ce dernier obstacle, plus rien ne le sépa-
rerait du Monténégro.

Effectivement, Naim Maloku eut le temps de tirer deux
fois avant que le bersaglier ne réagisse.

Celui-ci, frappé en pleine poitrine, tituba mais ne s'effondra pas, les projectiles ayant été arrêtés par son gilet
pare-balles. Une courte rafale partit de son fusil Beretta
et Naim Maloku, sous la force des impacts, perdit l'équi-
libre. Son corps dévala la pente sur une vingtaine de
mètres, puis fut stoppé par un arbre.

Il y avait beaucoup de monde autour du cadavre de
Naim Maloku. Deux voitures de la KPF étaient arrivées
sur les lieux ainsi que le colonel commandant le détachement italien. Malko était en contact permanent avec la
KFOR à Pristina, et avec Pamela Bearden. Un des policiers qui fouillait les poches du mort en sortit un carnet
plein d'annotations. Malko tendit aussitôt la main.

— Je suis mandaté par la Minuk pour mener cette
enquête, dit-il fermement. J'ai besoin de cette pièce.

Après dix minutes de palabres avec Pristina, le policier
lui tendit à regret le carnet.

— Nous allons perquisitionner chez lui, annonça-t-il, et
interroger sa fille. Voulez-vous nous accompagner ?

— Inutile, dit Malko, qui n'avait pas envie de faire un
travail de police et avait hâte de se concerter avec Pamela
Bearden. Vous communiquerez les résultats à la KFOR.

Karin Steyr et lui remontèrent dans le Touareg et repri-
rent le chemin de Pristina. Le tuyau de Naser Salimaj était
bon. Seulement, Naim Maloku ne pourrait plus les aider.
Il restait le carnet.

Naser Salimaj avait été averti très vite de la mort de Naim Maloku.

Il n'en éprouvait aucune peine ; ses soupçons se justifiaient : c'était bien un agent serbe. Il souhaita que la KFOR puisse remonter la piste.

Naim Maloku n'était qu'un complice. Ce n'était pas lui qui avait décapité les cinq moines.

Naser Salimaj se versa un raki et le but d'un trait. Satisfait. Naim Maloku mort, personne ne pourrait le relier à cette dénonciation.

Page après page, Karin Steyr examinait le carnet trouvé sur Naim Maloku. Sans rien y relever d'intéressant. Des comptes, des gribouillis, des rendez-vous.

C'est sur la dernière page, cachée par un rabat, qu'elle tomba en arrêt devant plusieurs lignes bien calligraphiées. Un nom, « Vula », suivi de plusieurs numéros de téléphone.

Elle leva la tête après les avoir examinés et remarqua :

– « Vula », c'est un nom serbe. Ces numéros sont ceux de différents portables. L'un est kosovar, commençant par 377, un autre serbe, 381. Il y a aussi un monténégrin et un macédonien.

– Tout cela pour la même personne ! remarqua Malko. C'est étrange. Il faut faire analyser ces numéros par l'Agence.

Il en avait des picotements dans les mains. Qui était ce « Vula » qui avait tant de portables ? Il était peut-être en train de tirer, enfin, le fil menant aux assassins des cinq moines. Pamela Bearden l'avait convoqué pour une réunion avec Kadri Butka, concernant l'attentat du *Skender*. Il en profiterait pour lui remettre le carnet de Naim Maloku.

**

En dépit du ciel bleu, l'ambiance était morose dans le bureau de Pamela Bearden. Kadri Butka attendit que Malko se soit installé pour lui lire une note qu'il avait préparée.

— Comme je vous l'ai dit, le *Skender* appartient au clan Mulluki, commença-t-il. Il sont deux cousins à le diriger, Sami et Ahmet. Sami a effectué quatre ans de prison à Monte-Carlo, pour proxénétisme aggravé, et dix-huit mois en Suisse. Son cousin Ahmet est fiché par toutes les polices d'Europe comme trafiquant d'êtres humains. Des Kosovars et Kurdes qu'il envoie au Kazakhstan. Les cousins ont créé une formation politique pour les prochaines élections du 17 novembre, avec Ahmet comme chef de file.

Avec des candidats de ce calibre, la démocratie était en marche au Kosovo !

Kadri Butka continua :

— Le bruit court à Pristina que l'attentat contre le *Skender* serait la réponse au meurtre d'un autre cousin Mulluki, rafalé par le clan Berisha, il y a quelques semaines à cause d'un chargement d'héroïne en provenance de Turquie. Mais ce ne sont que des rumeurs...

Pamela Bearden écoutait, abasourdie.

— Mais il n'y a donc pas de police au Kosovo ? s'étonna-t-elle. Et la KPF ?

Kadri Butka eut un sourire indulgent.

— Les Mulluki sont très puissants. Ils ont financé l'UCK et participé à la Résistance.

Malko ne croyait guère à l'explication du patron du KSHIK. C'était une coïncidence extraordinaire si l'explosion qui avait tué son témoin n° 1 avait une autre cause que son élimination. Mais il fallait aussi «fermer» cette porte.

— Pourrais-je rencontrer les Mulluki ? demanda-t-il.

Kadri Butka le regarda, surpris.

— Oui, probablement. Mais ils ne vous diront rien. Ils règlent leurs problèmes en famille.

— On ne sait jamais, insista Malko. Comment y parvenir ?

— J'ai un ami qui travaille au ministère de l'Intérieur, expliqua le responsable du KSHIK. Il les connaît bien car il s'occupe «d'aménager» leurs interdictions de séjour dans les pays européens. Il s'appelle Enver Kastriot. À travers lui, vous aurez un bon contact. Moi, je ne veux pas intervenir, je suis trop marqué. Je vais l'appeler pour le prévenir.

— Merci, fit Malko.

*
* *

Murat Ahmeti vit trop tard le fourgon blanc qui venait de stopper juste derrière lui. Il n'eut même pas le temps de sortir son arme, un vieil automatique Walther 9mm. Trois balèzes, en blouson de cuir et jean, lui sautèrent dessus et, à coups de poing et de pied, le poussèrent dans le fourgon, continuant à le rouer de coups à l'intérieur, sans un mot. Lorsqu'ils s'arrêtèrent dans un vieux hangar, à l'est de la ville, ils n'avaient toujours pas ouvert la bouche, mais Murat Ahmeti avait trois côtes cassées, le visage en sang et ses testicules avaient la taille d'un œuf. Dès qu'on le poussa hors du fourgon, il se mit à hurler de douleur.

Ils le traînèrent jusqu'au milieu de la pièce, un ancien atelier de mécanique, et on l'attacha à l'aide de chaînes et de cordes à un siège métallique scellé dans le sol.

Quelques minutes plus tard, une BMW blanche entra dans le hangar et il en émergea un grand costaud aux cheveux noirs et courts, le front bas, le visage carré. Il avança dans sa direction d'une drôle de démarche, se dandinant, les pieds écartés, comme un cow-boy tombé de son cheval, les mains écartées du corps. Risible, mais personne ne se moquait de lui. Sami Mulluki était le plus féroce du clan. Sa condamnation monégasque était la sanction pour avoir battu à mort une prostituée albanaise qui voulait s'émanciper…

Il s'arrêta en face de Murat Ahmeti et prit ses cheveux noirs à pleine main, lui rejetant la tête en arrière.

– Qu'est-ce que tu faisais l'autre jour au *Skender*, à quatre heures ? demanda-t-il. Tu n'es resté que vingt minutes et tu n'as parlé à personne.

Murat Ahmeti avala le sang qui lui coulait du nez. C'était une vraie malchance que l'un des survivants de l'explosion l'ait reconnu. Il bredouilla :

– Pourquoi tu me demandes ça ? J'ai pas d'embrouilles avec vous. J'attendais une fille qui n'est pas venue.

Dieu merci, il n'appartenait pas au clan Berisha. Sami Mulluki secoua la tête.

– *Coki*[1] ! Je sais bien que tu ne fais pas partie de la *banda*[2] Berisha. C'est toi qui as apporté la bombe. Je veux que tu me dises qui te l'a donnée.

Murat Ahmeti bredouilla, têtu :

– J'ai rien fait !

– *Skerdate*[3] ! On va perdre du temps.

Il se retourna vers un de ses hommes et lança :

– Apporte-moi le tabouret. Déchausse-le.

On lui apporta un petit banc en bois patiné et un énorme marteau de ferronnerie. Patiemment, en fumant une cigarette, Sami Mulluki attendit qu'on ait arraché les vieilles chaussures du prisonnier. Puis, il prit le marteau et vérifia qu'il l'avait bien en main.

– Tu sais toujours pas ? demanda-t-il.

Murat Ahmeti poussa un gémissement.

– Je te dis que c'est pas moi !

1. Imbécile !
2. Gang.
3. Salopard !

Sami Mulluki leva le marteau et l'abattit de toutes ses forces sur le gros orteil gauche du prisonnier. Sous le choc de la douleur, Murat Ahmeti faillit arracher la chaise pourtant vissée au sol et poussa un hurlement déchirant. Sami Mulluki contempla le pouce écrasé en train de virer au violet, tous les os broyés d'où commençait à suinter du sang. Puis il releva son marteau et l'écrasa sur l'orteil voisin.

Il continua à frapper, comme un forgeron aplatissant une plaque de métal. Jusqu'à ce que les deux orteils ne soient plus qu'une bouillie sanglante. Murat Ahmeti hurlait sans discontinuer, les yeux hors de la tête. Agacé, son bourreau lança à la cantonade :

– Sadji, tu n'as pas un chiffon ? Il me fatigue…

Un de ses sbires accourut avec un vieux chiffon qu'il enfonça brutalement dans la bouche du prisonnier jusqu'à ce qu'il étouffe. Alors seulement, Sami Mulluki reprit son interrogatoire.

Sous ses coups de marteau, le pied de Murat Ahmeti se déformait, s'aplatissait, le sang giclait, absorbé par le sol sale. Soudain, Sami Mulluki s'aperçut que sa victime ne criait plus, évanouie. Il posa son marteau, s'étira et se dandina jusqu'à sa voiture où il avait laissé son blouson.

– Réveille-le, Sadji, jeta-t-il.

Son acolyte prit une bouteille de raki, tira la tête du prisonnier en arrière et enfonça le goulot de la bouteille entre les lèvres tuméfiées. Sous la brûlure de l'alcool, Murat Ahmeti reprit conscience, toussa, entrouvrit les yeux et commença à gémir sans interruption. Son menton tremblait, un râle sourd sortait de sa gorge.

Sami Mulluki revint se planter devant lui, jeta sa cigarette et dit de sa voix traînante :

– Je ne t'ai encore traité que deux doigts. Il en reste huit. Et après, je transformerai tes couilles en bouillie. Alors, tu ferais bien de me donner le nom. Ensuite, tu auras la paix.

Murat Ahmeti ne répondit pas. Il savait ce qui l'attendait, de toute façon. Les autres ne pouvaient plus le remettre en liberté. Peut-être serait-il vengé, mais il ne serait plus là pour le voir.

Avec le soupir de l'ouvrier qui se remet à l'ouvrage, Sami Mulluki se rassit sur son petit banc et leva son marteau. L'abattant cette fois sur le petit doigt qui éclata sous le choc, exposant les filaments blancs des os et des nerfs. Murat Ahmeti crut que son cerveau explosait, que ses cordes vocales se déchiraient. Son bourreau leva de nouveau le marteau, visant cette fois le pied droit.

– Arrête ! murmura Murat Ahmeti.

Vaincu. Il savait qu'il allait mourir, mais cette douleur était insupportable. Il connaissait Sami Mulluki. Il lui briserait tous les os. Cette forme de torture avait l'avantage de ne pas tuer le « patient ». Donc, cela pouvait durer très longtemps.

– Alors, qui c'est ? lança-t-il.

– Ramiz Berisha, bredouilla le prisonnier.

Sami Mulluki fronça les sourcils, la tête penchée en avant.

– Tu te fous de moi ! On n'a aucun contentieux avec lui.

Furieux, certain que l'autre mentait, il reprit le marteau d'une main encore plus ferme et se mit à taper comme un sourd sur le pied droit de Murat Ahmeti.

Il continua à le massacrer un bon moment avant de réaliser que sa victime ne criait plus, immobile, la tête pendant sur sa poitrine.

Lâchant le marteau, il la lui releva, réalisant immédiatement qu'il ne respirait plus… Crise cardiaque. Furieux, il marmonna :

– *Peronari*[1] *!*

1. Maquereau !

C'était la première fois que cela arrivait ! Il se tourna vers le groupe qui l'observait et jeta :

– Foutez-le dans la rivière.

Frustré, il regagna sa BMW et remit son blouson. Il allait se faire engueuler par son cousin car, désormais, ils n'avaient plus de piste. Or, c'était fâcheux d'avoir des ennemis non identifiés.

Malko avait le cœur battant en montant le perron de la mission américaine. Pamela Bearden venait de lui demander de passer la voir d'urgence.

Quand il entra dans le bureau de la grosse Américaine, il réprima une quinte de toux, tant il y avait de fumée. Quand elle était concentrée, Pamela Bearden fumait à la chaîne. Elle tendit une main grassouillette à Malko et annonça triomphalement :

– Je crois que nous avons identifié le « traitant » de Naim Maloku.

CHAPITRE IX

Pamela Bearden ouvrit son dossier et tendit à Malko une feuille de papier portant les quatre numéros trouvés dans le carnet de Naim Maloku.

– Tous ces numéros correspondent probablement à la même personne, ce « Vula », dit-elle. Seulement, ce sont des cartes jetables achetées à la poste de Pristina, anonymement. Désormais, il y a un contrôle, on demande une pièce d'identité, mais ce n'était pas le cas auparavant.

– Donc, conclut Malko, il est impossible d'identifier « Vula » à partir de ces numéros.

– Impossible ! confirma l'Américaine. Nous les avons tous essayés. Sans succès. Ils ne répondent plus. Mais cela ressemble beaucoup à un officier « traitant » qui veut se protéger.

– Elles sont récentes ?

– Oui. Ce sont des cartes de trente minutes, qui s'épuisent donc très vite.

Le seul homme à pouvoir identifier « Vula » était mort. Malko se dit que l'Américaine s'était un peu avancée en prétendant avoir identifié le « traitant » de Naim Maloku. La seule quasi-certitude, c'était qu'ils venaient de découvrir un réseau clandestin serbe. Mais il restait beaucoup à faire. Comme pour lui regonfler le moral, Pamela Bearden annonça :

– Kadri Butka vous attend dans une heure au restaurant *Ballantine's*, rue Hajden-Duci, pour vous présenter son ami Enver Kastriot.

**

Kadri Butka était installé sur la minuscule terrasse, en compagnie d'un garçon brun, un peu joufflu, aux yeux très sombres, vêtu d'un costume et d'une cravate. Style haut fonctionnaire. Le patron du KSHIK fit les présentations.

– Enver travaille au ministère de l'Intérieur. Il connaît bien la famille Mulluki. Il a pris rendez-vous pour vous.

Enver Kastriot sourit.

– Ça tombe bien. J'ai de bonnes nouvelles pour Sami. J'ai réussi à lui raccourcir son interdiction de séjour en Suisse, d'un an. Il va pouvoir aller au ski avec sa famille…

– Kadri Butka vous a dit pourquoi je voulais le rencontrer ?

Le sourire plaqué sur le visage rond s'accentua.

– Oui, mais n'y comptez pas trop. Chez ces gens-là, on ne balance pas…

– Vous croyez qu'ils connaissent les coupables ?

– C'est probable. Mais ils ne diront rien. Bon, ce n'est pas loin, allons-y à pied.

Ils se séparèrent, Malko suivant son guide boulevard Luan-Haradinaj jusqu'à UCK Street. Sur celle-ci, au rez-de-chaussée d'un building, s'ouvrait une porte portant l'inscription « Diplomat Club ». Deux balèzes à la mine rébarbative veillaient devant la porte. Enver Kastriot leur jeta quelques mots et ils s'écartèrent avec un sourire obséquieux. Un escalier s'enfonçait vers le sous-sol. Malko découvrit une salle tout en longueur avec des box spacieux occupés par des tables basses. On se serait cru dans une boîte de nuit vide. Trois hommes se trouvaient dans le premier box et se levèrent d'un bloc devant les nouveaux venus. L'un, reconnaissant Enver Kastriot, vint lui serrer la main et les installa dans un box vide. Dans les autres, des groupes d'hommes bavardaient à voix basse. Enver Kastriot se pencha à l'oreille de Malko.

– C'est leur permanence électorale. C'est ici qu'ils achètent les voix. Le Kosovo, c'est petit. Il suffit de tenir deux ou trois mille types importants…

Il s'interrompit. Un homme en pull saumon, avec des épaules de docker, le front bas, l'air dangereux, venait de glisser à côté d'eux. Il jeta un coup d'œil rapide et indifférent à Malko et étreignit Enver Kastriot.

– J'ai de bonnes nouvelles ! annonça ce dernier en lui tendant une lettre.

Malko aperçut la croix rouge du drapeau suisse. Le voyou parcourut la lettre et donna ensuite une grande tape dans le dos d'Enver Kastriot.

– Tu es formidable ! Je vais pouvoir aller au ski ! Qu'est-ce que je peux faire pour toi ?

Le fonctionnaire du ministère de l'Intérieur sourit modestement.

– C'est un plaisir de rendre service à un ami… Comment va la campagne électorale ?

Sami Mulluki se rengorgea.

– Les sondages nous donnent 30 % ! On aura au moins vingt-cinq députés.

Il y avait de quoi frémir. Enver Kastriot ne releva pas, dit sans cesser de sourire :

– Mon ami enquête sur l'affaire du *Skender*. Il travaille avec la KFOR. Il voudrait savoir ce qui est arrivé.

Sami Mulluki afficha un air contrit.

– C'est des sauvages ! On a eu trois morts. Plus des blessés vachement abîmés.

– Vous connaissiez la fille qui a été tuée dans l'explosion ?

Sami Mulluki fronça les sourcils.

– La fille ? Quelle fille ?

— Une cliente du bar, précisa Malko.

Le voyou albanais secoua la tête.

— Je savais même pas qu'il y avait une fille !

Il paraissait sincère. Enver Kastriot se pencha et demanda à voix basse :

— C'est une embrouille ? Mon ami voudrait savoir.

Le voyou hésita un peu, puis, presque tête contre tête, dit dans un murmure :

— On pense que ce sont les Berisha.

— Ils y ont été fort ! remarqua calmement Enver Kastriot.

Le visage de Sami Mulluki se durcit.

— On fera encore plus fort, répliqua-t-il, les dents serrées.

— C'est un type de chez eux qui est venu déposer la bombe ? insista Enver Kastriot.

Sami Mulluki eut un geste évasif.

— On ne sait pas.

Un homme de haute taille, les cheveux ondulés, voûté, s'approcha d'eux. Sami Mulluki fit les présentations.

— Mon cousin Ahmet. Il va se présenter comme tête de liste.

Le cousin sourit, onctueux, et s'adressa à voix basse à Sami, qui s'excusa avec un sourire.

— Il a besoin de moi ! Revenez quand vous voulez.

Ils regagnèrent UCK Street et Malko demanda aussitôt :

— Qui sont les Berisha ?

— Un autre clan, lié aux Monténégrins. Ils se disputent le territoire pour distribuer les cigarettes. Il y a eu déjà pas mal de morts. Vous êtes satisfait ?

— Oui et non, fit Malko. Je pense qu'eux-mêmes ne savent pas à quoi s'en tenir. Donc, ils mettent l'attentat sur le dos de leurs ennemis...

Le sourire d'Enver Kastriot s'accentua.

– Ils trouveront et ils réagiront. Sinon, ils perdent la face. Voilà. Je ne peux rien faire de plus pour vous.

Ils étaient arrivés devant le haut building en acier et en verre qui abritait le gouvernement kosovar. Enver Kastriot tendit sa carte à Malko.

– Je suis au neuvième étage, si vous avez besoin de moi…

Frustré de revenir à son point de départ, Malko demanda à brûle-pourpoint :

– Vous ne connaissez personne qui en sache un peu sur les réseaux serbes au Kosovo ?

Enver Kastriot sourit, énigmatique.

– C'est un sujet délicat, qui se réglera après l'indépendance. Dans le sang. Je vais réfléchir.

Malko prit la direction du *Grand Hôtel*, se disant plus que jamais que la réponse à ses questions se trouvait à Belgrade. Autrement dit, sur une autre planète. De plus en plus, il était persuadé que le massacre des moines était une provocation des Serbes, utilisant leurs «taupes». Il fallait trouver celles-ci, les déterrer, avant qu'elles ne récidivent.

Le mystérieux « Vula » en faisait sûrement partie, mais il était bien caché au fond de son trou.

**
* **

Pamela Bearden semblait avoir encore enflé. Le regard éteint, elle fixa Malko.

– Il n'y a rien à faire, alors ? Vous croyez que je peux dormir en me disant qu'il y a une bande de fous furieux manipulés qui se préparent à commettre d'autres horreurs ? C'est un miracle que les Serbes n'aient pas encore entamé de représailles ! Et si on entre dans ce cycle infernal…

Elle laissa sa phrase en suspens. Cette fois, ils étaient en tête à tête. Malko insista :

– J'ai exploré toutes les pistes possibles. Je suis certain qu'il y a un réseau clandestin serbe à l'œuvre. Ce sont eux qui ont fait sauter le *Skender* pour éliminer Adile Uko, qui connaissait les coupables C'est vrai, ils peuvent frapper de nouveau. Mais, s'ils sont manipulés par Belgrade, comme c'est probable, on peut essayer la voie diplomatique. Vous avez une ambassade à Belgrade et l'Agence a une station.

La pachydermique Américaine glissa tristement :

– L'Agence n'a que des contacts formels avec le BIA qui est sous la coupe du Premier ministre Kostunica. Quant à la diplomatie, la Serbie a choisi la voie russe. Kostunica s'est aligné sur Moscou et nous sommes considérés là-bas comme des pestiférés.

– Dans ce cas, conclut Malko, je n'ai plus qu'à rentrer en Autriche.

Il réalisa soudain que Pamela Bearden feuilletait un dossier. Elle leva les yeux sur lui.

– Vous avez beaucoup travaillé sur la Yougoslavie. Je vois que dans l'affaire Karadzic, vous avez été aidé par le patron des Services bosniaques, Munir Konjic [1]. Il pourrait peut-être parler aux Serbes ?

Malko se permit un sourire ironique.

– Les Serbes le vomissent et il a été viré parce qu'il s'occupait trop de retrouver Radovan Karadzic...

– *Shit!*

Soudain, Malko se revit au *Club des Écrivains* à Belgrade avec l'homme à qui Munir Konjic l'avait envoyé. Vladimir Djorgevic, ancien bras droit du ministre de l'Intérieur Mihaïlovic, avait supervisé le BIA quelque temps. Même s'il était sur la touche à cause de l'infléchissement de la politique serbe vers la Russie, il pouvait, peut-être, aider Malko, grâce à ses relations dans les Services serbes.

---

1. Voir SAS n° 165 : *Le Dossier K.*

– J'ai peut-être quelqu'un, dit celui-ci. À Belgrade. Je
vais voir ce que je peux faire. Avez-vous une ligne *safe*,
qui n'affiche pas un numéro kosovar ?

– Oui, nous avons le circuit diplomatique.

– Je vais l'utiliser, dit Malko.

S'il appelait Vladimir Djorgevic à Belgrade, à partir
d'un numéro kosovar commençant par 377, cela pouvait
attirer l'attention des écoutes serbes. Les Serbes, formés
à l'école soviétique, étaient excellents dans ce domaine.
Pamela Bearden le conduisit dans un bureau vide avec
plusieurs téléphones.

– Ces numéros sont des numéros américains, expli-
qua-t-elle. Si vous préférez, il y a aussi des serbes, commençant par 381.

Vladimir Djorgevic sembla agréablement surpris d'entendre la voix de Malko.

– Vous êtes à Belgrade ? demanda-t-il.

– Non, corrigea Malko, mais je ne suis pas très loin.
À Budapest.

– En effet, fit le Serbe.

– Vous ne passez pas par là, par hasard ? demanda
Malko.

Espérant que le Serbe comprendrait le message. Pour
une affaire aussi sensible, il valait mieux se retrouver dans
un endroit neutre.

Après un temps d'arrêt, Vladimir Djorgevic dit d'une
voix parfaitement naturelle :

– Justement, je dois m'y rendre cette semaine. Que
diriez-vous d'après-demain ?

– Cela me convient tout à fait, conclut Malko. Vous
me rappelez sur mon portable pour me dire comment nous
nous retrouvons ?

Il lui communiqua le numéro de son portable autrichien et alla rejoindre Pamela Bearden.

– Je vais le rencontrer, annonça-t-il, mais c'est sans garantie. Nous nous retrouverons à Budapest après-demain.

C'est le cœur presque léger qu'il partit retrouver Karin Steyr pour dîner au *Prishat*, un des bons restaurants de Pristina, toujours plein.

*
* *

L'unique vol quotidien pour Budapest était en retard et plein comme un œuf. Vladimir Djorgevic avait rappelé et ils avaient convenu de se retrouver au Duty Free Shop dans la partie « transit » de l'aéroport de Budapest. Ce qui était le plus discret.

Malko regardait la campagne kosovare défiler sous l'appareil. Comment le Kosovo, ce confetti sans attrait, pouvait-il déclencher tant de passions ? Serbes et Koso-vars se déchiraient pour un pays pauvre, sans ressources et sans intérêt. Et qui n'en aurait jamais ! Tout cela à cause d'une bataille perdue sept cents ans plus tôt !

À peine dans l'aérogare de Budapest, il fonça vers la zone de transit. Passant un enième contrôle de sécurité… Et il était en retard ! Plus d'une demi-heure. Les batte-ments de son cœur se calmèrent quand il aperçut les lunettes carrées et la haute silhouette de Vladimir Djor-gevic en train d'acheter du saucisson hongrois. Le Serbe lui adressa un signe joyeux et le rejoignit.

– Je ne pensais pas vous revoir ! fit-il, mi-figue mi-raisin.

– Merci d'être venu jusqu'ici.

– J'ai gardé un bon souvenir de notre dernier contact. Je suppose que vous aviez une raison précise de me voir ?

– Allons boire un verre, suggéra Malko.

Une fois installés, il demanda :

– Comment cela se passe-t-il à Belgrade ?

Le Serbe eut une moue désabusée.

– Mal. Tadjic va peut-être démissionner et ses idées ne sont pas prises en compte. C'est Kostunica qui mène la danse. Il s'est aligné sur les Russes, à cause de sa haine des Américains, et tout est gelé. Rien ne bougera avant trois ou quatre ans.

Cela n'avait servi à rien d'envoyer Milosevic à La Haye. Malko but un peu de sa vodka et demanda :

– Vous avez suivi l'affaire des moines décapités ?

– Bien sûr. Tous les journaux en sont encore pleins.

– Qu'en pensez-vous ?

Vladimir Djorgevic réfléchit quelques instants.

– Je me pose des questions, avoua-t-il. Certains Kosovars sont très radicaux et nous haïssent. Mais, objectivement, ils n'ont pas intérêt à faire ce genre de chose en ce moment, alors qu'ils touchent l'indépendance du doigt. Seulement, il y a toujours des gens pour pratiquer la politique du pire. Regardez en Israël.

Là-bas, dès qu'on s'approchait d'un accord, il y avait toujours un drame pour le faire dérailler. Comme l'assassinat d'Itzhak Rabin ou les attentats terroristes du Hamas.

– Et les Serbes ? demanda Malko.

Djorgevic sourit.

– Quels Serbes ? Ce ne sont pas les excités de Seselj [1] ou les gens de Mitrovica qui sont capables de faire ce genre de choses… Il a fallu une organisation, des Albanais dans le coup.

– C'est à mon tour de poser la question, sourit Malko. Quels Albanais ?

– Vous pensez aux réseaux que nous avons laissés là-bas ? demanda Djorgevic. Quand j'étais aux affaires, j'ai vu passer certains documents, mais c'était un secret très

---

1. Leader ultranationaliste serbe, emprisonné et jugé à La Haye.

bien gardé par une des branches du SDB. Je ne sais même pas s'ils ont tout donné à leurs successeurs du BIA. Effectivement, eux auraient pu monter cette affaire, pour discréditer les Albanais. Vous vous en occupez ?

— Oui, confirma Malko. C'est la raison de notre rencontre. Pouvez-vous essayer de savoir si le BIA est mouillé là-dedans ? Et si c'est le cas, que faire pour les empêcher de récidiver ?

Vladimir Djorgevic sirotait silencieusement son Chivas Regal.

— Je vais essayer, promit-il, parce que c'est vous. Mais c'est très délicat. Il faut que j'en parle à Mihaïlovic.

— Encore une question : si c'est eux, il a fallu un feu vert à quel niveau ?

Vladimir Djorgevic leva l'index vers le plafond.

— Au plus haut.

C'est-à-dire le Premier ministre Kostunica.

Le Serbe contemplait un 747 d'American Airlines en train de s'amarrer à une passerelle. La pluie commençait à tomber. Petit, mais moderne, l'aéroport de Budapest était plutôt accueillant.

— Je vais devoir vous quitter, dit-il. Mon vol de retour sur Belgrade est dans une heure. Je peux vous rappeler sur ce numéro ?

— Bien sûr. Le plus vite sera le mieux.

Ils se levèrent ensemble. Malko avait encore trois heures à tuer. Il regarda la haute silhouette du Serbe se perdre dans la foule.

Lui seul pouvait l'aider.

Il n'avait pas voulu aborder le sujet « Vula ». À ce stade, c'était délicat. Il fallait d'abord s'assurer de l'état d'esprit des Serbes. Avant de leur demander éventuellement de « balancer » le réseau qu'ils avaient laissé au Kosovo. Dans ce cas, il faudrait leur offrir une compensation très substantielle...

En attendant, il devait continuer son enquête à Pristina.

Malko venait de débarquer à Pristina lorsque la messagerie de son portable lui délivra un message reçu pendant le vol. Enver Kastriot, le fonctionnaire du ministère de l'Intérieur kosovar, l'invitait à déjeuner le lendemain au *Ballantine's* avec quelqu'un qui pourrait probablement l'aider dans son enquête sur les voyous : le chef de la section antiterroriste au sein de la KPF, un certain Faruk Dervishi.

CHAPITRE X

Enver Kastriot, toujours impeccable dans son costume sombre, cravaté, le sourire figé sur son visage lisse aux joues rebondies, salua Malko et lui présenta l'homme qui se trouvait en sa compagnie. Les cheveux courts un peu grisonnants, en chemise verte et pantalon de toile, il faisait très jeune. Malko fut tout de suite frappé par son regard clair et incisif.

— Faruk Dervishi est le meilleur spécialiste au Kosovo des clans criminels, annonça Enver Kastriot. Il dirige le département antiterroriste de la KPF et exerce le métier de policier depuis plus de vingt ans.

— Oh, je ne suis que sergent ! protesta en anglais, d'une voix douce, le policier. Et je ne gagne pas beaucoup d'argent !

— Et, en plus, renchérit Kastriot, il est honnête ! Il a travaillé dans la police kosovare du temps des Serbes, a rejoint l'UCK en 1998 et, depuis la libération, a repris du service dans la KPF. Il est basé au Camp Bravo. C'est un élément précieux qui connaît le monde criminel local sur le bout des doigts.

Avec un sourire plein de modestie, Faruk Dervishi but quelques gorgées de sa Peja, la bière locale.

— Avez-vous suivi l'affaire du *Skender* ? demanda Malko.

Faruk Dervishi hocha la tête affirmativement.

— Bien sûr. Enver m'a dit que vous vous y intéressiez. Que puis-je faire pour vous ?

— À votre avis, qui est responsable de cet attentat ?

Sourire de l'antiterroriste.

— Il n'y a pas de preuves, admit-il, mais tout désigne la famille Berisha. Il y a quelque temps, un membre important de la famille a été abattu. C'est le prix du sang, avec les intérêts.

Déçu, Malko insista :

— Dans ce cas, c'est une coïncidence étonnante, car j'avais justement rendez-vous dans ce bar, à l'heure où la bombe a explosé, avec une femme détenant des informations cruciales sur les meurtres au monastère de Decani.

Pensif, Faruk Dervishi termina sa côte d'agneau avant de répondre.

— Il y a eu déjà plusieurs attentats semblables, des explosions moins fortes. C'est la façon des clans de régler leurs comptes.

— Dans ce cas, objecta Malko, il devrait y avoir une réponse des Mulluki…

— Absolument, approuva Faruk Dervishi. Mais ils prennent leur temps.

— Vous êtes-vous occupé de l'affaire du monastère de Decani ?

Le policier secoua la tête.

— Non, ce n'est pas dans mes attributions.

— Qu'en pensez-vous ?

Faruk Dervishi hésita un peu et baissa la voix.

— Moi, je vois bien les gens de l'AKSH se livrer à ce genre de provocation. Vous devriez aller voir le manchot, Naser Salimaj, il les connaît tous.

Malko s'abstint de lui dire que c'était déjà fait, et continua ses recoupements.

— On m'a dit que les Services serbes avaient encore pas mal de taupes au Kosovo. C'est exact ?

Faruk Dervishi sourit.

– Il y en a certainement mais elles sont bien enterrées et se tiennent tranquilles, trop contentes de ne pas avoir été découvertes.

– Les Serbes ne seraient pas tentés de s'en servir ?

Faruk Dervishi eut une mimique incrédule.

– Ceux qui s'étaient vraiment mouillés sont partis dans les bagages des Serbes. Les autres étaient des supplétifs qui trahissaient pour grappiller quelques petits avantages, comme des passeports ou des jobs. Maintenant, les Serbes ne peuvent plus rien leur donner...

Il regarda sa montre et se leva, enfilant une veste de toile.

– Il faut que j'y aille. Si j'ai du nouveau sur le *Skender*, je préviendrai Enver.

Malko était resté au *Ballantine's*, bien après le départ de Faruk Dervishi, pour faire le point de son enquête avec Enver Kastriot.

Ce n'était pas brillant.

La piste du *Skender*, pour l'instant, ne menait nulle part, il n'y avait aucun moyen d'identifier le mystérieux « Vula », les fouilles chez Naim Maloku et l'interrogatoire de sa fille n'avaient rien donné. Il ne restait plus qu'à se raccrocher à une réponse positive de Vladimir Djorgevic, l'ami serbe de Malko. Un espoir modéré, en étant optimiste.

Malko décida d'appeler Karin Steyr pour se changer les idées. Dès qu'il l'eut en ligne, il entendit un brouhaha de voix assourdissant. Elle n'était pas seule...

– J'allais t'appeler, dit-elle. J'ai eu un message de Naser. Je suis au *Tiffany* avec des amis. Tu veux me rejoindre ?

– J'arrive, fit Malko.

Comme d'habitude, le *Tiffany* grouillait d'internationaux. Karin Steyr était le centre d'un cercle d'admirateurs, un verre de champagne à la main, et Malko remarqua tout de suite son profond décolleté carré qui attirait tous les regards. Bien entendu, sans le moindre soutien-gorge. Elle lui adressa un sourire et reprit aussitôt ses conversations. Vexé, Malko alla boire une vodka au bar, puis une seconde... Karin ne s'éloignait de son cercle que pour tendre sa flûte au barman qui y reversait quelques bulles de Taittinger Comtes de Champagne Blanc de Blancs 1998.

Excédé, il finit par se rapprocher d'elle et lui souffla à l'oreille :

— Je croyais que tu avais des choses importantes à me dire ?

— Oui. Naser m'a appelée pour me faire jurer que je ne dirais jamais qu'il avait balancé Naim Maloku.

— Tu lui as parlé de « Vula » ?

— Oui. Cela ne lui dit rien. Tu viens dîner ?

— Avec cette meute ?

— C'est eux qui nous invitent.

— Sans moi.

Il ressortit du *Tiffany*, à cran. Il faisait du sur-place. Il rentra au *Grand Hôtel* sans même dîner. Il était presque minuit quand son portable sonna : c'était Karin Steyr, la voix extrêmement douce.

— J'ai envie de te voir, dit-elle. Tu ne dors pas ?

— Je ne dors pas. Où es-tu ?

— En bas.

— Monte.

Soudain, il eut une idée, pour la punir de son indifférence affectée au *Tiffany*. Il sortit de la chambre. Le palier baignait dans un éclairage crépusculaire. Il s'arrêta en face des ascenseurs, à côté de deux fauteuils bleus, placés là pour Dieu sait quelle raison. Dès que Karin Steyr émergea de l'ascenseur, elle se jeta pratiquement dans ses bras. Sans dire un mot, Malko la plaqua contre le mur, écartant son décolleté pour saisir ses seins, les caresser d'une façon de plus en plus brutale. La jeune femme en tremblait.

— Viens, souffla-t-elle, tu m'as donné envie.

— Non, fit Malko. Je vais te baiser ici.

— Ici ! Mais si quelqu'un vient ?

— Cela ne me gêne pas, assura Malko.

Il la poussa vers un des fauteuils et la força à s'y age-nouiller. Ensuite, il remonta sa jupe sur ses reins, écarta son slip noir et se ficha en elle.

De face, Karin Steyr ressemblait à une paroissienne abî-mée en prière. De profil, c'était une autre histoire. Cram-ponnée des deux mains au haut du fauteuil, elle reçut les assauts de Malko en gémissant de plus en plus fort. Appa-remment, la peur d'être surprise ne gâchait pas son plaisir…

Malko ne tarda pas à exploser au fond de son ventre. À peine rajusté, il appuya sur le bouton de l'ascenseur et fit face à Karin Steyr qui, elle aussi, venait de reprendre une attitude plus digne.

— C'est gentil d'être venue, dit-il. Moi aussi j'avais envie de baiser.

Stupéfaite, Karin se laissa pousser dans la cabine de l'ascenseur dont les portes se refermèrent. Malko regagna sa chambre, doublement satisfait. Les récréations sexuelles avec Karin étaient toujours piquantes et il avait effacé l'humiliation du dîner. C'était comme le dressage des fauves : il fallait toujours être vigilant, maintenir la crainte chez le partenaire. Plus il pensait à la jeune femme, plus il se disait qu'elle n'avait pas le profil d'une simple employée administrative. Trop de personnalité, trop de liberté, trop d'assurance. En plus, elle maîtrisait parfaitement son goût pour le sexe, comme un homme.

*
* *

Son portable le réveilla : aucun numéro ne s'affichait, mais il reconnut immédiatement la voix de Vladimir Djorgevic. Le Serbe ne perdit pas de temps.

— Je suis avec quelqu'un qui souhaite vous rencontrer, annonça-t-il. Aujourd'hui, si possible.

— Aujourd'hui, mais…

— Vous êtes retourné là où vous étiez ?

— Oui.

— Dans ce cas, c'est facile : prenez la route de Mitrovica. En y arrivant, au lieu de prendre l'embranchement descendant vers la ville, continuez tout droit, en direction de Belgrade. Cinq kilomètres plus loin, se trouve le village de Velike Rudare. Il y a une auberge sur le côté gauche de la route. Nous y serons, vers une heure.

— C'est au Kosovo ? ne put s'empêcher de demander Malko.

— C'est la Serbie, corrigea son interlocuteur. Le Kosovo n'existe pas. Il n'y a aucune frontière entre la province kosovare et le territoire peuplé de Serbes. Cela vous convient ?

— Tout à fait, approuva Malko.

Priant pour que son ami de Belgrade ait obtenu des informations lui permettant de continuer son enquête.

Il y avait à peine une heure de route entre Pristina et Mitrovica, tout au nord du Kosovo. Une route plate, bordée de champs de maïs, de cimetières de voitures, de maisons toutes neuves, où des voitures blanches de la KPF étaient embusquées partout pour traquer d'improbables excès de vitesse.

Les cheminées des usines chimiques de Mitrovica apparurent sur sa gauche. C'était une des villes les plus polluées du pays et ses habitants respiraient littéralement du plomb ! À tel point qu'il avait fallu fermer certaines mines. Juste après l'hôtel *Princesse*, un grand bâtiment blanc flambant neuf, la route s'enfonçait entre deux collines. Malko ralentit, s'attendant à trouver un check-point.

Rien.

Trois kilomètres plus loin, il aperçut les premières voitures en plaques serbes. Il était toujours, techniquement, au Kosovo, mais dans la partie serbe épurée de tout Albanais. Au long des kilomètres suivants, il ne vit plus une seule voiture en plaques kosovares, seulement des serbes. Il avait changé d'univers sans s'en rendre compte...

Le panneau Velike Rudare apparut après un virage, ainsi que la petite auberge, sur la gauche, en retrait d'un terre-plein. Malko s'y gara à côté d'une Audi 8 noire portant une plaque belgradoise. L'intérieur ressemblait à celui de toutes les auberges serbes, avec sa décoration folklorique. La salle était vide, à l'exception de deux clients.

L'un était Vladimir Djorgevic. L'autre un homme aux cheveux gris et courts, au visage sanguin, taillé comme un bûcheron, le visage inexpressif.

Vladimir Djorgevic se leva et vint serrer la main de Malko.

— J'ai commandé de l'agneau de lait, dit-il, j'espère qu'il sera bon.

Il y avait déjà une bouteille de Slibovica[1] sur la table avec des bières et l'éternelle salade. Le Serbe fit les présentations.

— Mon ami ne peut pas vous donner son nom, expliqua-t-il. Appelons-le Slobodan. Nous nous connaissons depuis très longtemps et nous protégeons mutuellement. Personne, à part moi, ne sait qu'il vous rencontre ici, cela pourrait être extrêmement négatif pour sa carrière.

— Que fait Slobodan ? demanda Malko.

1. Alcool de prune.

Celui qu'il avait appelé ainsi tourna vers lui son regard gris et inexpressif.

— Je gère les éléments extérieurs de l'Agence, dit-il d'une voix neutre.

Autrement dit, c'est lui qui s'occupait des réseaux de taupes du BIA, qui avait succédé à Belgrade au SDB. L'homme qui gérait les agents serbes au Kosovo... Une serveuse apporta un énorme plat et ils demeurèrent silencieux quelques instants. Puis Slobodan s'adressa à Malko en russe.

— Volodia m'a parlé de votre problème. Je suis venu vous dire que mon Service n'est mêlé ni de près ni de loin à l'affaire des moines.

C'était un choc. Il n'avait pas l'air d'un menteur et Malko avait beau avoir la méfiance chevillée au corps, il avait confiance en Vladimir Djorgevic.

— Vous en êtes certain ? insista-t-il.

— Certain, trancha l'autre, en se servant. J'ai tenu à vous voir pour que vous passiez le message à vos amis américains. Nous ne sommes pas responsables de cette action.

— Qui l'est, dans ce cas ?

Le Serbe eut un geste évasif.

— Je l'ignore. Le Kosovo est plein de gens dangereux. Les différentes familles mafieuses peuvent avoir certains intérêts que nous ignorons.

Ils mangèrent quelque temps en silence, puis Malko voulut aller plus loin.

— Grâce aux réseaux que vous avez conservés au Kosovo, demanda-t-il, vous ne pouvez pas vous renseigner ?

— Non, répondit sèchement Slobodan, la bouche pleine d'agneau.

Vladimir Djorgevic fit dévier la conversation sur la rivalité Tadic-Kostunica et l'atmosphère se détendit. Malko comprit qu'il n'en saurait pas plus. Slobodan

regardait sans arrêt sa montre. Nerveux. Vladimir Djorgevic demanda l'addition et ils sortirent. Sur le pas de la
porte, Slobodan se tourna vers Malko.

— Attendez un peu. Une chose encore, afin de vous
prouver ma bonne foi. Un groupe d'extrémistes serbes
prépare un attentat au Kosovo.

Malko se figea.

— Un attentat ? Qui ?

— Je ne peux pas vous le dire. Il s'agit de faire sauter
la centrale thermique d'Obilic. En réponse au massacre
de Decani.

L'unique centrale du Kosovo fournissait toute l'électricité du pays. Il y en avait bien une seconde en construction, mais elle ne serait terminée qu'en 2015 ! Les
Kosovars ne pouvaient pas rester dans le noir pendant huit
ans ! Cela risquait de déclencher des émeutes dans tout le
pays, sans parler de la catastrophe économique.

Slobodan fixa Malko de son regard gris et froid.

— Je vous demande de ne prendre aucune mesure spectaculaire qui pourrait laisser croire que vous êtes au courant de ce projet que je désapprouve. Cela pourait avoir
les conséquences les plus fâcheuses pour moi. J'ai voulu
vous apporter cette information afin vous prouver ma
bonne foi. *Do svidania*[1].

Les deux hommes s'éloignèrent vers l'Audi noire qui
démarra aussitôt en direction du nord. Malko attendit
quelques secondes pour sortir à son tour et remonter dans
son 4×4. Sonné ! Non seulement, il n'avait pas avancé
d'un centimètre dans son enquête, mais il se trouvait
confronté à un nouveau dilemme : déjouer un attentat dont
il ne connaissait ni les auteurs, ni le *modus operandi*, ni la
date ! Le tout sans mettre en place des mesures préventives.

Lorsqu'il croisa la première voiture en plaques kosovares, il n'avait pas encore absorbé le choc.

---

1. Au revoir.

CHAPITRE XI

Les cinq cheminées de la centrale thermique d'Obilic crachaient dans le ciel bleu des panaches de fumée jaunâtre, entraînés par le vent vers le sud. Une pollution permanente pour Pristina, la centrale ne se trouvant qu'à une dizaine de klomètres de la capitale du Kosovo. Certains jours, les toits étaient recouverts d'une pellicule malodorante qui faisait crever même les rats qui s'aventuraient à goûter cette poussière chargée de soufre.

Malko avait quitté la route Mitrovica-Pristina, depuis dix minutes, filant vers la centrale. Il passa devant celle de Kosova B, en construction.

Kosova A se trouvait quatre kilomètres plus loin, après le village d'Obilic.

Sa capacité maximale était théoriquement de 800 mégawatts, grâce à cinq turbines. Hélas, la numéro 2 était arrêtée depuis trois ans, les autres étaient mal entretenues et, en tout, la centrale arrivait à produire 400 MW, alors qu'il en aurait fallu 600… La lignite alimentant les turbines arrivait de la mine de Mirash, par un convoyeur long de six kilomètres.

Facilement sabotable, mais tout aussi facilement réparable… Malko mit vingt minutes à faire le tour de l'immense site, entouré de terrains vagues, de friches industrielles, avec de multiples accès, plus ou moins gardés. Partout, les grillages de protection étaient troués ou tout simplement absents. Le tout en pleine campagne, à part une station-service Kosovo Petrol, il n'y avait pas une habitation à la ronde. Il faut dire que la lignite, dont la centrale se nourrissait, pollue énormément…

Seules deux unités semblaient en service. Après avoir fait deux fois le tour du périmètre, Malko fut certain d'une chose : cette centrale, indispensable à la vie du pays, ne disposait pas de la moindre protection ! Pas de gardes aux différentes entrées, pas la moindre patrouille de police.

Rien.

On y entrait comme dans un moulin et cela ne devait pas être difficile de neutraliser les ouvriers.

Évidemment, les Kosovars ne pouvaient pas supposer qu'on s'attaque à un objectif industriel. Car, la centrale arrêtée, les cent trente mille Serbes habitant encore au Kosovo grelotteraient dans le noir comme leurs «ennemis» albanais. Mais un attentat aussi spectaculaire constituerait une réponse cinglante au massacre des moines de Decani.

Malko reprit la route de Pristina, atterré. Comment empêcher un attentat qui mettrait le Kosovo à feu et à sang, avec les contraintes qui le bridaient ?

— Il faut déployer la KFOR autour de cette centrale, lança d'un ton sans réplique Pamela Bearden. Établir des check-points sur les routes qui y mènent. Cela peut se mettre en place très vite. Je vais appeler immédiatement le général de Marnhac qui vient d'en prendre le commandement.

— N'appelez personne ! contra sèchement Malko. J'ai donné ma parole à ce «Slobodan» de ne rien faire qui puisse alerter ceux qui s'apprêtent à commenttre cet attentat. Très peu de gens sont au courant. Je grillerais également l'unique source que je possède à Belgrade.

Il n'avait pas communiqué à Pamela Bearden le nom de Vladimir Djorgevic, se méfiant des ordinateurs. L'Américaine le fixa, désarçonnée, laissant son mégot lui brûler les doigts.

– On ne peut quand même pas laisser commettre cet attentat !

– Bien sûr que non, approuva Malko. Mais il faut prendre des mesures discrètes. Grâce à Kadri Butka, pouvons-nous réunir des gens sérieux, prêts à une action clandestine ?

– Je le pense.

– Il faudra qu'il garde le silence.

– C'est tout ?

– Non, comme nous ignorons où et quand se passera cette action, il faut mener une action offensive. Le meilleur moyen est de surveiller les communications des portables de la région de Mitrovica, à l'aide de mots clefs. Je suppose que c'est possible ?

– Oui. Mais ce n'est pas suffisant. Je vais demander à Kadri Butka de me communiquer les numéros de portables des extrémistes de Mitrovica qu'il possède et je vais faire la même démarche avec notre station de Belgrade. Il n'y aura plus qu'à écouter en permanence ces numéros.

– C'est urgent, souligna Malko. Je suppose que l'opération est imminente.

Rajko Pantelic ferma la porte de la salle de réunion et tira le verrou. Tous les membres principaux de la Garde du prince Lazar étaient là. D'anciens paramilitaires et des militants ultranationalistes demeurant à Mitrovica. À plusieurs reprises déjà, ils avaient commis des attentats contre les Kosovars, tirant sur des baigneurs dans la rivière ou allant déposer des petites charges explosives dans des villages.

Rajko Pantelic étala une carte sur la table basse : le plan de la centrale d'Obilic, la clôture étant figurée en rouge, les portes en noir et les itinéraires de pénétration en bleu. Toutes les flèches menaient au cœur de la centrale : les chaudières brûlant la lignite.

L'activiste serbe posa le doigt sur un cercle orange, là où convergeaient les flèches bleues.

– Il y a cinq ensembles chaudière-turbine-alternateur, expliqua-t-il. L'ensemble n° 2 est en panne depuis longtemps. Il en reste donc quatre à neutraliser.

– Coment va-t-on faire ? demanda Luka Despot.

– Il suffit de détruire les axes des quatre turbines qui fonctionnent, affirma Rajko Pantelic. Une charge de vingt kilos d'explosif brisant par turbine. Il faut quelques minutes pour placer les charges. Les mises à feu se feront par un retardateur réglé sur cinq minutes, pour nous permettre de filer.

– Tu as les explosifs ? s'inquiéta Luka Despot.

– J'ai deux cents kilos de C4. Cela suffit largement, répondit Rajko Pantelic.

Se tournant vers Zatko Danilovic, il demanda :

– Tu as les véhicules ?

– Affirmatif ! répondit le Serbe. Un fourgon et une Mercedes. Ils ont tous deux des plaques kosovares.

– Très bien ! conclut Pantelic. Zatko partira avec le fourgon contenant les explosifs dans la journée. Nous, avec la Mercedes, vers sept heures du soir. Il faut une heure pour aller là-bas. Nous devons être de retour à minuit.

– Et s'ils mettent des barrages sur les routes ?

– Aucun problème, affirma Rajko Pantelic, nous habitons Mitrovica et nous sommes allés voir des amis à Gurazdevac, près de Pec.

– Et sur place, les ouvriers de la centrale ?

– D'après mes informations, ils ne sont qu'une douzaine la nuit, nous les neutraliserons facilement. On les laissera sur place. Nous agirons tous avec des cagoules et des gants.

– Comment allons-nous nous retrouver ? demanda Zatko Danilovic.

– Juste avant Obilic, sur la route longeant le grillage entourant le site, il y a une station-service Kosovo Petrol. Elle est fermée la nuit. Une des entrées de la centrale se trouve à moins de cent mètres. Avec un chemin carrossable. Nous amènerons les explosifs par là. (Il regarda les assistants.) À huit, il n'y a aucun problème. Nous serons tous armés, mais je ne prévois pas de tirer un seul coup de feu. C'est juste en cas d'interception. Alors, rendez-vous directement à la station-service Kosovo Petrol, à onze heures.

– Il n'y a pas de patrouille de la KPF ?

– Non, des véhicules passent parfois par là, mais il n'y a rien de systématique.

Il prit son verre de Slibovica, le leva et lança d'un ton solennel et grandiloquent :

– Longue vie au Kosovo serbe !

– Longue vie, répétèrent tous les participants.

Ensuite, ils se glissèrent dans le restaurant et se dispersèrent. Fiers d'eux. C'était autre chose que de jeter un *Shqiptar* dans la rivière. Ils allaient mettre ces salauds d'indépendantistes à genoux !

Pamela Bearden arborait une tête d'enterrement. Elle tendit à Malko une feuille de papier.

– Voilà tout ce que nous avons sur les Serbes radicaux opérant dans la région de Mitrovica. Ils ne sont pas nombreux. Voici les noms et les portables des quatre considérés comme les plus dangereux pour avoir été déjà impliqués dans des actions terroristes.

Elle lui tendit une liste de quatre noms :
Rajko Pantelic
Luka Despot
Zatko Danilovic
Momcilo Babic.
Évidemment, les noms ne lui disaient rien.

– Ces quatre portables sont écoutés, désormais, conclut l'Américaine, mais cela risque de ne pas suffire.

– Absolument, renchérit Malko. Il faut organiser une surveillance discrète du site, à l'intérieur du périmètre, de façon à ne pas alerter ces gens. Qu'ils protègent seulement le cœur de la centrale.

– On utilise la KPF ?

– Surtout pas ! Avec leurs 4×4 blancs, ils sont trop visibles. En plus, je ne suis pas sûr de leur discrétion. Non, il faut, soit des gens de la KFOR, soit de la DO de l'Agence.

– Je vais demander à l'état-major de Prizren, promit Pamela Bearden. Et vous, quel sera votre rôle ?

– Je superviserai dès ce soir, promit Malko, en allant faire un tour là-bas. Mais je ne veux pas avaler de la lignite pendant des heures en planquant à côté des chaudières. Quand tout cela peut-il être opérationnel ?

– Si tout se passe bien, d'ici la fin de la journée, promit Pamela Bearden.

– Pourvu qu'on arrive à neutraliser ces fous ! soupira Malko. Si cette centrale sautait, je n'ose pas imaginer les conséquences.

En assassinant les cinq moines du monastère de Decani, les provocateurs espéraient exactement ce genre de réaction de la part des Serbes. Si on ne les mettait pas hors d'état de nuire, le Kosovo allait plonger dans une spirale de violences sans fin.

*
**

Zatko Danilovic gara son fourgon sur l'aire déserte d'une station-service en construction, dans l'avenue Ahmet-Krasniqi, juste avant l'embranchement menant à « Film City », le QG de la KFOR, et alluma une cigarette. D'où il se trouvait, presque au sommet de la colline dominant l'ouest de Pristina, il pouvait voir les volutes de fumée crachées par les cheminées de la centrale d'Obilic, distante de quelques kilomètres à vol d'oiseau.

Des véhicules de la KFOR, de la KPF et de la Minuk passaient sans arrêt devant lui. Avec sa plaque d'immatriculation kosovare, il ne risquait aucun contrôle. Il se retourna vers son copain, Momcilo Babic.

– Allons prendre une bière avec les *Shqiptars*. On a encore le temps.

Une terrasse leur tendait les bras, en plein soleil, d'où ils pouvaient contempler leur objectif. Parlant parfaitement albanais tous les deux, ils ne risquaient pas de se faire repérer.

Malko poussa la porte du restaurant *Ballantine's*, intrigué : il avait reçu un coup de fil de Enver Kastriot lui demandant de passer prendre un verre, soulignant que c'était peut-être important. Il aperçut le fonctionnaire du ministère de l'Intérieur, toujours cravaté, arborant son sourire un peu figé, assis, seul, à une table, devant une Peja.

Il accueillit Malko toujours aussi chaleureusement et attaqua tout de suite :

– Dervishi est passé me voir. Il a une information par un *insider*[1] qu'il possède dans le clan Berisha Ce sont bien eux qui sont derrière l'attentat du *Skender*.

– Il sait qui a posé la bombe ?

1. Infiltré.

– Non, hélas. Mais il continue ses recherches. Voilà :
je remonte à mon bureau.

Malko remercia.

Pour l'instant, il avait un autre souci en tête : empêcher
l'attentat contre la centrale thermique, mais il ne voulait
pas en parler à Enver Kastriot. Le dispositif qu'il avait
réclamé serait mis en place dès la nuit tombée. Le commando d'agents de la CIA s'approcherait le plus près possible du cœur de la centrale, sans même avertir les ouvriers,
et prendrait position. La nuit c'était facile et on ne faisait
pas sauter une centrale thermique avec 500 grammes d'explosif. Les assaillants utiliseraient forcément un véhicule.
Comme la nuit il n'y avait aucune circulation, celui-ci
serait facilement repérable.

Il avait quand même décidé d'aller effectuer un tour
d'inspection après avoir dîné avec Karin Steyr.

Zatko Danilovic en était à sa sixième Peja. Même en
mangeant, cela lui avait obscurci les idées. Il paya et sortit. La nuit était tombée depuis longtemps. Une fois au
volant du fourgon, il lança le moteur et s'arrêta net : il
avait complétement oublié le lieu du rendez-vous ! Certes,
il savait qu'il s'agissait d'une station-service, mais il y en
avait tellement au Kosovo. Il se tourna vers Momcilo
Babic.

– Tu sais où on va ?

– À Obilic.

– Idiot ! Avant, on a rendez-vous !

– Moi, je sais pas.

Momcilo Babic était l'artificier du groupe, formé dans
l'armée yougoslave. Un petit type rondouillard, très
habile de ses mains. Il avait fait sauter, durant la guerre
civile, des centaines de maisons croates ou bosniaques.
Un bon spécialiste. Zatko Danilovic resta affalé à son

volant, cherchant désespérément dans sa tête le nom de la station.

Impossible de s'en souvenir ! Comme s'il avait été effacé par les litres de bière. Il jura entre ses dents. Pas question de partir au hasard. De plus en plus angoissé, il se décida à la seule mesure possible : appeler Rajko Pantelic sur son portable.

Celui-ci mit un temps fou à répondre, visiblement sur ses gardes.

— C'est moi, Zatko !

— Qu'est-ce qui se passe ? Tu as eu un accident ?

Sans explosifs, plus question de sabotage. Zatko le rassura aussitôt.

— Non, non ! J'ai oublié l'endroit du rendez-vous, ajouta-t-il piteusement.

— Connard ! Buse !

Les injures fusèrent comme une rafale de mitrailleuse. Finalement, Rajko Pantelic dit, en détachant bien les mots :

— La station Kosovo Petrol sur la route 851. Et ne te perds pas !

Zatko Danilovic remercia et coupa la communication. En dix minutes, il aurait atteint l'objectif.

Karin Steyr aimait décidément le champagne. Elle avait vidé presque à elle toute seule une bouteille de Taittinger Comtes de Champagne Blanc de Blancs 1998. Les bulles illuminaient son regard. Malko baissa les yeux sur le pull noir très fin qui moulait sa lourde poitrine aux pointes toujours dressées.

— Tu adores exciter les hommes, remarqua-t-il.

La jeune femme rit.

— C'est agréable ! J'aime me sentir désirée. Quelquefois, au bureau, il y en a un qui me met la main aux fesses

et je le gifle. Ensuite, je vais m'enfermer dans les toilettes
et je me caresse. C'est très excitant.

En plus, sadique.

Malko baissa les yeux sur sa Breitling.

— Tu viens ?

Il avait décidé de l'emmener à Obilic. Sans lui en dire
la raison. Cette fois, c'est lui qui conduisait. Ils traversèrent Pristina, escaladant la colline de la KFOR, et prirent
la route de Mitrovica. Réalisant qu'ils sortaient de la ville,
la jeune femme demanda, avec un rire excité :

— Tu veux me violer dans les bois ? Attachée à un
arbre ?

Visiblement, c'était une idée qui ne lui déplaisait pas.
Malko se dit que s'il avait le temps… La campagne était
déserte. Lorsqu'il quitta la route principale, il ne croisa
plus aucune voiture. Ils traversèrent Obilic déjà endormi.
Seuls quelques hommes traînaient devant un café en face
de la mosquée, coiffés du *pliss*, le drôle de bonnet de
feutre blanc traditionnel, en forme d'œuf. Malko, reprenant un itinéraire déjà exploré, tourna dans un chemin qui
contournait le périmètre de la centrale, où ils cahotaient
comme des fous.

Soudain, Karin Steyr se pencha vers lui et dit d'une
voix bizarre :

— Arrête ! Ici, c'est bien.

Elle désignait un dégagement où se trouvait l'épave
d'un camion. Il retint un sourire : elle était persuadée
qu'il l'avait emmenée pour une escapade amoureuse. Il
ralentit et stoppa. La jeune femme se tourna vers lui.

— Contre le camion, comme si tu étais un routier.

Déjà, elle ouvrait la portière et sautait à terre.
Aucun bruit. Personne. Malko la suivit, amusé, et
quand même excité. Après tout, pourquoi ne pas
joindre l'agréable à l'utile ? En principe, les hommes
de la CIA étaient déjà tapis quelque part à l'intérieur du
site.

À peine eut-il rejoint Karin Steyr que la jeune femme tomba à genoux sur l'herbe et descendit le zip de son pantalon. L'idée de lui administrer une fellation en plein air l'excitait visiblement beaucoup.

Malko, lorsqu'il sentit la bouche tiède se refermer sur lui, regarda le ciel étoilé et oublia provisoirement la CIA, les Serbes et les Kosovars. *Carpe diem*. La vie était courte et unique.

Jamais Karin ne s'était prodiguée avec autant de fougue. Malko commença à fantasmer sur la façon de pimenter cet intermède sexuel. Quand il sentit qu'il arrivait au point de non-retour, il attrapa la jeune femme par les cheveux et la força à se relever, la poussant contre la ridelle du camion abandonné, afin qu'ils ne soient pas visibles de la route. Elle s'y appuya, les deux mains à plat sur le métal. Il entendait sa respiration courte et rapide.

Plaqué derrière elle, il se contenta de baisser sa culotte sur ses fesses nues. Karin Steyr ne comprit ce qu'il voulait que trop tard. Son cri furieux troua la nuit.

– Non !

Juste au moment où le membre de Malko s'enfonçait brutalement dans ses reins.

Il s'arrêta, à moitié en elle, et dit à voix basse :

– Trop tard ! Tu es bien emmanchée. Laisse-moi faire.

Planté au fond de ses reins, il prit ses seins à deux mains, en torturant les pointes, pendant qu'il la clouait au camion à grands coups de reins. Très vite, Karin se mit à crier, remuant sa croupe, comme pour mieux se faire violer. Malko reprenait ses hanches pour le galop final lorsque son portable sonna. Il dut faire un effort surhumain pour s'arrêter de bouger et le prendre dans sa poche. La muqueuse secrète de Karin restait serrée autour de lui.

– Oui !

– Malko ? C'est Pamela. Il y a du nouveau. Le Centre a intercepté une conversation entre le portable de Rajko Pantelic et celui de Zatko Danilovic. Ils mentionnaient un

endroit où ils doivent se retrouver. Une station-service
Kosovo Petrol, sur la route 851. Or, c'est celle qui longe
la centrale thermique.

— *Gott in Himmel !*

Du coup, Malko en oublia ce qu'il faisait. Pourtant
Karin, finalement bonne fille, crispait ses muqueuses
intimes pour le maintenir en place.

— O.K., j'y vais, lança Malko. Je suis tout près.

Il s'arracha des reins de la jeune femme au moment où
il refermait son portable.

Karin Steyr se retourna, furieuse.

— Qu'est-ce qui te prend ?

— J'ai quelque chose d'urgent à vérifier, fit Malko en
se rajustant. Viens.

— Non !

— Alors, je te laisse là !

Elle le rattrapa au moment où il mettait en route,
furieuse mais docile. Malko lui expliqua quand même ce
qui se passait et sa mauvaise humeur s'estompa. Ils caho-
tèrent en silence pendant plus d'un kilomètre. La route
faisant le tour du site était interminable. Pas la moindre
station-service en vue. Enfin, il déboucha sur la route
principale, reliant Obilic à la route de Mitrovica. Rien à
sa droite, que des champs.

Il prit à gauche et, quelques instants plus tard, ses
phares éclairèrent une station-service éteinte Kosovo
Petrol. Une camionnette était arrêtée à côté des pompes à
essence. Sans réfléchir, Malko se gara derrière.

Juste au moment où la porte arrière du fourgon coulis-
sait. Les phares du 4×4 éclairèrent un petit bonhomme
chauve qui clignait des yeux dans le faisceau lumineux.
Après une hésitation, il marcha en direction de Malko.
Celui-ci baissa sa vitre. L'homme était arrivé à sa hauteur. Il se pencha vers la glace ouverte et lança à voix
basse :

— Rajko ?

Avant que Malko puisse réagir, il aperçut Karin Steyr, poussa un bref grognement et détala vers la camionnette. Le pouls de Malko s'envola. Il était tombé sur les gens venus faire sauter la centrale d'Obilic ! Il attrapait son portable quand un autre homme sauta de la cabine du fourgon, une Kalachnikov à la main.

CHAPITRE XII

Instinctivement, Malko poussa Karin Steyr en criant :
– Couche-toi !

Il lâcha son portable pour saisir le volant et enclencha la marche arrière. Il était déjà engagé sur la route lorsque l'homme sorti du fourgon leva sa Kalachnikov et ouvrit le feu en direction du Touareg.

Conservant une main sur le volant, Malko continua à reculer en zigzaguant, et se coucha à son tour sur le siège. Il était temps, plusieurs projectiles frappèrent le pare-brise, l'étoilant d'abord, puis le faisant voler en éclats. S'il ne s'était pas abrité, Malko aurait encaissé au moins une balle dans la tête. Des coups sourds ébranlèrent le 4×4. Les projectiles du fusil d'assaut qui frappaient la calandre.

Soudain, le capot se souleva et se rabattit sur le pare-brise. En même temps, Malko sentit le Touareg plonger de l'arrière et le véhicule s'enfonça de biais dans le fossé, le capot en l'air, les phares éclairant le ciel.

Karin Steyr, projetée sur lui, commença à se débattre. La portière du côté de Malko était coincée par la pente du fossé.

– Essaie de sortir ! Vite ! lança-t-il à Karin Steyr.

La jeune femme se hissa jusqu'à l'autre portière et parvint à l'ouvrir, se glissant ensuite à l'extérieur. Malko suivit le même chemin et bascula à son tour dans l'herbe du fossé.

Protégé par la carrosserie, il risqua un œil et aperçut la station-service, toujours plongée dans la pénombre. Instinctivement, il porta la main à sa ceinture et en tira le Glock. Tapi dans le fossé, Karin Steyr collée à lui, il demeura immobile quelques instants. Le silence était retombé et leur agresseur ne se montrait pas. Cependant, il était probablement caché dans l'ombre de la station et risquait de les rafaler s'ils remontaient sur la route.

Par contre, le périmètre boisé autour de la centrale thermique offrait une meilleure protection et leur permettrait de s'éloigner du danger.

– On va essayer de gagner la centrale, souffla-t-il à Karin Steyr.

Il rampa hors du fossé, franchit la clôture par un trou du grillage et ne se redressa qu'à l'abri des sous-bois, imité par la jeune femme. Le terrain était couvert d'arbustes et de bosquets, le sol inégal. Ils se mirent à courir en direction des hautes cheminées. Normalement, le détachement des agents de la CIA embusqués autour de la centrale avait entendu les coups de feu et allait venir dans leur direction… Le tireur ne se manifestait plus.

Malko s'arrêta quelques instants, à la recherche de son portable, et réalisa alors que l'appareil était tombé dans le 4×4. Il ne pouvait plus joindre personne.

Le lieutenant Hughes Carlton, chef du détachement américain des *Special Forces*, avait sauté sur ses pieds lorsque la rafale de Kalachnikov avait claqué. Ses hommes dissimulés dans les monceaux de ferraille accumulés autour de la centrale en avaient fait autant. Seuls les ouvriers vaquant à leurs occupations ne semblaient pas avoir été alertés. Rapidement, le lieutenant Carlton disposa une douzaine de ses hommes en demi-cercle autour du cœur de la centrale, avec une mitrailleuse légère en batterie, afin de protéger l'accès au site. Ensuite, il héla deux de ses hommes et lança :

– On va voir ce qui se passe.

La route se trouvait à moins d'un kilomètre. Le silence était retombé. Tout en marchant, il alerta le Com-KFOR, afin d'avoir un hélicoptère Puma prêt à amener du renfort. Basés à Pristina au QG de la KFOR, ils étaient à quelques minutes de vol.

Pistolet Beretta 92 au poing, la lunette infrarouge de son casque activée, l'officier des *Special Forces* fonça dans la direction d'où les coups de feu étaient partis.

Rajko Pantelic, en nage, arriva plusieurs minutes après l'accrochage à la station Kosovo Petrol. Furieux d'avoir été retardé par Luka Despot, assis à ses côtés. Sa fureur fit place au soulagement quand il aperçut le fourgon contenant les explosifs. Depuis l'appel de Zatko Danilovic en quête du nom et de l'emplacement de la station-service, il n'avait plus eu de contact avec lui. Ses phares éclairèrent Zatko Danilovic debout à côté du fourgon, une Kalachnikov à la main, et il jura entre ses dents. Qu'est-ce que cet imbécile faisait là avec une arme ? N'importe quel Kosovar passant devant serait alerté.

Il sauta de sa voiture et marcha vers lui, furibond.

– Qu'est-ce que tu fous avec ça ? demanda-t-il.

Zatko Danilovic ne put que bredouiller :

– Je venais d'arriver quand une bagnole est arrivée et s'est arrêtée à côté de nous. Un mec avec une fille.

– Et alors ?

– Je les ai allumés.

Ratko Pantelic sentit une coulée froide le long de sa colonne vertébrale.

– Où sont-ils ?

– Là-bas, leur bagnole est dans le fossé.

Le 4×4 était facile à repérer, avec ses phares dirigés vers le ciel. Rajko Pantelic domina sa rage et arracha la Kalach des mains de son complice.

– Remonte et dis à Momcilo de préparer les détonateurs.

Momcilo Babic dit que c'était fait. Rajko Pantelic alla examiner le 4×4 renversé dans le fossé. Il était vide. Bien rafalé. Une plaque kosovare. Il revint à la station, bouillant de rage.

– Connard ! explosa-t-il, ça devait être un couple qui cherchait un endroit pour baiser. Ils se sont tirés et ils vont donner l'alerte.

– Je voulais les flinguer, rétorqua Zatko Danilovic.

Rajko Pantelic l'aurait frappé !

– Maintenant, ils sont dans la nature et tu as ameuté tout le monde.

Il se tut pour écouter, sans percevoir aucun bruit inquiétant.

– Qu'est-ce qu'on fait ? demanda Momcilo Babic.

Rajko Pantelic hésitait. C'était rageant de repartir, après toute cette préparation. En même temps, si les occupants du 4×4 avaient donné l'alerte, ils risquaient d'être pris à partie par la police kosovare. Avant de rapprocher le fourgon de la centrale, il fallait évaluer la situation. Il se décida d'un coup et lança à Luka Despot qui l'avait rejoint :

– Viens avec moi, on va voir comment cela se présente. Que les deux autres remontent dans les véhicules et attendent.

Si une voiture de la KPF passait par là, elle risquait de se poser des questions en voyant ces deux véhicules arrêtés à une station-service fermée, mais il n'avait pas le choix. C'était trop compliqué de les faire tourner en rond. Il y avait une chance pour que les occupants du 4×4 se soient sauvés sans donner l'alerte. Mais ils pouvaient aussi avoir appelé la police. Il fallait savoir.

Accompagné de Luka Despot, il s'enfonça dans le terrain vague, en direction de la centrale.

— *Freeze*[1] !
La voix jaillit de l'obscurité, juste devant Malko. Celui qui parlait était invisible. Malko s'arrêta immédiatement, leva les bras et lança :
— *Don't shoot. We are KFOR*[2].
Karin Steyr l'avait imité. Deux silhouettes surgirent de l'obscurité. Des militaires en uniforme, équipés d'appareils de vision nocturne. L'un fouilla rapidement Malko et lui ôta son pistolet tandis que l'autre tenait Karin Steyr en respect.
— Qui êtes-vous ? demanda le militaire.
— Je travaille avec Pamela Bearden, la responsable CIA de Pristina, expliqua Malko. Nous sommes venus inspecter votre dispositif de protection et avons été attaqués sur la route par un homme armé d'une Kalach. Je pense qu'il fait partie d'un commando serbe venu détruire la centrale ; ils sont peut-être toujours là-bas. Il faut alerter immédiatement la KPF pour les empêcher de regagner la Serbie.
— Qui est Pamela Bearden ? interrogea le militaire, soupçonneux.
— Je vous l'ai dit, répliqua Malko, exaspéré. Si vous ne réagissez pas très vite, vous allez laisser échapper ces criminels. Vérifiez ! Voici le numéro de la mission américaine à Pristina.
Le lieutenant des *Special Forces* s'écarta pour téléphoner, sans que Malko sache à qui. Avec la lourdeur des procédures OTAN, ils risquaient de tout faire rater. Soudain, il entendit des froissements à quelques mètres d'eux

---

1. Ne bougez plus !
2. Ne tirez pas. Nous sommes de la KFOR.

et devina dans l'obscurité deux silhouettes qui avançaient dans leur direction. Grâce à son appareil de vision nocturene, celui qui les tenait en respect en avait vu plus. Il braqua son M 16 et cria :

— *Freeze. Stay where you are*[1] !

Des flammes jaillirent de l'endroit où se trouvaient les deux silhouettes, accompagnant une série de détonations, et le soldat recula, frappé en pleine poitrine. Le lieutenant lâcha aussitôt son téléphone et riposta avec son M 16. En deux brèves rafales, il eut neutralisé les deux intrus.

Malko baissa les bras et se précipita vers le soldat tombé à terre. Celui-ci était en train de se relever en grimaçant de douleur : son gilet pare-balles lui avait sauvé la vie. Le lieutenant, braquant une torche électrique, examinait les deux corps inertes. Il se tourna vers Malko.

— Ce sont ces hommes qui vous ont attaqués ?

— Je n'en sais rien, avoua Malko. Probablement, mais je ne les ai pas vus. Ça s'est passé trop vite. Il y en a sûrement d'autres. Il faut les intercepter.

— O.K., on y va, approuva le lieutenant. Vous venez avec nous.

Ils partirent en direction de la route, marchant rapidement dans le sous-bois. Dix minutes plus tard, Malko aperçut les phares du Touareg illuminant le ciel.

— La station-service est à gauche, dit-il.

Il s'avança un peu plus et aperçut deux véhicules immobilisés à côté des pompes à essence : le fourgon et une voiture.

— Ils sont toujours là, lança-t-il.

Accroupis dans l'ombre, les deux Américains scrutaient la station-service.

— Il n'y a personne dehors, annonça le lieutenant. *Lets roll*[2] !

1. Ne bougez pas. Restez où vous êtes !
2. On y va !

Le soldat sauta le fossé et le longea en courant, se dirigeant vers la station-service. Il n'avait pas parcouru dix mètres que deux événements se produisirent simultanément. Une rafale partit de la station et le soldat boula, atteint cette fois en pleine tête. En même temps, la voiture arrêtée près des pompes démarra brusquement et s'éloigna dans la direction opposée, feux éteints.

À côté de Malko, le lieutenant parlait fièvreusement dans la radio accrochée à son épaule. Cette fois, la KPF était alertée ! Ensuite, il lâcha une longue rafale en direction du fourgon qui n'avait pas bougé. Malko vit les impacts faire éclater le pare-brise et une glace latérale. Puis des flammes jaillirent de l'arrière et commencèrent à embraser le véhicule.

Personne n'en sortit et une forte odeur de caoutchouc brûlé arriva jusqu'à eux. Les pneus.

– Il faut aller voir, conseilla Malko.

Il n'avait pas fini sa phrase qu'une forte explosion ébranla la nuit. Une gerbe de flammes enveloppa d'abord le fourgon, puis la station qui commença à brûler ! Ce ne pouvait pas être seulement le réservoir de carburant du fourgon.

Ils restèrent à bonne distance, aplatis dans l'herbe. Du côté de la centrale, c'était le calme plat et le silence absolu.

Quelques minutes plus tard, les premiers gyrophares apparurent, venant d'Obilic. Deux véhicules de police s'arrêtèrent à bonne distance de la station-service en train de brûler. Une voiture de pompiers arriva de son côté et mit ses lances en batterie. Puis, une seconde.

Désormais, les véhicules arrivaient sans arrêt. Des policiers établirent un périmètre de sécurité et peu à peu, la neige carbonique vint à bout de l'incendie et ils purent s'approcher du véhicule totalement carbonisé. Dans la cabine se trouvait une forme noirâtre qui avait été un homme et ne mesurait plus qu'un mètre de long.

**

– Les deux hommes abattus dans le bois ont été identifiés, annonça Pamela Bearden : l'un est Rajko Pantelic, l'autre Luka Despot. Tous deux font partie du groupe radical la Garde du prince Lazar. Celui du fourgon sera identifié par son ADN, j'espère.

– Et le véhicule ? demanda Malko.

– Il avait de fausses plaques kosovares, dit l'Américaine, mais venait très probablement de Serbie. D'après la violence de l'explosion et le cratère dans le sol, il y avait une centaine de kilos d'explosif militaire.

– A-t-on retrouvé la voiture que j'ai vue quitter la station-service ? demanda Malko.

– Non, reconnut Pamela Bearden, mais cela n'a pas d'importance. L'essentiel est que l'attentat ait échoué. Grâce à vous.

– Grâce à mes amis serbes, corrigea Malko. Nous leur devons une fière chandelle.

– Remerciez-les au nom du gouvernement américain, suggéra Pamela Bearden.

Malko n'était pas certain que cela leur fasse plaisir, mais ne fit pas d'objection. Le problème était autre. Ils avaient désamorcé une bombe, mais ils étaient toujours assis sur un tonneau de dynamite.

– Si nous ne trouvons pas les assassins des moines de Decani, conclut-il, nous allons au-devant de nouveaux problèmes. Nous ne pourrons pas tout arrêter d'un côté ou de l'autre.

– Vous avez une piste ? demanda l'Américaine.

– Non, avoua Malko, tout s'est terminé en impasse. Il faudrait retrouver celui qui a posé la bombe au *Skender*.

Quoi qu'on me dise, je suis persuadé que cette explosion est liée à notre affaire.

Il résuma à l'Américaine les affirmations de Faruk Dervishi et conclut :

— Je vais essayer de revenir à la charge sur le clan Mulluki, proposa Malko, avec l'aide d'Enver Kastriot.

— Je croise les doigts, soupira Pamela Bearden.

L'homme que certains connaissaient sous le nom de « Vula » gara sa voiture dans le vaste parking du motel *Veriut*, à six kilomètres de Pristina, sur la route de Mitrovica. Un établissement tout neuf, d'une vingtaine de chambres, où les couples pouvaient se retrouver discrètement.

Ces motels avaient poussé comme des champignons depuis l'autonomie du Kosovo, pour répondre aux besoins d'une population avide de liberté mais encore engoncée dans une culture très prude. Durant le week-end, ils ne désemplissaient pas, et même en semaine, en soirée, les voitures s'alignaient sur leurs parkings jusqu'au milieu de la nuit.

« Vula » gagna la réception, le regard dissimulé derrière des lunettes noires, et s'adressa à la réceptionniste.

— Je voudrais une chambre.

L'employée leva à peine la tête.

— Luxe ou standard ?

— Standard.

— 35 euros.

Il paya, en billets, et récupéra la clef du 6. La réceptionniste était déjà replongée dans son magazine. « Vula » se dirigea vers le couloir desservant les chambres du rez-de-chaussée. Il ne prenait jamais de chambre dans les étages, afin de limiter au maximum le risque de rencontre. Arrivé dans la chambre, il s'étendit sur le lit et alluma une cigarette. Il était fréquent, dans ces établissements, que l'homme et la femme arrivent séparément. Il composa un numéro sur son portable et annonça simplement :

– Je suis au 6.

L'homme que « Vula » ne connaissait que sous le pseudonyme de « Marimanga [1] » arriva quelques minutes plus tard, au volant d'un 4×4, accompagné d'une femme assez forte, au visage vulgaire mais sensuel. Ils pénétrèrent ensemble dans le motel et la femme attendit un peu à l'écart que son compagnon paie la chambre. Il avait lui aussi demandé une chambre au rez-de-chaussée. On lui donna la 8, qu'il gagna avec la femme. Ils y pénétrèrent ensemble, mais l'homme ressortit presque aussitôt et alla à la chambre 6.

Il y entra sans frapper et « Vula » se leva de son lit pour l'accueillir. Les deux hommes se saluèrent en albanais.

– *Miroita* [2].

– *Miroita.*

« Marimanga » s'assit dans l'unique fauteuil et alluma une cigarette. Sous le regard froid de « Vula ».

Ce dernier avait longtemps ignoré sa nationalité. Il parlait parfaitement albanais, serbo-croate et russe, en plus de l'anglais et de l'allemand. Corpulent, une moustache fournie, souriant et calme, il serait passé inaperçu sans son énorme montre « squelette » qu'il ne quittait jamais.

Il l'avait rencontré pour la première fois à côté du *Grand Hôtel*, alors qu'il allait chercher sa voiture. Une voix avait demandé derrière lui :

– « Vula. »

« Vula » s'était retourné, avec l'impression que ses

1. Araignée, en albanais.
2. Bonjour.

vaisseaux ne charriaient plus que de l'adrénaline… Tétanisé. En juin 1999, lorsque l'armée serbe avait fui le
Kosovo, « Vula » avait pensé qu'une page sombre de son
existence était tournée et qu'il n'entendrait plus jamais
parler de ceux qui l'avaient entraîné dans une double vie
mortellement dangereuse…

L'inconnu souriait. « Vula » avait réprimé une furieuse
envie de prendre ses jambes à son cou. Cela n'aurait servi
à rien. L'inconnu lui avait tendu un bristol blanc où était
inscrit un numéro de portable macédonien.

– Appelle-moi demain à neuf heures. Demande
« Marimanga ». Nous allons faire connaissance.

Il s'était éloigné avec un petit geste de la main et
« Vula » avait foncé au bar du *Grand Hôtel* se faire servir un raki. Le cauchemar était de retour.

Il avait commencé des années plus tôt, alors que
« Vula », kosovar albanophone, venait de terminer ses
douze mois de service dans la JNA[1]. Presque aussitôt
après, il avait été convoqué au siège du SDB, à Pristina,
pour ce que les Serbes appelaient des « conversations
informatives ». C'est-à-dire des séances de recrutement.
Le prétexte étant qu'il avait refusé de s'inscrire à la LKJ[2],
le passage obligatoire pour obtenir un bon job.

Au début, « Vula » avait résisté. Et puis, le policier lui
avait tendu une déposition qu'il avait lue avec horreur.
C'était la confession de sa cousine Bessiana, tout juste
treize ans, qui racontait que « Vula » l'avait violée, un soir
où ses parents l'avait confiée à lui. Ce qui était presque
faux. Ayant abusé du raki, il avait bien assis la fillette,
petite Lolita excitante, sur ses genoux pour la tripoter,
mais cela n'avait pas été plus loin. Comment avaient-ils
eu ce document ? Le policier avait hoché la tête.

---

1. Yougoslavian National Army.
2. Lionja Komuniste e Jugoslavis (Ligue communiste
yougoslave).

– Si on donne ça à un juge, tu prends dix ans…

« Vula » n'avait pas pris dix ans. Il était devenu un collaborateur de plus en plus utile pour le SDB serbe. Qui, en retour, l'avait aidé dans sa carrière. Durant la Résistance, dans les années 1990, il avait participé, anonymement, cagoulé, à quelques-uns des massacres de la vallée de la Drenica, à Qirez et à Prekaz. Dès 1998, les Serbes, qui voyaient loin, lui avaient recommandé de rejoindre l'UCK, afin de se dédouaner éventuellement. Ce qui avait fonctionné au-delà de toute espérance. Et en 2003, « Marimanga » avait surgi et « Vula » n'avait pu se dérober. Il suffisait qu'on fasse parvenir son dossier, même anonymment, à la KPF, et sa vie était terminée. On lui avait demandé de réactiver son réseau d'avant 1999 et, là aussi, personne ne s'était dérobé.

*

« Marimanga » s'était mis à égrener entre ses doigts une sorte de chapelet d'ambre, ses cuisses charnues écartées. Il releva la tête et sourit à « Vula ».

– Tu connais le monastère féminin dans la Drenica ?

CHAPITRE XIII

Sœur Anastasia trépignait, apostrophant les soldats danois chargés de garder son monastère, totalement isolé dans la vallée de la Drenica, blotti entre deux collines désertes couvertes d'une forêt serrée.

– Où sont-ils ? glapit-elle. Il est déjà onze heures !

Comme à l'accoutumée, elle avait réclamé une escorte pour descendre faire ses courses au village de Komorane, à une dizaine de kilomètres de son monastère. Depuis 2004, lorsqu'une foule furieuse avait assiégé et brûlé les vieilles pierres, elle exigeait une escorte de la KFOR pour tout déplacement à l'extérieur. Depuis peu, elle exigeait aussi un véhicule de la police kosovare, ne s'entendant pas avec les Danois chargés de protéger les sept occupantes du monastère. Cinq étaient groupées derrière elle, les sœurs Marina, Persida, Ruzica et Marija. Seules Epimija et Andija étaient à l'intérieur.

Et le 4×4 de la KPF était en retard !

Le lieutenant danois s'affairait au téléphone : lui avait la charge des trois véhicules de la KFOR, dont un 4×4 blindé réservé en principe aux sœurs.

Enfin, une tache blanche apparut en bas des lacets menant au monastère et sœur Anastasia retrouva son calme. Parfois, les Danois regrettaient qu'elle n'ait pas brûlé avec le monastère… Comble de la provocation, elle exigeait de se déplacer dans le 4×4 du monastère, encore immatriculé en plaques serbes.

Le petit convoi put enfin se mettre en route, les religieuses serrées dans leur véhicule encadré par ceux de leur protection. Il n'y avait qu'une douzaine de kilomètres jusqu'à Komorane, sur une route sinueuse et déserte, encaissée entre des collines sauvages. La vallée de la Drenica avait été le berceau de toutes les insurrections, au Kosovo, et ses habitants vomissaient les Serbes. Même avec les Danois, des enfants jetaient parfois des pierres au passage du convoi. Sachant parfaitement que les soldats de la KFOR, disciplinés, ne riposteraient pas à l'arme lourde.

On n'était pas en Birmanie.

Les quatre véhicules, celui de la KPF en tête, franchirent le pont au-dessus d'une rivière asséchée et tournèrent dans la route principale, descendant en pente douce au fond de la vallée.

Le 4×4 de la KPF venait de disparaître derrière le premier virage lorsqu'une explosion sourde ébranla la montagne ! Un tas de pierres posé sur le bas-côté de la route venait d'exploser ! Projetant des débris dans tous les sens. Juste à côté du premier blindé danois. Ce dernier dérapa mais resta sur la route. Seulement, derrière, le 4×4 des religieuses, plus léger, fut balayé par le souffle jusqu'au ravin.

Avec horreur, le lieutenant danois le vit disparaître dans le ravin.

– *My god !*

Les soldats jaillissaient déjà de tous côtés. Les policiers kosovars arrivèrent, pistolet au poing, affolés. Depuis trois ans, il n'y avait eu aucun incident.

Miracle ! Le 4×4 avait été arrêté par un arbre, trois mètres en contrebas de la route. À l'intérieur, les cinq religieuses hurlaient comme des sirènes. Choquées mais pas blessées. Lorsque le lieutenant ouvrit une des portières, il eut l'impression de libérer des fauves en furie. Les cinq victimes glapissaient des injures, pour la plupart serbes, ce qui évitait de choquer les oreilles des soldats danois.

On les aida à remonter sur la route. On les épousseta, tandis que les soldats de l'escorte prenaient position, armes braquées sur les bois impénétrables.

Sur sa radio, le lieutenant annonça au QG de la KFOR :

– Nous avons été victimes d'un IED[1]. Pas de victimes mais il nous faut un nouveau véhicule.

À genoux sur le bas-côté, les cinq religieuses priaient à haute voix. Si leur véhicule avait filé au fond du ravin, il y aurait eu de la casse.

Pamela Bearden était effondrée. Malko avait reçu son coup de fil à peine dix minutes après l'attentat de la Drenica et était accouru dare-dare à la mission. Ils avaient réussi à ne pas faire trop de publicité à la tentative d'attentat contre la centrale d'Obilic. Les ouvriers y travaillant ne s'étaient aperçus de rien et l'explosion de la station-service avait été imputée à un règlement de comptes entre mafieux, courant au Kosovo.

Désormais, la KFOR avait un objectif de plus à surveiller et une dizaine de militaires gardaient enfin cet endroit stratégique.

Lorsque Malko pénétra dans le bureau de la grosse Américaine, celle-ci allumait sa septième cigarette de la journée. Elle prétendait fumer pour maigrir, mais en réalité c'était le seul moyen de contrôler son stress permanent.

– On a encore une grosse merde sur le dos ! annonçat-elle. Un IED contre les religieuses du monastère de la Drenica.

1. Improvised Explosif Device : charge explosive artisanale.

Lorsqu'elle eut terminé son récit, Malko ne put que conclure :

– Ce sont les mêmes !

– Les Serbes vont encore hurler ! soupira-t-elle. J'ai demandé au général commandant la KFOR d'aller voir le patriarche serbe, à côté de Pec, pour lui présenter nos excuses, mais cela ne suffira pas, la presse de Belgrade va se déchaîner. En attendant le prochain incident. Et il reste, hélas, encore pas mal de fous furieux serbes en dehors de ceux qui ont été éliminés grâce à vous. Ça va les exciter encore plus. Il faut trouver coûte que coûte le groupe qui se livre à ces attentats. Vous avez un espoir ?

– Limité, avoua Malko. J'attends qu'Enver Kastriot m'organise un nouveau rendez-vous avec le clan Mulluki.

L'Américaine secoua la tête.

– Il vous faut une force de frappe. Ces gens sont des voyous, des tueurs. Je vais voir si vos amis Chris Jones et Milton Brabeck sont disponibles.

Les deux gorilles de la CIA avaient souvent servi de « baby-sitters » à Malko et lui vouaient une dévotion sans borne. Il allait demander si c'était bien utile lorsque son portable sonna.

C'était Enver Kastriot. Le fonctionnaire du ministère de l'Intérieur semblait très excité.

– Il y a du nouveau ! annonça-t-il. Je pense qu'on a retrouvé l'homme qui a posé la bombe au *Skender* !

– Il est vivant ?

– Non, hélas, mais c'est quand même très intéressant. Je vous attends à la Qendra Klinike Universitare. À la morgue.

Il fallait suivre des couloirs sinistres et mal éclairés pour arriver à une pièce carrelée de vert et de blanc où

les attendait un homme en blouse blanche, le médecin
légiste.

— Montrez-nous votre client, demanda Enver Kastriot.

Le médecin kosovar fit glisser un des grands tiroirs où
reposaient les cadavres.

— Attention, avertit Enver Kastriot, il n'est pas beau…

C'était un euphémisme. Malko dut se retenir pour ne
pas vomir. Le corps était noirâtre, à peine humain, avec
des marbrures, de la terre incrustée sous la peau
décomposée.

— De quoi est-il mort ? demanda Malko.

— Apparemment d'un arrêt cardiaque, répondit le
médecin. Il ne portait aucune blessure mortelle. Cependant, l'examen de son corps est quand même instructif.

Il prit une baguette d'acier et désigna les pieds du mort.
Malko ne vit pas grand-chose, à part des chairs éclatées
et des os blanchâtres, mais le praticien précisa :

— Avant de le tuer, on l'a torturé. En lui écrasant les
orteils à coups de marteau. C'est de la bouillie !

Malko en eut un haut-le-cœur.

— Qui était cet homme ?

— Murat Ahmeti, répondit Enver Kastriot. Un homme
de main qui avait l'habitude de travailler pour la famille
Berisha. Il ne faut pas trop le pleurer, c'était un exécuteur
de prostituées récalcitrantes. Il les étranglait et dissolvait
leurs corps dans l'acide, quand il avait le temps. Sinon, il
les balançait dans un crématoire industriel.

Charmant personnage.

Enver Kastriot fit signe au médecin de refermer le tiroir
et ils ressortirent.

— Où l'a-t-on trouvé ? demanda Malko.

— Dans un terrain vague au bout de l'avenue Delmici,
à l'est de la ville. Il avait été enterré sommairement en
bordure d'un bois et ce sont des chiens errants qui l'ont
déterré. Les voisins nous ont alertés, à cause de l'odeur.
La mort remonte à plusieurs jours.

– En quoi cette mort peut-elle faire avancer mon enquête ?

– Ses pieds ! fit Enver Kastriot avec son drôle de sourire figé. Ce genre de torture est la spécialité de Sami Mulluki. D'habitude, il se contente de punir de cette façon ceux qui ont volé un chargement de cigarettes ou de drogue. Ensuite, les Mulluki louent leurs victimes à des Roms qui les font mendier. Comme ça, ils rentrent progressivement dans leur argent.

Ils s'arrêtèrent au *Grand Hôtel* et Malko avala avec plaisir un raki pourtant âcre. Il se serait bien épargné cette séquence d'horreur.

– Comment voulez-vous exploiter cette information ? demanda-t-il.

Enver Kastriot sourit.

– Vous allez l'exploiter. Il faut aller voir les cousins Mulluki. Et poser la question de confiance à Sami. Si ce type a été torturé, il a parlé… Donc, ils connaissent le commanditaire de l'attentat. C'est bien cela qui vous intéresse, non ?

– Oui, confirma Malko, mais vous me dites qu'il travaillait pour la famille Berisha.

Le sourire s'élargit un peu.

– Justement, il n'y a eu aucunes représailles contre les Berisha. Donc, les Mulluki savent qu'ils ne sont pas les responsables de l'attentat. Mais ils connaissent ces derniers. Évidemment, ils ne vont pas vous le dire de bon cœur. Je vous conseille de ne pas y aller seul. Vous savez où les trouver, désormais.

Il paya pour les rakis et tendit la main à Malko.

– Bonne chance.

Malko gagna à pied un bar où il avait rendez-vous avec Karin Steyr, le *Phoenix*, juste en face de la Minuk. Des malfaisants y avaient jeté une grenade incendiaire trois mois plus tôt mais il avait été entièrement refait. C'était

très animé. Les gens buvaient debout, un orchestre s'égo-
sillait. Rien que des internationaux.

Karin Steyr écouta son récit et secoua la tête.

– Enver Kastriot t'envoie au massacre. Les Mulluki
sont des brutes, des tueurs sans scrupules. Si tu les gênes,
il vont te liquider. N'importe où. Ils ont les moyens.

– Je vais prendre mes précautions, corrigea Malko,
pensant à l'offre de Pamela Bearden.

Deux heures plus tard, les deux «baby-sitters» de la
CIA volaient vers Pristina…

Le temps pressait. S'il ne démantelait pas le réseau
clandestin commettant les attentats antiserbes, le processus d'indépendance du Kosovo risquait d'être noyé dans
le sang.

Chris Jones regarda avec stupéfaction la minuscule
aérogare et l'unique appareil de la JAT à la peinture
écaillée, garé dans un coin.

– On est en Afrique ?

– Vous voyez bien qu'il n'y a pas de Noirs, corrigea
Malko. Nous sommes seulement dans un pays qui
n'existe pas vraiment. Avez-vous fait bon voyage ?

– Jusqu'à Francfort, c'était O.K., assura Milton Brabeck, après on a pris des petits avions. Très petits.

Les deux gorilles de la CIA n'avaient pas changé : le
temps semblait n'avoir pas de prise sur eux. Toujours
aussi athlétiques, les cheveux gris et ras, les yeux gris, des
mains comme des battoirs et cet air presque naïf des âmes
simples. Pour eux, tuer pour l'Oncle Sam était le plus
beau des métiers. En plus, ils vénéraient Malko pour avoir
partagé pas mal de ses missions.

Ils se mêlèrent tous les trois à la foule triste qui faisait
la queue à l'immigration.

– Ça n'a pas l'air gai ! soupira Chris Jones. Ça s'appelle comment ?

– Le Kosovo.

– Ah bon. Et c'est où ?

– Entre le Monténégro, la Serbie, la Bulgarie, l'Albanie et la Fyrom.

Le visage de Milton Brabeck, le plus cultivé, s'éclaira.

– Ah oui, le dernier James Bond se passe au Monténégro ! Ça a l'air d'un chouette pays.

Malko ne put s'empêcher de sourire.

– Milton ! Le Monténégro du film n'a qu'un lointain rapport avec le vrai. C'est à peu près comme ici.

– Et ce truc, la Fyrom ? s'enquit Chris Jones. J'ai jamais vu ça sur une carte.

– Pour une excellente raison, expliqua Malko : c'est un pays qui n'existe pas. Une fiction diplomatique pour faire vivre ensemble des gens qui ne s'aiment pas. À mon avis, la Fyrom[1] n'a pas un grand avenir. Quelquefois, on l'appelle la Macédoine…

– Ah ça, je connais ! fit Milton Brabeck, c'est le truc où on a inventé la salade. En Grèce.

– Ce n'est pas la même, précisa Malko.

– Il y a deux pays qui ont le même nom ?

– Oui, mais dans les Balkans, il y a pire. Ici, nous sommes aussi dans un pays qui n'existe pas. En Serbie sans être en Serbie.

– Bon, conclut Milton Brabeck, j'ai mal à la tête. Où récupère-t-on notre quincaillerie ?

– Tout à l'heure, affirma Malko. À la mission américaine où elle est arrivée par la valise diplomatique.

– Ah bon, remarqua Chris Jones, il y a des missions ici. C'est des Indiens ou quoi ?

Ils avaient passé l'immigration et, en voyant un 4×4 siglé KFOR, les deux gorilles retrouvèrent le sourire.

1. Former Yugoslavian Republic of Macedonia.

– On n'est pas chez les singes ! soupira Milton Brabeck, il y a des gens de chez nous, ici ?

– Absolument, confirma Malko, ils occupent même
une partie du pays.

– Comme en Irak ! s'écria Chris Jones, inquiet. Va fal-
loir utiliser nos Kevlar[1].

– Les Kosovars sont beaucoup moins agressifs,
affirma Malko. Plutôt pacifiques.

– Alors, pourquoi on est là ? observa avec justesse
Milton Brabeck.

– Parce qu'ils ne sont pas tous pacifiques, dut préciser
Malko.

Malko attendait, installé dans un des fauteuils fatigués
du hall du *Grand Hôtel*. Ils étaient passés à la mission
américaine, où les deux gorilles avaient récupéré de quoi
armer un petit porte-avions. Quand on leur avait expliqué
qu'ils étaient dans un pays occupé, géré par la KFOR,
avec une forte composante américaine, ils avaient explosé
de joie.

En plus, ce n'était pas un pays tropical, et il semblait
y avoir peu d'insectes. Pourtant, quand Malko les vit
émerger de l'unique ascenseur en service, ils arboraient
des têtes d'enterrement.

– Il n'y a pas d'eau chaude, couina Milton Brabeck,
c'est normal ?

– Presque, affirma Malko. Le générateur a dû tomber
en panne.

– Ils n'ont pas l'électricité ?

– Si, mais à dose réduite. L'eau aussi. Vous vous lave-
rez quand vous pourrez.

– Y a pas de rideaux.

1. Gilet pare-balles.

— Oui, mais y a CNN.

Donc, c'était la civilisation.

— On peut pas changer d'hôtel ? demanda timidement Chris Jones.

— C'est le meilleur de la ville, assura Malko. Un palace de l'ère communiste.

Au mot de communiste, ils faillirent se signer. Une fille, extrêmement sexy, en jean collant, leur remonta le moral pour quelques secondes.

— Bon, on y va ! lança Malko.

— Où ?

— Chez des voyous.

— Pour les flinguer ? demanda Milton Brabeck qui avait hâte d'étrenner son Glock tout neuf.

— Pas encore ! corrigea Malko. Je dois leur poser des questions gênantes et je me méfie de leurs réactions... Attention, ce sont des gens dangereux.

— Nous aussi, firent les deux gorilles d'une seule voix.

Là, ils se retrouvaient dans leur élément.

— On a même mis nos Kevlar, précisa Milton, coquet. Ça se voit pas, hein ?

Ils portaient des vestes assez mal coupées mais on n'aurait pas pensé qu'il s'agissait des nouveaux gilets pare-balles en Kevlar. Qui arrêtaient une balle de M 16 tirée à quelques mètres.

Malko prit le volant du Touareg qui avait remplacé le précédent, endommagé à Obilic.

Les deux voyous qui encadraient l'entrée du *Diplomat* leur jetèrent un regard méfiant et l'un d'eux se mit en travers de leur chemin.

— C'est fermé ! grommela-t-il en albanais.

Milton Brabeck, qui faisait une tête de plus que lui, le prit à la gorge et le colla au mur sans un mot, tandis que Malko et Chris Jones s'engageaient dans l'escalier menant à la salle du sous-sol. Ensuite, Milton Brabeck descendit sur leurs talons, mais à reculons, la veste largement ouverte, ce qui permettait d'apercevoir la crosse d'une sorte de fusil-mitrailleur, sans parler de celle d'un très gros pistolet automatique.

Malko était déjà en bas. Dans chaque box, il y avait des groupes d'hommes en train de discuter. Sur une table basse, une pile de billets verts de cent euros. À peine s'étaient-ils avancés qu'un type énorme se leva et vint vers eux en chaloupant, le front bas et l'air mauvais. Voyant qu'il avait affaire à des étrangers, il grommela en anglais :

– *Private! You go!*

Le geste était sans ambages. Malko ne bougea pas.

– Je viens voir Ahmet Mulluki. Je suis un ami d'Enver Kastriot.

– Ahmet, *not here*! Kazakhstan, répondit Sami. *You go. Private.*

Son vocabulaire était limité, mais précis. Malko esquissa un sourire.

– Vous êtes le cousin d'Ahmet ? Je veux vous parler. D'ailleurs, nous nous sommes déjà vus.

L'idée chemina lentement dans le cerveau de l'Albanais qui décida de ne pas en tenir compte.

– *You go!* répéta-t-il.

Cette fois, joignant le geste à la parole, il prit carrément Malko au collet.

Geste regrettable aux yeux de Chris Jones. Aussi rapide qu'un prestidigitateur, il fit jaillir un énorme Colt nickelé directement de son holster au front du malfrat.

Sous la pression, ce dernier recula. Impassible, Chris Jones releva alors le chien de l'arme en précisant :

– *You move, you dead!*

Anglais basique, compréhensible pour un Albanais. Ce dernier s'écarta, fixant Malko d'un air mauvais. Il lança quelques mots à la cantonade, dans sa langue, puis se retourna vers Malko et dit :

– *You take the money, you dead!*

Derrière lui, un moustachu avait pris sous une banquette une Kalach à crosse pliante et la braquait sur les trois visiteurs. Plusieurs hommes avaient sorti des armes. On était parti pour un massacre. Malko sentit qu'au premier dérapage, il allait y avoir du sang sur les murs. En détachant bien ses mots, il précisa :

– *We don't want the money.*

Effectivement, il y avait des tas de billets sur toutes les tables. De quoi acheter la moitié des voix du Kosovo. Ils étaient arrivés en pleine réunion électorale ! On aurait entendu une mouche voler.

Derrière l'homme menacé par Chris Jones, Malko vit le canon de la Kalach se relever tout doucement.

On ne le croyait pas. Les Mulluki étaient prêts à déclencher un massacre pour leur cagnote. Cela ne tenait qu'à un fil.

CHAPITRE XIV

La tension resta à son maximum d'innombrables secondes. Dans un silence de plomb, seulement troublé par le souffle court des protagonistes. L'activité des trieurs de billets s'était interrompue net.

Sami Mulluki fixait Malko, les mâchoires serrées, le regard sombre. Le canon du Glock de Chris Jones toujours collé à son front. S'il y avait des morts, il ouvrirait le bal...

Soudain, ses épaules s'affaissèrent légèrement et il lâcha entre ses dents :

– *What you want*[1] ?

C'était le début du dégel... Malko, à son tour, se détendit imperceptiblement : l'apocalypse s'éloignait.

– *Talk to you*[2], répondit-il.

Le voyou hésita quelques instants, puis désigna la banquette, à côté d'eux.

– *O.K. Seat here.*

Il s'assit le premier, imité par Malko. Chris Jones continuait à menacer Sami Mulluki. Sur un signe discret de Malko, il baissa son arme. Aussitôt, les hommes du clan l'imitèrent, et la tension baissa d'un coup.

1. Qu'est-ce que vous voulez ?
2. Vous parler.

Malko alla droit au but.

— On a fait sauter le *Skender*, un bar qui vous appartenait, dit-il. Je vous en avais parlé avec notre ami com-
mun, Enver Kastriot. Vous pensiez que cela venait du
clan Berisha. Vous vous souvenez ?

— *Yo*.

— O.K., continua Malko. L'homme qui a déposé la
bombe est à la morgue. Il s'appelle Murat Ahmeti. Or,
avant de mourir, il a été torturé, par vous. Donc, il vous
a parlé. Je veux savoir ce qu'il vous a révélé.

Sami Mulluki le regarda par en dessous.

— Pourquoi vous dites que je l'ai torturé ?

— Parce qu'il avait tous les doigts de pied écrasés, au
marteau, précisa Malko. Or, à Pristina, vous êtes l'unique
spécialiste de ce traitement.

Le regard de Sami Mulluki vacilla. Comment cet étranger savait-il cela ? Coincé, il ne répondit pas et Malko
enchaîna :

— Je ne veux pas venger cet homme. Je ne veux pas
vous impliquer dans sa mort. Je veux seulement savoir
qui l'a envoyé poser cette bombe.

Sami Mulluki demeura muet un long moment et, finalement, laissa tomber :

— Je peux pas parler de ça.

Malko insista.

— Vous savez…

Le voyou détourna le regard.

— Il faut voir avec mon cousin, Ahmet.

— Où est-il ?

— Au Kazakhstan.

— Quand revient-il ?

— Bientôt.

— Très bien. Je reviendrai dans quelques jours.

— Non, laissez-moi votre portable, fit le voyou dans
son anglais succinct.

Malko donna son portable et celui de Karin Steyr. Les

gens n'avaient pas recommencé à compter les billets mais l'atmosphère s'était détendue. Il se leva et, sans serrer la main de Sami Mulluki, dit simplement :

– Appelez-moi ou je reviendrai.

Il s'éloigna vers la sortie, encadré des deux gorilles, dans un silence de mort.

Sami Mulluki s'ébroua. Il avait eu peur et il respectait les gens qui lui faisaient peur. Il avait affaire à des gens sérieux. Respectables. Parce que très fortement armés. Il ignorait pour qui cet inconnu aux yeux dorés roulait et il s'en moquait, mais il ne pouvait pas le traiter par-dessus la jambe.

Quand Malko, escorté de ses deux « baby-sitters », émergea dans UCK Street, Chris Jones remarqua avec bon sens :

– Ce sont des malfaisants. J'ai cru qu'on allait au clash. La prochaine fois, je vous donnerai un Kevlar.

– Nous les reverrons bientôt, promit Malko.

En attendant, il voulait faire le point avec Enver Kastriot. Il l'appela sur son portable et l'Albanais lui donna rendez-vous au restaurant *Tirana*.

C'était minuscule. Une terrasse exiguë où le patron, hirsute et barbu, salua Malko avec une obséquiosité exagérée. Surprise : Enver Kastriot n'était pas seul, mais flanqué de Faruk Dervishi, qui jeta un coup d'œil intrigué aux deux Américains. Malko sourit :

– Le Kosovo est dangereux. Je préfère prendre mes précautions.

– On faisait le point sur l'attentat de la vallée de la Drenica quand vous avez appelé, précisa Enver Kastriot. Faruk voulait savoir si votre enquête avançait.

– Avez-vous appris quelque chose sur l'attentat contre les religieuses ? demanda Malko.

– Rien. On a retrouvé les débris d'une bombe artisanale.

– Comment a été déclenché l'explosion ?

– Par un téléphone portable. L'homme était dissumulé dans les bois et s'est enfui par l'autre versant de la colline. On a trouvé des traces. Les religieuses réclament de doubler l'escorte et ne veulent plus sortir de leur monastère. Un reporter de *Politika* est en route pour les interviewer. J'ose à peine imaginer ce qu'il va écrire. Sans parler de la réaction officielle de Belgrade ! Le Premier ministre serbe Kostunica a réclamé une réunion spéciale du Conseil de sécurité des Nations unies, rien que cela ! Et le représentant russe a appuyé sa demande ! fit amèrement Enver Kastriot.

Un ange survola la terrasse du petit restaurant. Encore un attentat semblable et la situation serait incontrôlable.

– J'ai eu des informations de Mitrovica, enchaîna Faruk Dervishi, les radicaux de tous poils s'agitent beaucoup. Certains veulent se poster sur la rive nord de l'Ibar et rafaler des passants kosovars.

Malko se tourna vers le policier de l'antiterrorisme.

– Vous êtes au courant du cadavre aux pieds écrasés à coups de marteau, qui se trouve à la morgue, Murat Ahmeti ? Ce pourrait être le poseur de bombe du *Skender*. Il travaillait avec le clan Berisha.

– Des gens comme lui, il y en a des centaines à Pristina, laissa tomber Dervishi. Des petits voyous, des « porteurs de valise » pour la drogue ou les cigarettes. Il avait été arrêté l'année dernière pour trafic d'armes, des stocks de l'armée albanaise. Mais ses protecteurs l'ont fait libérer.

– J'ai rendu visite aux Mulluki, dit Malko. Il n'y avait que Sami, qui n'a pas nié avoir torturé cet homme, mais n'a pas voulu me révéler ce qu'il lui avait dit. Il m'a renvoyé à son cousin Ahmet, qui se trouve en ce moment au Kazakhstan. J'espère qu'il me parlera car ce Murat

Ahmeti a sûrement révélé le nom de celui qui lui a confié la bombe.

– On va retomber sur les Berisha, affirma Faruk Dervishi d'un ton sans réplique.

Malko demanda un café. Le patron secoua la tête, désolé.

– On ne peut pas faire de café, l'eau est coupée… Vous voulez un raki à la place ?

Chris Jones et Milton Brabeck, prudents, s'étaient rabattus sur le Coca Cola. Malko repensa au mystérieux « Vula » et demanda au policier de l'antiterrorisme :

– Vous qui avez travaillé tout près du SDB, pendant l'occupation serbe, vous avez une idée du nombre de collaborateurs albanais qui sont encore dans la nature…

– Je vous l'ai dit, les plus dangereux sont partis avec les Serbes. Les autres essaient de se faire oublier.

– Il n'y a pas eu d'épuration en 1999 ?

– Bien sûr que si ! fit Faruk Dervishi en souriant. J'en ai moi-même liquidé plusieurs. Pendant plusieurs mois, au Kosovo, il y a eu une véritable chasse à l'homme. Les gens de l'UCK ont été parfois brutaux, exterminant toute la famille des traîtres. Après, la KFOR y a mis bon ordre et ils ont été obligés de laisser les autres tranquilles. D'ailleurs, aujourd'hui, beaucoup d'ex-membres de l'UCK sont à La Haye pour avoir exécuté les traîtres.

Faruk Dervishi précisa :

– D'ailleurs, un des frères Berisha, Nysret, est à La Haye parce qu'il a jeté vivants dans l'Ibar, enfermés dans des sacs, un traître et toute sa famille : sa femme et les quatre enfants.

Milton Brabeck sursauta et fit répéter.

– Vivants ?

– Vivants, confirma l'Albanais. Les Kosovars ont beaucoup souffert.

– *Holy shit !* Ce sont des sauvages ! marmonna Milton Brabeck, horrifié.

Les États-Unis n'ayant jamais connu d'occupation, les Américains avaient du mal à appréhender ce genre de problème. Malko s'adressa à Enver Kastriot.

– Vous pouvez surveiller le retour d'Ahmet Mulluki par le biais des fiches de la police des frontières ? J'ai hâte de lui parler.

– Pas de problème, assura le fonctionnaire du ministère de l'Intérieur.

Ils se séparèrent dans la rue. Une fois de plus, Malko devait ronger son frein. En attendant le prochain coup dur.

***

Rien.

Il ne s'était rien passé depuis trois jours. Pas d'attentat, aucune avancée dans les recherches. Le Kosovo et les internationaux faisaient le dos rond devant les hurlements de la Serbie, relayés par la Russie et la Chine. Les Kosovars étaient cloués au pilori et certaines voix commençaient à s'élever pour dire qu'il était imprudent de donner le pouvoir à des gens qui osaient s'attaquer à des religieux innocents. Le grand quotidien grec *Eleftheros Typos* conseillait même de prolonger de trois ans la résolution 1244, afin de permettre l'élimination des éléments troubles du Kosovo.

Bref, ce n'était pas la joie.

Malko sortait du *Tiffany* où il avait emmené les gorilles et Karyn Steyr lorsque son portable sonna.

– Le cousin est revenu, annonça Enver Kastriot. Il doit être en route pour chez lui.

– Où habite-t-il ?

– Une très grosse maison dans le quartier d'Arbeira. Je peux vous la montrer vers cinq heures.

Il n'y avait plus qu'à tuer le temps jusque-là. Ils y arrivèrent en remontant à pied le boulevard Nane-Teresa,

bien déprimant. On se serait cru en Union soviétique, vers
1980. À quatre heures et demie, Enver Kastriot émergea
enfin de la tour de verre où il travaillait et prit place à côté
de Malko. Direction, le quartier des missions.

— Voilà la maison ! annonça l'Albanais lorsqu'ils s'en-
gagèrent dans la rue Vushtria.

On ne pouvait pas la rater. Une énorme bâtisse, avec
un curieux toit en forme de dome noir, bâtie en cantile-
ver à flanc de colline. Quatre étages et de grandes baies
vitrées, avec une vue imprenable sur la ville. L'entrée se
trouvait rue du 24-Mai, face à un terre-plein où plusieurs
voitures étaient garées en épi. Une Porsche Cayenne,
deux VW Touareg, une Mercedes flambant neuve.

Il n'y avait pas que des pauvres au Kosovo.

— La Porsche Cayenne, c'est celle d'Ahmet Mulluki,
précisa Enver Kastriot.

À peine furent-ils sortis du Touareg que deux gorilles
surgirent et leur barrèrent le chemin. Enver Kastriot
annonça qu'ils venaient voir Ahmet Mulluki. L'un des
gardes resta près d'eux tandis que le second entrait dans
la maison.

Il réapparut quelques instants plus tard et s'adressa à
Enver Kastriot.

— Ahmet fait la sieste, annonça ensuite ce dernier. Il
faut revenir demain.

Cela n'aurait servi à rien de faire du forcing. Malko se
résigna à ce nouveau délai.

De retour de chez Karin Steyr, Malko attendait que la
barrière automatique donnant accès au parking du *Grand
Hôtel* se lève, lorsqu'un jeune homme surgit d'entre les
voitures et lui fit signe que le parking était complet. Ce
qui arrivait parfois. Par gestes, il lui indiqua le parking
souterrain de l'hôtel, dans le boulevard Garibaldi. Malko

recula, parcourut cinquante mètres et trouva l'entrée, une rampe s'enfonçant dans un trou sombre. Deux étages d'espace souterrain.

Seul le second était accessible. Il s'y gara, au milieu de quelques autres voitures. Apparemment, il n'était pas très fréquenté. Ensuite, il se perdit dans un dédale de couloirs et d'impasses, avant de réaliser que cet étrange parking ne communiquait pas avec l'hôtel… Il fallait ressortir et remonter le boulevard Garibaldi.

Malko, Chris Jones et Milton Brabeck étaient en train de finir leur breakfast dans l'immense et sinistre *breakfast room* du *Grand Hôtel*. Les gorilles broyaient du noir, n'ayant rien à faire. Depuis l'expédition chez les Mulluki, ils se battaient les flancs, Malko s'éclipsant seul pour aller retrouver Karin Steyr.

Enver Kastriot arriva, toujours souriant et tiré à quatre épingles. Malko l'avait appelé pour faire une nouvelle tentative chez les Mulluki, pour parler à Ahmet.

— Rien de nouveau ? demanda Malko.

— Quelques coups de feu ont été tirés hier soir à Mitrovica, de la berge nord de l'Ibar, sur des maisons kosovares de la berge sud. Heureusement, il n'y a pas de victime. Les Gardiens du Pont, un groupe serbe radical, ont publié sur Internet un communiqué promettant de venger les religieuses de la Drenica. Hier, le général commandant de la KFOR a déjeuné avec le ministre des Affaires étrangères danois qui l'a averti que, si les choses ne se calmaient pas, son pays pourrait reconsidérer la reconnaissance de l'éventuelle indépendance kosovare. Et les journaux serbes accusent la KPF d'être de mèche avec les auteurs des attentats…

— Rien que des bonnes nouvelles ! conclut Malko. Bon, on y va…

Ils se retrouvèrent devant l'hôtel, en bordure du parking.

— Où est votre voiture ? demanda Enver Kastriot.

— Au garage, dit Malko. Hier soir, il n'y avait pas de place ici.

Enver Kastriot héla aussitôt son chauffeur et tendit la main vers Malko.

— Donnez-moi vos clefs. Mon chauffeur va vous la chercher.

— Merci.

— Qu'est-ce que c'est ?

— Un Touareg blanc. Il est garé juste à gauche, après la rampe au second sous-sol.

Le chauffeur disparut en courant et Enver Kastriot alluma une cigarette. Il ne l'avait pas terminée qu'une sourde explosion fit trembler le building. Cela venait du boulevard Garibaldi. Enver Kastriot pâlit et jura.

— *Babai Im !*

Lui, les gorilles et Malko se précipitèrent vers l'entrée du parking, boulevard Garibaldi. Le gardien était sorti de sa guérite vitrée et regardait un nuage de fumée noire et âcre qui montait du sous-sol. Il lança quelques mots à Enver Kastriot.

— Il y a eu une explosion au deuxième sous-sol. Il a appelé la police.

Ils se lancèrent dans la rampe pentue, Chris et Milton, pistolet au poing. Ils n'eurent pas à aller loin pour découvrir le Touareg de Malko en train de brûler. Les glaces avaient volé en éclats, la portière avant gauche était ouverte, le pare-brise éclaté. Une bombe vraisemblablement placée sous la voiture… Un corps était effondré à la place du conducteur. Enver Kastriot se précipita et, aidé de Milton Brabeck, parvint à sortir l'homme qui se trouvait au volant. Ses vêtements avaient commencé à brûler et son avant-bras gauche avait été arraché par l'explosion.

Lorsqu'ils le sortirent, une partie de sa jambe droite resta à l'intérieur du véhicule...

Miraculeusement, il vivait encore !

Pendant qu'on lui faisait des garrots, des sirènes se firent entendre et deux voitures de police suivies d'une ambulance jaillirent de la rampe. Quand le blessé fut dans l'ambulance, Enver Kastriot et Malko se regardèrent.

— Votre chauffeur m'a sauvé la vie ! fit ce dernier, encore choqué.

— C'est ce salaud d'Ahmet Mulluki ! explosa Enver Kastriot. Il ne voulait ni vous dire ce que vous vouliez ni vous tenir tête, donc il a décidé de vous éliminer !

— Allons le voir, fit Malko.

Cette fois, Chris et Milton dégainèrent avant même de sortir de la voiture d'Enver Kastriot. Prudents, les deux vigiles du clan rentrèrent dans la maison. Malko sonna et dut insister un bon moment avant que la porte ne s'ouvre sur le cousin Sami, furieux.

— Ici, c'est une résidence privée ! lança-t-il. J'appelle la police !

— Où est Ahmet ? demanda Enver Kastriot.

— Sorti. Il a rendez-vous en ville.

Il leur claqua au nez.

Chris Jones braquait déjà son énorme 357 Magnum sur la serrure quand Enver Kastriot l'arrêta.

— Non ! Cela ne servira à rien. On va le coincer ailleurs. J'ai des sources dans son groupe. Redescendons.

Amer, Malko remonta dans la voiture. Désormais, il avait un compte personnel à régler avec les deux voyous. Et il n'allait pas attendre pour cela.

* *
*

Karin Steyr était atterrée. Elle avait rejoint Malko au *Home*, le bar à côté de l'OSCE, après son coup de fil. Elle secoua la tête et dit :

– Cela ne m'étonne pas. Ici, on règle les problèmes à l'explosif ou à la Kalachnikov. C'est leur culture. Ils se croient invulnérables et, la plupart du temps, ils le sont. Il n'y a pas de véritable autorité au Kosovo. Qu'est-ce que tu vas faire ?

Malko était en train de contempler les seins de la jeune femme, dressés sous son pull fin, une drôle de démangeaison dans les reins.

– Essayer d'oublier cet épisode désagréable, dit-il.

– Comment ?

– En te baisant.

Elle sursauta, quand même surprise, puis sourit.

– Ici ?

– Où tu voudras.

Il vit que ses seins se soulevaient plus rapidement. Elle se leva et dit simplement :

– Viens.

Ils prirent l'ascenseur jusqu'au septième étage de l'immeuble de l'OSCE. Karin Steyr salua plusieurs collègues, avant d'atteindre son bureau, qui donnait sur le boulevard Luan-Haradinaj. Elle ferma tranquillement la porte à clef, alla s'appuyer à son bureau et se retourna.

– Dépêche-toi ! J'ai une réunion dans vingt minutes.

Malko s'approcha, posa une main sur sa hanche, et, de l'autre, commença à remonter sa longue jupe, découvrant des bas noirs se terminant par une large bande de dentelle, très haut sur ses cuisses, serrés sur la jambe par un laçage à la façon d'un corset. Des accessoires érotiques sophistiqués. Devant sa surprise, Karin expliqua :

– Je les avais mis pour ce soir ! On doit dîner ensemble, non ? On me les a envoyés de Paris.

Il était déjà en train de lui arracher sa culotte. Elle se

souleva pour qu'il puisse mieux la faire glisser le long de
ses jambes. De son côté, elle terminait ce que la nature
avait déjà bien commencé. Comme toujours, Mako com-
battait la mort par des pulsions érotiques qu'il essayait de
satisfaire tout de suite. Il avait ainsi l'impression de
renaître, d'éloigner la mort.

Karin Steyr poussa un profond soupir lorsqu'il se ficha
dans son ventre d'un seul coup de reins.

– Comme tu es dur !

Il la besognait déjà. D'elle-même, elle s'allongea sur
les dossiers de l'OSCE et il lui releva les jambes, jusqu'à
les mettre sur ses épaules. Dans cette position, il s'enfonçait en elle à l'horizontale, de tout son poids, expédiant les dossiers par terre, au fur et à mesure qu'il la
pilonnait...

Lorsqu'il explosa, il n'y avait plus rien sur le bureau.
Accrochée des deux mains au rebord, Karin Steyr faisait
aller sa tête de droite à gauche, se mordant les lèvres pour
ne pas hurler. Malko, ébloui, calmé, se retira et baissa les
yeux sur sa Breitling. La jeune femme ne serait pas en
retard à son *meeting*.

Il était à peine rajusté que son portable sonna. C'était
Enver Kastriot.

– Ce fumier d'Ahmet Mulluki déjeune dans un restaurant à la sortie de Pristina, annonça-t-il, le *Pellumbi* [1],
rue Pec-Fushové.

– On va prendre le dessert avec lui.

1. Le Pélican.

CHAPITRE XV

La Porsche Cayenne d'Ahmet Mulluki trônait seule sur le terre-plein en face du *Pellumbi*. À peine Malko et les gorilles furent-ils descendus de leur nouveau 4×4 pour rejoindre Enver Kastriot, arrivé quelques minutes plus tôt, qu'un moustachu corpulent, boudiné dans un costume de croque-mort, surgit du restaurant. Obséquieux comme un traître d'opérette, il baisa pratiquement la main d'Enver Kastriot et se lança dans des explications volubiles, en leur barrant le chemin. Le fonctionnaire du ministère de l'Intérieur se tourna vers Malko.

– Il dit que le restaurant est réservé pour un client privé. Impossible d'y déjeuner.

– Dites-lui que nous ne venons pas déjeuner, corrigea Malko, mais régler des comptes.

Ses yeux dorés étaient striés de vert, ce qui était mauvais signe. Son Glock, glissé dans sa ceinture, avait une balle dans le canon. Chris et Milton étaient prêts à affronter n'importe qui.

– Et dites-lui que c'est *justement ce client* que nous venons voir, ajouta Malko.

Enver Kastriot traduisit et, devant leur détermination, le patron du *Pellumbi* s'écarta, avant de les suivre en courant.

Malko pénétra le premier dans le restaurant. Une

grande salle aux murs couverts de photos encadrées. C'était plutôt luxueux. Des chaises au dos de soie et en bois verni, des tables séparées les unes des autres. La salle était presque vide, à l'exception de quatre gorilles assis près de l'entrée, qui se levèrent immédiatement en voyant les intrus.

Milton Brabeck et Chris Jones avaient déjà sorti leur artillerie. Avec un calme de mauvais augure, ils lancèrent aux gardes du corps :

– *Freeze !*

Ces Albanais ne comprenaient probablement pas l'argot américain, mais ils demeurèrent strictement immobiles. C'était le début de la compréhension entre les peuples.

Malko aperçut alors, au fond de la salle, les cheveux gris ondulés d'Ahmet Mulluki, le cousin de retour du Kazakhstan. En compagnie d'une beauté brune très maquillée, guère plus de vingt ans, à peu près le tiers de son âge. En voyant le groupe qui s'avançait vers lui, il lui glissa quelques mots et elle se leva vivement et s'esquiva, passant à côté d'eux en balançant paresseusement une chute de reins magnifique, moulée par un pantalon de soie noire. Ahmet Mulluki apostropha Enver Kastriot d'un ton furieux. Ce dernier se retourna vers Malko.

– Il ne comprend pas pourquoi nous insistons ! Il ignore le nom du responsable de cet attentat, sinon, il l'aurait déjà puni.

Sans se troubler, Malko s'assit en face du vieux voyou, souriant. D'un geste naturel, il prit une fourchette, comme pour jouer avec. Puis, brutalement, d'un geste bien calculé, il la planta dans la main d'Ahmet Mulluki.

Le hurlement de celui-ci déclencha une ébauche de réaction de ses quatre gardes du corps. Trois coups de feu claquèrent, tirés dans le plafond par Chris et Milton, qui provoquèrent une avalanche de plâtre. Chris Jones répéta avec encore plus de conviction :

– *Freeze !*

Plus personne ne bougea. Ahmet Mulluki avait arraché la fourchette de sa main, où elle avait laissé quatre trous d'où suintait le sang. De sa main gauche, l'Albanais enveloppa la droite avec une serviette qui s'humecta rapidement de sang. Le patron, affolé, accourut, offrant son propre mouchoir, mais Ahmet Mulluki l'écarta sèchement, le visage déformé par la fureur.

Il cracha quelques mots, traduits par Enver Kastriot.

– Il dit qu'il vous tuera pour cela !

Malko ne se troubla pas. Arrachant le Glock de sa ceinture, il le braqua sur son vis-à-vis, releva le chien et dit :

– Dites-lui que je vais le tuer *maintenant* ! Ses hommes ont essayé de me liquider ce matin pour qu'il n'ait pas à me parler. Seulement, je suis là…

Enver Kastriot traduisit.

Les traits d'Ahmet Mulluki se crispèrent. Une lueur d'incompréhension passa dans son regard et il prononça une longue phrase d'une voix plus calme.

– Il n'a jamais cherché à vous tuer ! C'est un mensonge !

Il paraissait sincère. Le silence retomba, tandis qu'il tamponnait sa main. Malko leva les yeux et reconnut, sur les photos accrochées au mur, Pamela Bearden, parmi d'autres personnalités de Pristina. Il était désarçonné par la réaction du voyou albanais. Celui-ci continuait à tamponner sa main blessée, l'air furibond mais pas vraiment effrayé. Malko avait l'impression qu'il disait la vérité.

– O.K., dit-il, *quelqu'un* a voulu me tuer. Expliquez-lui.

Cette fois, la conversation fut plus longue. À la fin, Enver Kastriot semblait lui aussi ébranlé.

– Il jure qu'il n'a rien fait contre vous. Et il n'avait, de toute façon, aucune raison. Cet homme, Murat Ahmeti, avait été reconnu par un des siens, il l'a fait enlever pour le faire parler. Seulement, il est mort avant, d'une crise cardiaque. Donc, il ne sait rien.

Cela confirmait les dires du médecin légiste.

Ahmet Mulluki ôta la serviette imbibée de sang, posa sa main à plat sur la table, héla le patron.

Celui-ci accourut avec un flacon de raki et deux verres à pied. De la main gauche, Ahmet Mulliki les remplit et leva le sien.

– C'était un malentendu. Maintenant, laissez-moi déjeuner. Je n'ai jamais rien fait contre vous.

Il vida son verre d'un trait, sans s'occuper de Malko. Celui-ci ne toucha pas au sien et se leva. Il se retrouva sur le terre-plein, en face du *Pellumbi*, déstabilisé. Si ce n'était pas Ahmet Mulluki, qui avait tenté de l'éliminer ? Alors qu'il n'était en possession d'aucune information sensible… Il sentait que quelque chose lui échappait.

Quelque chose d'important qu'il n'arrivait pas à cerner.

– On retourne à la mission, dit-il aux gorilles.

Pamela Bearden était encore plus monstrueuse au naturel que sur la photo du *Pellumbi*… À peine Malko eut-il pénétré dans son bureau qu'elle lui lança :

– Je viens de recevoir un appel de mon homologue du « 6 ». Ahmet Mulluki n'est pour rien dans l'attentat de ce matin.

Stupéfait, Malko rétorqua :

– Comment le sait-il ?

– Le clan Mulluki est « traité » par le « 6 ». Ahmet a téléphoné à son traitant. Pour dire qu'il ne s'attaquerait jamais à quelqu'un lié à nous. Il n'est pas fou.

Cette fois, la piste était définitivement morte. Malko ne voulait pas demander comment le MI 6 savait déjà qu'il avait été victime d'un attentat… Pristina était pire que

Vienne après la Seconde Guerre mondiale. Tout le monde travaillait pour tout le monde…

— Qu'est-ce qu'on fait ? demanda Pamela Bearden. Je vais finir par couper mon e-mail. Ils sont déchaînés, à Langley…

— Envoyez-leur du Prozac, conseilla Malko, exaspéré. Et estimez-vous heureuse. Vous auriez dû aller à mon enterrement.

Au *Tiffany*, ils avaient du champagne français. Du Taittinger Comtes de Champagne Blanc de Blancs 1998. Dans ce trou du cul du monde, c'était miraculeux… Malko leva sa flûte et dit à Karin Steyr :

— À notre collaboration !

— Merci ! fit-elle, mais je n'ai pas fait grand-chose.

— C'est vrai, sourit Malko. À part me contrôler.

La jeune femme se tendit imperceptiblement.

— Qu'est-ce que tu veux dire ?

Malko se pencha vers elle, si près qu'il aurait pu l'embrasser. Elle était particulièrement belle, très maquillée, avec un chemisier noir et une courte jupe sur ses bas nylon brillants.

— J'ai dit ce matin à une seule personne que l'on avait voulu me tuer. Personne ne savait que c'est moi qui étais visé. Sauf toi. Or, Pamela Bearden a été prévenue par le «6». Voilà pourquoi je t'ai séduite aussi facilement.

Karin Steyr alluma une cigarette, fit signe à Malko de lui reverser un peu de Taittinger et dit simplement :

— Tu ne m'as pas *séduite*. J'ai été attirée par toi, c'est différent.

— Et c'est ton chef de poste qui t'a conseillé de coucher avec moi ?

Elle secoua lentement la tête.

– Tu sais bien que cela ne se passe pas comme ça.
Donne-moi la main.

Il obéit, elle lui prit la main, la glissa sous la table, jusqu'à ce que l'extrémité des doigts de Malko effleure le
dessous de sa cuisse. Elle dit avec un sourire :

– Ce n'est pas mon chef de poste qui m'a dit de mettre
des bas couture pour te faire bander.

Elle avait marqué un point. Malko se reversa du champagne. Au moins, il avait résolu une petite énigme. Les
Britanniques étaient décidément les plus forts. Il ne s'était
douté de rien. C'est vrai que, d'habitude, les employés de
l'OSCE ne parlaient pas albanais… Karin Steyr le fixait
d'un air bizarre.

– Si tu n'as pas envie de baiser avec moi ce soir,
dit-elle calmement, ce n'est pas grave…

Tandis qu'elle prononçait cette phrase, Malko voyait
les pointes de ses seins durcir sous le satin noir. Ce com-
bat-là était inégal et il avait perdu.

– Je veux te baiser ce soir, dit-il. Même si cela doit te
faire gagner une prime.

– Salaud ! fit-elle à mi-voix.

Elle se leva, rafla son sac et se dirigea vers la sortie du
Tiffany. Sans réfléchir, Malko se leva et la suivit, mais
lorsqu'il arriva dans la rue mal éclairée, il ne la vit pas.

Pourtant, aucune voiture n'avait eu le temps de démar-
rer. Enfin, il aperçut une silhouette s'éloignant vers le terrain vague en bordure du stade voisin, où les clients du
Tiffany garaient leurs voitures. Il rattrapa Karin Steyr au
moment où elle ouvrait la portière de son 4×4.

Hors de lui, vexé et aussi fou de désir.

Sans un mot, il la plaqua contre la carrosserie, ouvrit
sa veste de tailleur, arracha les boutons de son chemisier.
Ils luttèrent en silence tandis qu'il lui arrachait tout ce
qu'elle avait sur elle, sauf ses magnifiques bas noirs et
ses escarpins. Karin cessa brusquement de se débattre,

comme une poupée cassée. Le contraste entre sa peau et le nylon des bas faillit faire exploser Malko sur-le-champ.

Il se défit fébrilement, empoigna son sexe tendu et, presque au jugé, plongea dans le ventre de la jeune femme. Qui coulait comme une fontaine.

Il la viola comme un charretier, plaquée contre la portière du 4×4. Écartelée, écrasée contre la tôle, Karin se mit à rendre coup de reins pour coup de reins. Puis, lorsqu'il eut joui, elle murmura :

– Tu vas sûrement avoir une prime !

Indomptable.

***

Malko, pourtant apaisé sexuellement, n'arrivait pas à dormir. Que Karin Steyr appartienne au MI 6 ne changeait rien à l'attirance qu'ils éprouvaient l'un pour l'autre, et il aurait dû s'en douter. Son ego l'avait trahi.

Confusément, il sentait que cette journée marquait un tournant dans son enquête. Il n'y avait pas de doute sur Ahmet Mulluki. Le « 6 » ne l'aurait pas dédouané sans raison. Ce qui laissait la principale question ouverte : pourquoi avait-on essayé de supprimer Malko, qui ne savait rien ? Il se passait et se repassait les dialogues, les rencontres lorsqu'il eut une illumination. C'était comme la lettre d'Edgar Poe. Ce qui était le plus visible était souvent invisible…

En dehors d'Enver Kastriot, qu'il avait du mal à soupçonner, une seule personne savait qu'il voulait interroger Ahmet Mulluki, ignorant que le voyou ne connaissait pas le nom du commanditaire de l'attentat du *Skender*. Cette personne, c'était Faruk Dervishi. Une seule personne, également, avait intérêt à éliminer Malko avant qu'il ne parle à Ahmet Mulluki.

Le commanditaire de l'attentat du *Skender*.

La conclusion était aveuglante. Faruk Dervishi était le commanditaire de l'attentat du *Skender*.

Si celui-ci avait pour but d'éliminer Adile Uko, il faisait donc partie du réseau responsable de l'assassinat des cinq moines. Or, le policier albanais avait exactement le profil des gens recrutés par les Services serbes : il avait fait son service dans l'armée yougoslave, avait été en contact avec des gens du SDB et avait des connaissances étendues en armes et explosifs. Certes, il avait appartenu à l'UCK, mais cela pouvait faire partie de sa couverture. La coïncidence était troublante, mais basée uniquement sur un raisonnement. Avec un gros hic : grâce à ses contacts avec la BIA, Malko savait que les Serbes n'étaient pas mêlés à ces attentats…

Il se tournait et se retournait, sans parvenir à trouver la solution.

La conclusion était simple : il fallait tendre un piège à Faruk Dervishi. Celui-ci savait que Malko avait finalement parlé à Ahmet Mulluki. Donc, qu'il avait peut-être appris la vérité. Il était donc trop tard pour l'éliminer. S'il était coupable, il pouvait s'enfuir en Serbie, ce qui ne présentait aucune difficulté. Ou faire face. Ce n'était que la parole du voyou contre la sienne. L'aube pointait : Malko décida de tenter un coup de bluff. Au pire, il forcerait Faruk Dervishi, se sachant soupçonné, à interrompre ses activités criminelles. Avant tout, il devait s'assurer d'un point capital.

Malko était au *Tirana* depuis vingt minutes lorsque Enver Kastriot le rejoignit. Avant même de commander, Malko demanda :

– Avez-vous parlé à quelqu'un de ma conversation avec Ahmet Mulluki ?

– Non, répondit Enver Kastriot, visiblement surpris.
Pourquoi ?

– Je pense que Faruk Dervishi fait partie du réseau qui
a commis l'attentat contre les moines.

– Faruk ! Mais c'est le type le plus honnête que je
connaisse !

Visiblement, Enver Kastriot tombait des nues. Ce n'est
qu'après l'exposé de Malko qu'il dut reconnaître que ce
n'était pas impossible.

– Que voulez-vous faire ? demanda-t-il.

– Je n'en sais encore rien, avoua Malko. Je n'ai aucune
preuve matérielle, seulement un raisonnement.

– Si vous l'accusez, il niera, remarqua l'Albanais. Et
il rentrera dans sa coquille. Il ne bougera plus.

– Ce serait déjà un résultat, dit Malko, mais ce n'est
pas suffisant. Je vais chercher un moyen de le confondre.

– Vous en connaissez un ?

– Peut-être.

Les seules personnes à pouvoir confirmer ses soupçons
se trouvaient à Belgrade. Cela n'allait pas être facile de
les décider à parler.

CHAPITRE XVI

Faruk Dervishi dissimulait son inquiétude sous son habituel sourire décontracté. Comme tous les matins, il avait retrouvé au ministère de l'Intérieur Enver Kastriot et d'autres fonctionnaires albanais et internationaux pour faire le point de la situation sécuritaire. Les surveillances autour des implantations serbes avaient été renforcées, mais le lieutenant colonel représentant la KFOR avait souligné qu'il était impossible de prévenir de nouveaux attentats sophistiqués.

Tout déploiement supplémentaire, à part autour de la centrale d'Obilic, n'était que de l'affichage.

À la fin de la réunion, Enver Kastriot aborda le policier de l'antiterrorisme.

– On déjeune ensemble ?

– Avec plaisir, accepta Faruk Dervishi, mais j'ai une course à faire avant.

– Alors au *Prichat*, dans une heure.

Sorti de l'immeuble de verre, Faruk Dervishi fila vers l'ouest. Grimpant jusqu'à la mission américaine, il laissa au planton une enveloppe. Il redescendit ensuite par la rue du 24-Mai, ce qui était l'itinéraire habituel. En passant devant la mission russe, il ralentit légèrement, le temps de voir que les géraniums du balcon du premier étage avaient disparu. Son rendez-vous était confirmé.

Il n'avait plus qu'à aller déjeuner.

Une vieille Mercedes stationnait devant la petite auberge de Velike Rudare où, la semaine précédente, Malko avait retrouvé son ami Vladimir Djorgevic avec le mystérieux Slobodan, l'homme qui avait permis de déjouer l'attentat contre la centrale thermique d'Obilic.

Cette fois, Vladimir Djorgevic était seul, dans un coin de la salle. Il accueillit Malko avec un sourire.

– Il ne faudrait pas se voir trop souvent. La route est épouvantable depuis Belgrade !

Ils commandèrent sans attendre pour être tranquilles : jambon cru, salade et agneau rôti. Malko attaqua tout de suite :

– Est-ce que vos amis du BIA souhaitent toujours enrayer les provocations antiserbes ?

– Je le pense, fit Djorgevic. Ils m'ont chargé de vous remercier pour le message des Américains. Tous ne les considèrent pas comme des ennemis.

– Ils savent que nous nous voyons ?

– Bien sûr. Il faut être transparent. Quel est le problème ?

– J'ai peut-être trouvé le responsable des attentats ! annonça Malko, mais je n'ai aucune preuve.

– En quoi cela nous concerne-t-il ?

– Si c'est lui, il s'agit d'un homme recruté par le SDB, il y a plusieurs années. Je ne peux rien faire à part le surveiller, ce qui est très difficile, tant que je n'ai pas de certitude.

– C'est-à-dire ?

– Je connais son nom de code, « Vula ». Vos amis sont

les seuls à pouvoir me dire quel nom correspond à ce pseudo.

Vladimir Djorgevic s'était arrêté de mâcher son jambon, visiblement troublé.

– C'est une question délicate. Ce réseau est toujours opérationnel et les Serbes pensent que la lutte n'est pas terminée au Kosovo. Aujourd'hui, aucun homme politique ne peut prôner l'indépendance du Kosovo sans être mort. Politiquement, et aussi physiquement.

– Je sais, reconnut Malko, mais je ne leur demande qu'un *seul* nom. Je suppose que leur réseau est cloisonné. Puisqu'ils veulent faire cesser ces attentats, c'est le seul moyen.

– Je vais transmettre cette demande, promit le Serbe, sans garantie.

Ils terminèrent rapidement leur repas. Si Malko avait à peine une heure de trajet jusqu'à Pristina, Vladimir Djorgevic, lui, avait cinq bonnes heures de route devant lui. Avant de quitter Malko, il précisa :

– Si c'est O.K., je viendrai moi-même vous apporter la réponse.

En semaine, le parc Germaja était pratiquement désert, comme les sentiers qui couraient dans ses collines boisées. Faruk Dervishi se gara devant le restaurant *Villa Lira* et s'installa à la terrasse. Le bâtiment ressemblait à un chalet de montagne. À part un couple d'amoureux et une femme avec deux enfants, la terrasse était déserte.

Le policier commanda une Peja et déplia l'*Express*. Comme il avait une voiture officielle, il ne payait pas l'entrée du parc, la somme modique d'un euro.

Il avait presque terminé sa bière lorsqu'un 4×4 gris avec une plaque de Pristina s'arrêta en face de l'autre restaurant, le *Villa Germaja*. Deux hommes en sortirent, l'un en tenue kaki, gilet de photographe et pantalon de toile, l'autre en costume de ville. Ils s'attablèrent à la terrasse voisine, tout aussi déserte. Faruk Dervishi se replongea dans son journal. Ensuite, il le replia, posa un euro sur la table et descendit, s'enfonçant aussitôt dans un des sentiers parcourant le bois. Après avoir parcouru environ cinq cents mètres, il s'assit sur une souche. On n'entendait que les oiseaux. Il n'y avait même pas de ramasseurs de champignons, car le champignon ne faisait pas partie des habitudes culinaires des Kosovars.

Cinq minutes plus tard, un homme apparut sur le sentier. Celui de la terrasse voisine. Corpulent, moustachu, les cheveux gris, son énorme montre squelette au poignet. Il s'assit à côté de Faruk Dervishi et sortit de sa poche un petit chapelet de grains d'ambre, le faisant coulisser entre ses doigts. Comme un musulman, lui qui appartenait à la religion orthodoxe.

– Vous avez un problème ? demanda-t-il de sa voix posée, en serbe.

– Oui.

– Un *gros* problème ? Il ne faut pas trop de contacts, je ne suis pas votre nounou.

Il souriait et son regard filait parfois vers le haut, ne laissant apercevoir que le blanc de ses yeux. Faruk Dervishi hocha la tête et confirma :

– Un *gros* problème.

Quand il l'eut expliqué, son « traitant » comprit pourquoi il avait envoyé ce signal de détresse, mais ne s'affola pas.

– Il faut attendre un peu, conseilla-t-il. Ce n'est peut-être qu'une fausse alerte. Et je peux m'en occuper d'une certaine façon. Verrouiller.

Faruk Dervishi insista.

– On a affaire à un très bon professionnel et il ne lâchera pas prise.

Son interlocuteur fit glisser quelques perles d'ambre entre ses doigts avant de laisser tomber :

– Dans ce cas, il faudra « démonter ». Qu'on ne puisse pas arriver jusqu'à vous. C'est indispensable.

Leurs regards se croisèrent et ils se mirent silencieusement d'accord sur le sens du mot qu'ils venaient d'employer. Puis le moustachu se leva.

– *Dobre*. Je vais voir ce que je peux faire. Si je n'y arrive pas, je remets les fleurs en place. Laissez-moi quarante-huit heures.

Il lui sourit et s'éloigna dans le sentier, d'une démarche de plantigrade, balançant les épaules comme un pendule. Son chauffeur l'attendait à l'orée du sentier. Il avait fait le guet pour prévenir toute intrusion fâcheuse. Dans ce cas, il aurait prévenu son patron avec son portable. Ils remontèrent tous deux en voiture et s'éloignèrent, redescendant vers Pristina.

Le pouls de Malko monta en flèche lorsqu'il vit s'afficher le numéro de Vladimir Djorgevic. Le Serbe ne perdit pas de temps. Visiblement désolé, il annonça à Malko :

– On n'a pas voulu faire droit à ma requête. Je suis désolé. Donc, ce n'est pas la peine que nous nous rencontrions.

La douche froide.

Les Services serbes refusaient d'identifier « Vula », qui était peut-être la clef des attentats. Même s'ils les déploraient, ils ne franchissaient pas la ligne rouge en livrant un de leurs agents.

– Je vous remercie d'avoir essayé, conclut Malko, je vais continuer mon enquête, mais ce sera moins facile.

Après avoir raccroché, il appela Pamela Bearden, qui lui proposa de passer à la mission. Chris Jones et Milton

Brabeck se rongeaient d'ennui, mais ne quittaient pas Malko d'une semelle.

Tandis qu'il roulait vers la mission, il eut soudain une idée. Une façon de contourner la mauvaise volonté de Belgrade. Pamela Bearden n'eut pas le temps de broyer du noir après l'annonce du refus de Belgrade. Malko lui demandait déjà :

– Entretenez-vous de bons rapports avec certains des Services de l'ex-Yougoslavie ?

– C'est-à-dire ?

– Les Monténégrins ? Les Croates ? Les Bosniaques ? Les Slovènes ?

L'Américaine ne tarda pas à répondre.

– Les Croates sont plus proches du BND allemand, mais nous nous entendons plutôt bien avec les Slovènes. Pourquoi cette question ?

– Du temps de la Yougoslavie, tous ces Services n'en faisaient qu'un : le SDB fédéral où toutes les composantes de la Yougoslavie étaient représentées. Peut-être que les Slovènes ont conservé certains dossiers, lorsque la Yougoslavie a éclaté. C'est un *long shot*, mais cela vaut la peine d'essayer.

Pamela Bearden semblait en avoir dégonflé de joie !

– Super ! fit-elle. Je vais envoyer tout de suite un message à la station de Ljubljana. En plus, le chef de station est un ami.

– Prions ! fit sobrement Malko.

Faruk Dervishi redescendait de la mission américaine et, comme à son habitude, il emprunta la rue du 24-mai. Il ralentit en passant devant la mission russe et leva la tête vers le balcon du premier donnant sur la rue. Les fleurs étaient revenues. Il eut quand même une sacrée poussée d'adrénaline. On ne pouvait pas lui venir en aide.

Ce qui signifiait qu'il devait, tout seul, prendre les mesures qui s'imposaient. Le problème n'était pas de continuer sa mission, mais de se protéger. Même soupçonné, il n'était pas trop inquiet. On ne pouvait rien prouver directement contre lui. Les seuls à pouvoir le compromettre étaient les membres de son réseau. Certes, ils ne connaissaient que son pseudo, mais ils connaissaient aussi son visage…

S'il voulait continuer à vivre en paix, il n'avait qu'une solution : les éliminer tous. L'enquête menée par cet agent de la CIA l'inquiétait. Avec des éléments très légers, il avait considérablement avancé. Certes, si Ahmet Mulluki l'avait dénoncé, c'était sa parole contre la sienne et le seul témoin capable de le confondre, Murat Ahmeti, était mort. Néanmoins, il ne fallait pas perdre de temps.

Il prit un de ses portables intraçables et composa le numéro qui se trouvait dans la mémoire. Lorsqu'on décrocha, il demanda :

– Lula[1] ?

Après une courte hésitation, celui qui avait décroché répondit à voix basse :

– *Po*[2].

Une seule personne connaissait ce nom de code. Il n'avait pas posé d'autres questions.

– Rendez-vous ce soir, à neuf heures, au lieu n°4.

Faruk Dervishi raccrocha, sans attendre la réponse. Depuis des années, tout était codifié dans son réseau. Une douzaine de lieux de rendez-vous, à Pristina et ailleurs, avaient des numéros. Jamais de nom. Ce qui avait permis au réseau de ne pas se faire démasquer.

Faruk Dervishi continua sa route en direction de Camp Bravo. Ce dernier avait un avantage inestimable :

1. Fleur.
2. Oui.

il comportait une demi-douzaine de sorties. Ce qui permettait de s'esquiver en étant certain de ne pas être suivi.

Tout en conduisant, l'Albanais se dit qu'il faudrait plus tard faire payer Ahmet Mulluki.

L'appel de Pamela Bearden fut très bref ;
– Ils cherchent, dit-elle. Mais les Slovènes sont coopératifs.

Malko avait beau se creuser la tête, en dépit de la présence des gorilles, il ne voyait pas ce qu'il pouvait faire. Il n'avait rien de tangible contre Faruk Dervishi, rien qu'une construction de l'esprit. Le système kosovar était si tordu qu'il pouvait y avoir d'autres explications à la tentative de meurtre dont il avait été victime. Le chauffeur d'Enver Kastriot avait dû être amputé de l'avant-bras gauche et de la jambe gauche, au genou : il survivrait, infirme.

Chris Jones se pencha vers lui.
– Il n'y a aucun malfaisant à qui on peut rendre visite ? C'est sinistre, cette ville.
– Pour l'instant, personne, reconnut Malko. Mais cela peut venir.

Faruk Dervishi avait laissé sa voiture personnelle – une Renault enregistrée au nom de son cousin – loin de la rue Isa-Kastari et parcouru presque un kilomètre à pied, son sac de sport à bout de bras. Il ralentit en haut de la côte, là où les maisons faisaient place à des champs et, sur la gauche, à un cimetière. Dans cette zone, à l'est de Pristina, on passait directement de la ville à la campagne. Il s'enfonça dans le cimetière, dont la porte était toujours ouverte, zigzaguant entre les tombes, souvent abandonnées.

Lorsqu'il fut loin de la rue, il s'assit sur une pierre tombale et sortit de son sac de sport un pistolet-mitrailleur Skorpio, l'arme type de l'UCK, et y vissa un long silencieux. Ensuite, dissimulé derrière un monument funéraire, il attendit, après un coup d'œil sur sa montre.

Neuf heures moins cinq.

Moins de trois minutes plus tard, il entendit des pas faire crisser le gravier. Une silhouette apparut, marchant lentement vers le fond du cimetière et le lieu du rendez-vous. Faruk Dervishi la laissa passer, fit un pas en avant et, visant soigneusement, tira une courte rafale dans le dos de l'homme, qui s'effondra. On n'avait pas pu entendre les détonations à plus de vingt mètres. Et encore !

Il s'approcha : « Lula » ne bougeait plus, allongé sur le ventre. Faruk Dervishi appuya le canon encore brûlant de l'arme sur sa nuque et tira une balle de sécurité. Il faut se méfier, avec les constitutions robustes. Ensuite, il dévissa le silencieux, retraversa le cimetière et descendit la rue Isa-Kastari. Lui-même habitait un peu plus loin, en pleine campagne, dans un HLM tout neuf.

La voix de Pamela Bearden vibrait d'excitation.

– Ils m'envoient un coursier sur le vol de neuf heures ! Il sera là vers onze heures.

Le pouls de Malko s'emballa.

– Il a… .

– Il ramène beaucoup d'informations, affirma l'Américaine d'une voix lourde de sous-entendus.

CHAPITRE XVII

Pamela Bearden, solennelle, prit un coupe-papier et entreprit d'ouvrir une grosse enveloppe kraft marron, scellée par du scotch. Elle leva les yeux vers Malko.

– J'ai tenu à vous attendre, précisa-t-elle, mais le COS[1] de Ljubljana m'a dit que c'était explosif.

Elle sortit plusieurs liasses de documents et, d'abord, une lettre du chef de station de Slovénie qu'elle tendit à Malko.

« Voilà tout ce que j'ai pu avoir. C'est déjà un miracle. Faites-en bon usage. »

Malko constata que tout était en serbo-croate. Des listes de noms. L'interprète de la mission s'en empara et très vite releva la tête.

– Je crois que c'est ce que vous cherchiez... Voilà dix noms d'agents recrutés par le SDB au Kosovo avec leurs pseudos. Je vous les lis...

Esat Ademai, « Uka ». Vit en Allemagne.

Rafet Ferizi, « Deçan », abattu par un commando de l'UCK en 2000.

Qasim Musaj, « Slobo », vit en Suisse.

Naser Musaj, « Drago », vit en Suisse.

Sender Naziraj, « Babic », membre de la KPF.

1. Chef de station.

Sali Berisha, «Doctor», membre de la KPF.

Bashkim Balaj, «Arkan», en fuite au Kosovo, après avoir abattu un policier venu l'arrêter.

Driton Gashi, «Vuk», chauffeur et garde du corps du maire de Burim.

Faruk Dervishi, «Vula», sergent de la KPF. A obtenu, en 1996, le grade de lieutenant du KOS[1].

Il s'arrêta de lire et demanda :

– C'est ce que vous cherchiez ?

– C'est encore mieux ! dit Malko. Et les autres listes ?

L'interprète se plongea dans les documents et releva la tête au bout d'un moment.

– Il y a trois listes, avec un mot du chef de station. Une de vingt-cinq noms, l'autre de quarante-six, la dernière de vingt. Sans aucune autre précision ni pseudo. Il s'agit d'agents recrutés par les précédents, répartis un peu partout au Kosovo. Ce sera difficile de tous les identifier.

Pamela Bearden haussa les épaules.

– Ce n'est même pas la peine d'essayer. Les autorités kosovares ne vont pas apprécier. Je passerai ces documents à Kadri Butka. Il verra ce qu'il peut en faire. Inutile de remuer le couteau dans la plaie. En plus, ajouta l'Américaine, il vaut mieux ne pas ébruiter l'existence de cette liste. *Nous* savons qu'elle est exacte, mais on peut nous accuser de participer à une manipulation serbe pour semer la discorde. Si ces noms sont publiés, ceux qui les portent risquent de terminer pendus à des crochets de boucher, fusillés ou simplement assassinés.

C'était la même chose dans tous les pays occupés. Malko revint à leur problème.

– Désormais, conclut-il, nous avons la quasi-certitude que Faruk Dervishi est l'homme qui a organisé l'horrible massacre du monastère de Decani. Avec des hommes de

1. Service de contre-espionnage serbe.

main, eux aussi anciens agents serbes, probablement.
Cela ne résout pas, hélas, tous les problèmes...

— Pourquoi ? demanda Pamela Bearden.

— D'abord, souligna Malko, cette liste n'est pas une
preuve *juridique*. Les Serbes sont excellents dans les
manips. Si nous allons trouver Faruk Dervishi en l'accusant, il aura beau jeu de dire qu'il s'agit d'un montage
serbe ! Et nous n'avons, à ce jour, aucune preuve, pas de
hard evidence [1]. Juste une liste dont nous ne pouvons
même pas donner la provenance pour ne pas mouiller les
Services slovènes.

— C'est vrai, reconnut Pamela Bearden. Il faut procéder autrement. Vous avez une idée ?

— J'ai d'abord une question à laquelle je voudrais bien
répondre, expliqua Malko. Faruk Dervishi est un agent
serbe, O.K. Mais les Serbes m'ont juré n'être pour rien
dans ces attentats, et j'ai des raisons de les croire. Ils nous
ont donné les auteurs de l'attentat d'Obilic.

— Mais ils ont refusé d'identifier positivement Faruk
Dervishi comme étant « Vula », souligna l'Américaine.

Malko esquissa un sourire.

— Pamela, si les Services serbes vous demandaient
d'identifier un de vos agents, vous le feriez ?

Un ange passa, les yeux bandés. C'étaient des choses
qui ne se faisaient pas. Sinon, il n'y aurait plus de
confiance possible.

— Donc, enchaîna Malko, pour qui roule Faruk
Dervishi ?

Personne ne répondit : la gamme des possibilités était
large. Il y avait pas mal d'extrémistes au Kosovo. Mais
cela supposait quelqu'un qui connaisse son double jeu.
Ou alors le policier albanais avait vendu sa collaboration
pour de l'argent à des groupes radicaux ou avait été
« cédé » à son insu. Cela se faisait.

1. Preuve formelle.

– Il faudrait lui tendre un piège, suggéra Pamela Bearden.

– Évidemment, approuva Malko. Sauf qu'il est sûrement sur ses gardes, car il pense qu'Ahmet Mulluki l'a balancé. Donc, la première chose à faire serait de le rassurer.

– Comment ?

– En lui faisant passer un message par Ahmet Mulluki, comme quoi ce dernier n'a rien dévoilé.

Muets comme des carpes, Chris Jones et Milton Brabeck écoutaient cette conversation, un peu abstraite pour eux. Timidement, Chris Jones leva la main.

– Si je comprends bien, vous avez identifié un malfaisant. Si vous nous dites où il est, on va le ramener et on se charge de le faire parler.

Malko sourit.

– Cet homme est membre de la police officielle du Kosovo et nous n'avons aucune preuve contre lui. En plus, ne serait-ce que par principe, le gouvernement kosovar le défendra ; ils ont horreur qu'on se mêle de leurs affaires. Donnons-nous donc un peu le temps de la réflexion.

– On en parle à Kadri Butka ? demanda Pamela Bearden.

– À mon avis, mieux vaut attendre, répliqua Malko. Nous ignorons les méandres de la politique intérieure kosovare. Le tout est de neutraliser cet homme et ses complices. Lors de l'affaire des moines, ils étaient nombreux.

Il ressortit de la mission américaine, à la fois excité et frustré. Sans l'aide des Serbes, il avait réussi à identifier une de leurs taupes. Maintenant, il fallait la faire sortir de son trou...

*
**

Karin Steyr ne dissimulait pas son admiration pour Faruk Dervishi. Au milieu du brouhaha du *Tiffany*, elle et Malko pouvaient parler sans risque d'être entendus.

– Ce type est très fort ! conclut-elle. « Vula » joue un double jeu depuis des années et personne ne l'a démasqué, un officier du KOS serbe qui dirige l'antiterrorisme au Kosovo ! Tu imagines les manips auxquelles il peut se livrer.

– J'imagine, fit sombrement Malko. Il faut que je trouve un moyen de le coincer.

Elle posa la main sur la sienne.

– Pour ce soir, détends-toi. C'est déjà un formidable succès. Je suis prête à te faire oublier tout cela.

Sous la table, il sentit un pied déchaussé se poser sur sa chaise, puis venir effleurer son entrejambe. Karin Steyr savait parler aux hommes. Décidément, les espionnes étaient parfois des créatures de feu.

– C'est une course contre la montre, objecta Malko. En plus, j'ignore pour qui il roule.

– Moi, je roule pour toi ! souffla-t-elle.

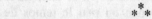

Faruk Dervishi avançait lentement en direction du village de Peroc, un peu au sud de Pristina, entre des champs de maïs semés de petits villages endormis. Dans le lointain, on apercevait les collines dominant l'aéroport. Il ralentit à l'entrée du village et stoppa sur l'aire d'une station-service fermée. Là, il attendit environ un quart d'heure, observant l'environnement. Presque pas de circulation, l'unique café du village était fermé. Ici, on se couchait tôt... Quand il fut rassuré, il sortit son portable monténégrin et composa un numéro, qui ne répondit qu'à la sixième sonnerie.

– « Kompjuteri », fit-il, je t'attends à la station Sherif Patrol. Cela ne sera pas long.

Il raccrocha et sortit de sa voiture. Stationnée derrière

les pompes, on pouvait à peine la voir de la route. Dix minutes plus tard, Faruk Dervishi vit des phares s'approcher. Une voiture qui stoppa à côté de la sienne et éteignit ses phares. Faruk Dervishi attendit quelques instants puis avança vers le véhicule arrêté. En le voyant, le conducteur baissa la glace.

– Que se passe-t-il ? demanda-t-il.

Jamais les rendez-vous ne se passaient ainsi, avec aussi peu de préavis. Policier, Fazli Musliu était parfois appelé en pleine nuit, donc sa femme ne s'était pas alarmée de le voir partir.

– Tu as ton arme de service ? demanda Faruk Dervishi.

Fazli Musliu ouvrit son holster et lui tendit le Makarov en le tenant par le canon.

– Tu en as besoin longtemps ? demanda-t-il.

Faruk Dervishi examinait l'arme. Il tira légèrement sur la culasse pour s'assurer qu'il y avait bien une cartouche dans la chambre, puis la relâcha et répondit :

– *Jo*[1].

Fazli Musliu tourna la tête et s'apprêtait à redémarrer lorsque Faruk Dervishi lui tira une balle dans la tempe, à bout touchant. Comme l'arme se trouvait à l'intérieur de l'habitacle, la détonation s'entendit à peine à l'extérieur. Le policier s'effondra instantanément sur le volant, foudroyé.

Son assassin essuya soigneusement la crosse de l'arme avec son mouchoir et la jeta à l'intérieur de la voiture. Trois minutes plus tard, il roulait vers Pristina où il avait rendez-vous avec des officiers de la KFOR pour les briefer sur le terrorisme à la mode kosovare.

***

1. Non.

Bercé par les vieilles chansons américaines d'un CD, Malko allait et venait dans le ventre de Karin Steyr, toujours aussi disponible. Essayant de ne plus penser à « Vula ».

— Plus vite ! souffla Karin. Tu penses à autre chose !

— Oui, avoua Malko.

— Si tu me fais jouir, souffla-t-elle, je te donnerai une idée.

Ce n'était pas une condition très difficile à remplir. Lorsque Karin eut retrouvé son souffle, elle se tourna vers lui et suggéra :

— Retourne-le ! Va le voir et offre-lui l'impunité contre son réseau. Nous faisons cela souvent…

Le « 6 » avait de bonnes méthodes, mais Malko n'était pas certain que cela marche. L'autre se méfierait…

— Je n'y crois pas.

— Alors, tue-le ! suggéra la jeune femme en allumant une cigarette. C'est facile.

C'était facile mais Malko avait toujours répugné à tuer de sang-froid. Même s'il lui était arrivé d'abattre des adversaires, c'était presque toujours dans le feu de l'action ou pour sauver sa vie. Faruk Dervishi était responsable du massacre des cinq moines, il méritait évidemment la mort. Mais le métier de Malko n'était pas d'être bourreau.

— Venez vite à la mission ! lança Pamela Bearden dans le portable de Malko. J'ai quelque chose d'intéressant à vous montrer.

Entre le raki et les exigences sexuelles de Karin Steyr, Malko était fatigué. Il mit quelques secondes à émerger… Lorsqu'il descendit de sa chambre, Chris et Milton étaient déjà installés dans le hall du *Grand Hôtel*.

— On va à la Mission, leur annonça-t-il.

Leur déception faisait peine à voir, mais ils se tassèrent dans le 4×4 désormais blindé fourni par l'Agence. Regardant d'un air méfiant les passants.

— On devrait racheter ce pays, suggéra Milton Brabeck, le nettoyer et le revendre aux Arabes.

— Même nettoyé, je ne suis pas sûr qu'ils l'achètent, soupira Malko.

Il n'y avait que les Serbes pour attacher de l'importance au Kosovo.

Pamela Bearden semblait très excitée, installée à son bureau devant un cendrier plein. Elle poussa vers Malko un journal kosovar, *Koha Baru*, dont la photo de une avait été encadrée de rouge. Il s'agissait d'un corps allongé dans un cimetière et visiblement aussi mort que les morts qui l'entouraient. Un nom avait été souligné de rouge. Vraisemblablement celui du mort : Ilir Kelmandi.

— Il a été assassiné hier soir, annonça l'Américaine, de plusieurs balles de 9mm dans le dos, et achevé d'une balle dans la nuque. Comme personne n'a rien entendu, il s'agit d'une arme équipée d'un silencieux. La police a retrouvé des douilles de 9mm qui auraient pu être tirées par un Skorpio.

L'arme standard de l'UCK, très répandue au Kosovo.

— Cela a un rapport avec notre affaire ? demanda Malko.

Pamela Bearden poussa vers lui une des listes en provenance de Slovénie. Au milieu de celle de vingt noms, l'un était entouré de rouge : celui de Ilir Kelmandi.

Malko faillit exploser de joie : c'était la preuve matérielle que la liste était bonne. Il comprit immédiatement.

— « Vula » fait le ménage ! Ce Kelmandi en savait trop sur lui.

— Il faisait probablement partie du commando qui a massacré les moines, confirma l'Américaine. On va essayer de le démontrer avec l'ADN. On a relevé pas mal de traces sur les cadavres de Decani.

Malko regarda les trois listes. Une petite centaine de noms, de gens qui, répartis dans tout le Kosovo, ne se connaissaient vraisemblablement pas entre eux. Par contre, ils devaient connaître leur chef. Si Malko parvenait à en retrouver un, il pourrait confondre Faruk Dervishi. Hélas, c'était chercher une aiguille dans une botte de foin.

C'était aussi une mortelle course contre la montre. Avant de disparaître dans la nature, l'agent double serbe liquidait son réseau.

Il fallait être plus rapide que lui.

CHAPITRE XVIII

— Nous ne pouvons pas rester inertes tandis que Faruk Dervishi liquide ses complices, conclut Malko. Je vais l'inviter à déjeuner. Chris et Milton le prendront en filature et ne le lâcheront plus.

— Il risque de s'en apercevoir, objecta Pamela Bearden.

— C'est possible, reconnut Malko, mais dans ce cas, cela peut l'amener à commettre une erreur. Ou à s'enfuir. Aujourd'hui, nous n'avons aucune preuve *matérielle* contre lui. Après des années de double vie, il est rôdé et prêt à toutes les confrontations. On ne le piégera pas. Il faut un flagrant délit.

— Cela ne serait pas plus simple de demander à la KPF de l'arrêter ? suggéra l'Américaine.

Malko secoua la tête.

— Nous sommes en période pré-électorale au Kosovo et Faruk Dervishi a de sérieux appuis. C'est un héros de l'UCK, ne l'oublions pas. On le relâchera.

— Mais il se tiendra tranquille, insista l'Américaine, et c'est tout ce que nous voulons...

— D'abord, ce n'est même pas sûr ! Ensuite, nous ne savons rien de la façon dont fonctionne son réseau. Il peut très bien planifier des opérations de son bureau de Camp Bravo. En ne prenant aucun risque. Et puis, ce n'est pas faire un cadeau aux Kosovars que de leur laisser cette bombe à retardement.

— Bien, admit Pamela Bearden qui ne voyait pas au-delà de la fin de l'année. Briefez vos «baby-sitters». Et soyez prudent.

Faruk Dervishi venait de décider de changer de tactique. Cela le contrariait de liquider un réseau qui fonctionnait depuis des années avec des gens sûrs et efficaces. Et qui valait beaucoup d'argent. Il suffisait de le revendre à ceux qui avait besoin d'un tel «outil de travail». Ses hommes obéissaient aveuglément à certains codes. Il suffisait de les prévenir qu'il passait la main... Ils n'avaient pas le choix : chacun d'eux possédait un dossier qui le mènerait à la potence s'il était dévoilé aux plus radicaux des commandants de l'UCK. Eux ne s'embarrasseraient pas d'un procès public.

Donc, s'il éliminait l'agent de la CIA qui le soupçonnait, il serait tranquille jusqu'aux élections. Ensuite, les Américains se désintéresseraient du Kosovo. Il était en pleine réflexion lorsque son portable sonna. C'était son ami Enver Kastriot, du ministère de l'Intérieur.

— Je t'invite à déjeuner, annonça ce dernier. Notre ami autrichien veut te voir.

Faruk Dervishi n'hésita pas.

— Avec plaisir !

— Alors, au *Prichat*, à une heure.

Après quelques instants de réflexion, Faruk Dervishi composa un numéro sur un de ses portables.

— «Sandokani», dit-il lorsqu'il eut reconnu la voix de son interlocuteur. J'ai quelque chose pour vous. Rendez-vous dans une demi-heure au point n°7.

Chris Jones regardait avec méfiance la BMW grise dans la cour de la mission américaine.

– Elle est automatique ? demanda-t-il.

– Absolument, assura Malko, cela marche mieux qu'une Pontiac ou une Chevrolet et ça tient mieux la route.

– Et les gens, ils conduisent comment ici ? s'inquiéta Milton Brabeck.

– Parfaitement ! assura Malko, sans sourciller. Votre job est facile. Vous êtes en planque pas loin du restaurant *Prichat*, là où je vais déjeuner. Vous connaissez Faruk Dervishi. Il n'a jamais de garde de corps et conduit lui-même. Je crois que c'est une Cherokee beige. Vous ne le lâchez pas…

– Et s'il nous voit ?

– Ce n'est pas grave, il faut mettre la pression sur lui.

Chris Jones fit le tour de la BMW et soupira.

– J'aurais préféré une tire blindée.

– Allez-y, dit Malko, vous me suivez.

Vingt minutes plus tard, il laissait la BMW, garée un peu avant le *Prichat*. La rue étant à sens unique, les gorilles verraient forcément arriver leur cible. Lorsqu'il s'installa à la table réservée par Enver Kastriot, le dispositif était en place. Il eut quand même un petit picotement à l'estomac en voyant s'encadrer dans l'entrée la haute silhouette de Faruk Dervishi, toujours aussi juvénile en dépit de ses temps grises.

Souriant, il s'assit en face de Malko.

– Enver n'est pas encore là ? Il est toujours en retard.

– Vous n'avez rien de nouveau au sujet de l'attentat du *Skender* ? demanda Malko.

– D'après mes sources, il s'agit bien du clan Berisha, affirma le policier.

– Pourquoi les Mulluki n'ont-ils pas encore réagi ?

Enver Kastriot arrivait et ils s'interrompirent. Puis Faruk Dervishi répondit à la question de Malko.

– Ils savent que vous êtes actif sur cette affaire, la KPF aussi, donc ils ne veulent pas prendre de risques, expliqua-t-il, à moins que les Berisha aient déjà payé le prix du sang. Je continue à enquêter. Un jour, je saurai la vérité.

– Un homme a été liquidé hier en ville, dans un cimetière, remarqua Malko. C'est un meurtre de professionnel, d'après les journaux. Ce ne serait pas lié à cette affaire ?

– Non ! affirma sans hésitation Faruk Dervishi. Celui-là, c'était un de mes clients. Il a étouffé une livraison de cigarettes. C'était la troisième fois, il était irrécupérable : ce sont des tueurs venus du Monténégro qui l'ont liquidé.

Il semblait tellement sûr de lui que les certitudes de Malko vacillèrent quelques secondes. Puis Enver Kastriot intervint.

– On a découvert un autre cadavre, ce matin, dit-il. Un policier trouvé mort dans sa voiture, dans une station-service non loin de Pristina. Il est sorti de chez lui hier soir et il a dit à sa femme qu'il était appelé pour une mission. Ce qui était faux. Il avait une balle dans la tempe, tirée avec sa propre arme. À tel point que ses collègues se demandent s'il ne s'est pas suicidé…

Faruk Dervishi secoua la tête.

– Beaucoup de policiers protègent les trafics. Quelquefois, ils demandent trop cher, ou veulent faire chanter leurs clients.

Malko, qui n'était même pas au courant de ce nouveau meurtre, grillait de vérifier si le mort était sur une de ses listes.

Ils mangèrent rapidement, puis Faruk Dervishi regarda sa montre et annonça avec un sourire d'excuses :

– Je retourne à Camp Bravo. J'attends des visiteurs. Vous ne m'en voulez pas...

Malko le suivit des yeux. Pourvu que les gorilles ne le perdent pas.

*
* *

« Sandokani », qui s'appelait en réalité Shaban Kamaj et tenait le restaurant *Bujuri* à Pristina, attendait presque en face du *Prichat*, au volant d'une Mercedes munie de fausses plaques. Il avait posé sur le plancher un PM Skorpio avec deux chargeurs et fumait une cigarette. Avant d'être restaurateur, il avait été chargé de liquider certains traîtres de l'UCK, en réalité des opposants à la ligne officielle. La seule fois où il était tombé sur un vrai traître, c'est-à-dire un collaborateur du SDB, il s'était arrangé pour le laisser filer.

Pendant l'occupation serbe, il avait aussi participé à pas mal d'opérations dans la Drenica et même au siège de la famille Jashari, des héros de la lutte pour l'indépendance... Évidemment cagoulé et mêlé aux agents du SDB.

Tout cela constituait un lourd dossier qui se trouvait quelque part en Serbie et l'obligeait à une grande docilité vis-à-vis de son chef, « Vula ». L'ordre que ce dernier lui avait communiqué deux heures plus tôt était simple : abattre un homme dont il lui avait donné le signalement et le numéro de voiture. Un travail en principe facile. Sa prestation accomplie, il foncerait jusqu'au *Grand Hôtel*, plongerait dans le parking souterrain où il remettrait les vraies plaques d'immatriculation de la voiture. Ensuite, il regagnerait son restaurant.

*
* *

– Voilà le client ! souffla Milton Brabeck à Chris Jones qui avait pris le volant de la BMW.

Faruk Dervishi venait d'émerger du *Prichat* et marchait d'un pas rapide vers sa voiture garée un peu plus bas sur le trottoir. Chris Jones avait déjà mis en route et attaché sa ceinture, sagement, comme Milton Brabeck. Il déboîta, laissant une vingtaine de mètres entre eux et la Cherokee de Faruk Dervishi. La rue Qamil-Hoxha descendait, coupant le boulevard Nane-Teresa, continuant ensuite en direction du boulevard Luan-Haradinaj. Les travaux sur le boulevard Nane-Teresa s'intensifiaient : la municipalité voulait absolument que le nouveau revêtement de granit soit prêt pour l'indépendance et les engins de terrassement pétaradaient dans tous les sens.

Faruk Dervishi arriva au croisement avec Nane-Teresa au moment où un petit Caterpillar manœuvrait pour traverser la rue. Il adressa un geste à son conducteur et passa. Aussitôt après, l'engin chenillé s'avança sur la chaussée.

– *Motherfucker*[1] !

Chris Jones écrasa le frein. Le petit Caterpillar jaune venait de s'engager sur la chaussée, lui coupant la route.

– Fonce ! lui lança Milton Brabeck

Chris Jones aurait peut-être pu passer, mais il hésita quelques secondes de trop... Lorsque l'engin lui abandonna enfin le passage, la Cherokee avait disparu depuis longtemps. Les deux gorilles firent un concours de jurons et se regardèrent.

– C'est toi qui vas lui dire ! lança Milton Brabeck.

Derrière eux, cela klaxonnait à tout va. Ils durent continuer tout droit jusqu'au boulevard Luan-Haradinaj puis

1. Enculé !

revenir par UCK Street. Milton, un plan sur les genoux, guidait son copain. Ils remontèrent UCK Street, puis tournèrent à droite dans Agim-Ramadani, retrouvant enfin la rue du *Prichat*. Le 4×4 blanc de Malko était toujours là !

Chris Jones se gara dès qu'il trouva une place et coupa le moteur.

Machinalement, ils examinèrent la rue. Les voitures étaient garées dans un désordre inouï, sur les trottoirs, devant les garages, les portes cochères. Milton Brabeck remarqua une Mercedes garée juste avant le restaurant, avec un seul homme au volant. Un chauffeur probablement, bien que le véhicule ait piteuse allure.

Dix minutes plus tard, Malko apparut à la porte du restaurant.

– Va lui dire, fit Milton Brabeck.

De mauvaise grâce, Chris Jones descendit et se dirigea vers Malko. Au même moment, la Mercedes garée devant lui s'ébranla. Elle roulait si lentement que Chris Jones arriva à sa hauteur et y jeta un regard machinal. Son pouls grimpa au ciel en une fraction de seconde : un pistolet-mitrailleur, chargeur engagé, était posé sur le siège avant droit !

Ensuite, tout se passa très vite.

Le conducteur de la Mercedes avança encore de quelques mètres puis s'arrêta juste en face de Malko en train de dire au revoir à Enver Kastriot. Le conducteur de la Mercedes attrapa alors son Skorpio et, presque couché sur les sièges, posa le canon sur le rebord de la vitre baissée, se préparant à rafaler Malko.

Mais soudain, plusieurs détonations crépitèrent. Tenant son 357 Magnum à deux mains, Chris Jones vidait son barillet, à deux mètres de distance.

La tête du tueur explosa, le pare-brise, les glaces de la Mercedes se couvrirent de sang. Chris Jones cessa de tirer et se pencha à l'intérieur de la Mercedes. Son conducteur, le visage explosé par les projectiles du 357 Magnum, tenait encore le Skorpio.

* *

Revenu à Camp Bravo, Faruk Dervishi attendit une demi-heure pour appeler « Sandokani ». Son portable ne répondait pas. Il essaya une seconde fois et n'insista pas. Inquiet. « Sandokani » devait appeler, sa mission accomplie. Qu'avait-il pu se passer ? Il ne se posa pas longtemps la question. Son portable sonnait. C'était Enver Kastriot qui le mit au courant de ce qui s'était produit en face du *Prichat*.

— S'il avait été tout seul, il était mort, conclut l'Albanais. Et moi aussi, probablement.

— Qui a tiré ?

— Un certain Shaban Kamaj, qui tient un restaurant. Ça vous dit quelque chose ?

— À première vue, non, affirma Faruk Dervishi, mais je vais vérifier. Je me demande si ce n'est pas un coup des Mulluki. Ils n'aiment pas être bousculés. Je vais vérifier si ce Shaban Kamaj est lié à eux.

Après avoir raccroché, il alluma une cigarette, dominant sa fureur. Il n'y avait rien à reprocher à Shaban Kamaj. Il ne pouvait pas savoir que sa cible était « durcie ». Faruk Dervishi l'ignorait aussi et cela changeait beaucoup de choses.

D'abord, si son interlocuteur ne lui avait pas parlé de cette protection, c'était une preuve supplémentaire qu'il le soupçonnait.

Ennuyeux.

Mais le pire était que, désormais, il devait abandonner l'espoir de le liquider. Il ne pouvait pas monter en ville une opération importante avec les moyens dont il disposait.

Il se donna un peu de temps pour réfléchir, puis chercha dans la mémoire d'un de ses portables un numéro qu'il n'avait jamais utilisé. L'appel au secours, signifiant qu'il devait abandonner son poste et se replier sur la Serbie. Il ne le faisait pas de gaieté de cœur. Les Serbes n'étaient pas des sentimentaux… Le Kosovo ne durerait pas indéfiniment et, un jour, ils n'auraient plus besoin de lui… Bien sûr, il y avait quelques Albanais en Serbie et particulièrement à Belgrade, mais leur sort n'était pas très enviable.

Cela dit, c'était mieux qu'une balle dans la tête, dans le cas le plus favorable.

Son cœur battait quand même très vite lorsqu'une voix de femme répondit, en répétant simplement le numéro appelé.

– « Vula » demande un rendez-vous, dit simplement Faruk Dervishi avant de raccrocher.

Les dés étaient jetés. On allait le rappeler sur son portable du réseau serbe pour lui fixer un point d'accueil, à la limite des deux zones. Un Albanais ne pouvait pas s'aventurer en Serbie sans précautions. Surtout quelqu'un comme lui.

Dans quarante-huit heures au plus, il serait à l'abri. D'ici là, il allait mener une vie complètement normale.

CHAPITRE XIX

— C'est lui ! lança Malko. Le numéro 7 de la troisième liste.

Il montra à Pamela Bearden le nom de Shaban Kamaj, sur une des listes fournies par les Services slovènes. Comme les deux morts précédents, Shaban Kamaj faisait partie du réseau «Vula». Évidemment, celui-là n'avait pas été liquidé, c'était une mort «accidentelle». Se sachant suspecté, Faruk Dervishi, alias «Vula», avait cherché à supprimer la menace.

Malko regarda pensivement les trois listes d'agents serbes. Tous ne faisaient pas partie du réseau «Vula», mais tous les membres de ce réseau se trouvaient sur cette liste. Si seulement il pouvait, parmi eux, en identifier *un seul*, qui, à son tour, puisse accuser Faruk Dervishi !

Seulement, c'était impossible de «cribler» une centaine de noms, sans même posséder leur adresse. Il y avait beaucoup d'homonymes au Kosovo.

— La KPF m'a communiqué le portable de Shaban Kamaj, annonça Pamela Bearden. La TD décortiquera les appels demain.

— Cela m'étonnerait que Dervishi utilise des portables enregistrés à son nom, remarqua Malko. Mais on peut toujours rêver.

– Que fait-on avec lui ? questionna l'Américaine Vous voulez toujours le suivre ?

– Non, c'est inutile, il est sur ses gardes.

– Et s'il nous file entre les doigts ?

– Je ne pense pas, argumenta Malko. Il sait que nous n'avons rien de tangible contre lui et ignore que nous sommes en possession de ces listes. Ce qui ne nous avance pas à grand-chose. Sauf dans une hypothèse.

– Laquelle ? demanda avidement Pamela Bearden.

– Je pense que les assassins des moines ne se connaissent pas entre eux. Comme souvent les membres d'un même réseau. Mais s'ils voient des gens se faire liquider systématiquement, les survivants vont peut-être prendre peur. Il suffit qu'un seul décide de se livrer plutôt que d'être abattu pour que nous tenions un témoin…

L'Américaine secoua la tête.

– Vous rêvez ! Il y a tellement de meurtres au Kosovo que ces liquidations passent inaperçues.

Malko, Karin Steyr et les deux « baby-sitters » s'étaient installés à une table, tout au fond du *Renaissance*, face au piano et à la porte. Les deux gorilles avaient placé leurs pistolets sur la banquette, une balle dans le canon et, chaque fois que la porte du restaurant s'ouvrait, posaient la main dessus.

Milton Brabeck regarda avec méfiance les mezzés qui couvraient entièrement la table.

– C'est pas de la nourriture de Blanc, grommela-t-il. Ils n'ont pas de hamburgers, ici ?

– La civilisation ne les a pas encore atteints, soupira Malko, mais ils ont sûrement du poulet.

– Ça, je veux bien.

Lorsqu'on apporta le poulet nappé d'une sauce jaune de très bel aspect, Milton Brabeck se jeta dessus, poussant aussitôt un bruit indistinct. Sans la présence de la jeune femme, il aurait sûrement tout recraché. Quelques instants plus tard, rouge tomate, il put enfin prononcer quelques mots après avoir vidé la moitié d'une bouteille d'eau minérale.

– C'est du feu !

Exit le poulet... Les deux Américains se contentèrent de grignoter les galettes remplaçant le pain.

– C'est le type avec lequel vous déjeuniez qui a voulu vous faire flinguer ? demanda Milton Brabeck, curieux.

– Je le crains, confirma Malko.

– C'est aussi lui pour les moines décapités ?

– Très probablement.

– Pourquoi on ne lui en met pas deux dans la tête ? Il n'a même pas de « baby-sitters ». Moi, je m'en charge, les yeux bandés...

– C'est une solution, reconnut Malko, mais pas la meilleure. Nous voudrions savoir à *qui* il obéit. Pour couper la tête du serpent. Sinon, cela risque de ne servir à rien...

Karin Steyr, sous la table, frotta sa jambe contre celle de Malko.

– C'est encore un miracle, aujourd'hui ! remarqua-t-elle. Tu devrais mettre systématiquement un gilet pare-balles.

– Cela tient chaud, objecta Malko.

– Ça vaut mieux que d'être définitivement froid, ajouta finement Chris Jones.

Personne ne rit. Quand Malko demanda l'addition, le patron à la queue de cheval refusa dignement. Ils étaient dans le fief de Kadri Butka. Un ami. Or, en Albanie, on ne faisait pas payer les amis.

Avant de se lancer dans la cour obscure, en face du restaurant, les deux gorilles prirent leurs armes à la main et encadrèrent Malko. Prudents. Arrivés au boulevard Garibaldi, la jeune femme dit à Malko :

– Viens, je suis garée là, à gauche.

Tristement, les deux gorilles les regardèrent s'éloigner, avant de traverser le boulevard pour regagner le *Grand Hôtel*. Presque amers.

– Je me demande s'il y a une justice, soupira Chris Jones.

Milton Brabeck ricana.

– T'en fais pas ! Si tu te fais flinguer, tu auras plein de filles superbes en arrivant au paradis.

– Mais je suis pas musulman ! protesta, indigné, Chris Jones. Je suis baptiste. Nous, on n'a rien de ces trucs-là…

– Bof, il y en aura pour tout le monde, conclut Milton Brabeck en pénétrant dans le hall crépusculaire du *Grand Hôtel*

– Le téléphone de Shaban Kamaj a parlé ! annonça triomphalement Pamela Bearden. Environ une demi-heure après la tentative de meurtre contre vous, son téléphone a reçu deux appels, très rapprochés. Quelques secondes.

– Et alors ? demanda Malko.

– Nous avons pu localiser le portable qui a lancé ces appels. Il se trouvait à Camp Bravo.

– Il y a des centaines de gens à Camp Bravo, souligna Malko.

– Peut-être, concéda l'Américaine. Mais le matin, à 8 h 03, Shaban Zamaj a reçu un appel du même numéro, qui a duré 37 secondes. Or, il a été donné d'un périmètre qui englobe l'appartement de Faruk Dervishi.

– Pamela, nous *savons* que c'est lui ! Seulement, il faut le prouver. Ou alors, obtenez le feu vert de Langley pour un traitement « extrêmement préjudiciable »…

Autrement dit, une exécution.

L'Américaine se rembrunit.

– Jamais le général Hayden ne signera un ordre pareil. C'est un militaire. Par contre, nous pouvons essayer l'intimidation. Si nous arrêtons Faruk Dervishi, on peut lui mettre le marché en main : il coopère et plaide coupable, pour s'en tirer avec le minimum de dégâts.

Malko ne put s'empêcher de sourire.

– Nous ne sommes pas aux États-Unis ici, nous sommes dans les Balkans. Où ce genre de procédé n'a pas cours. On ne plaide *jamais* coupable.

Têtue, l'Américaine insista :

– Je vais demander à Langley le feu vert pour le faire appréhender par la KFP.

Faruk Dervishi avait attendu cet appel une partie de la matinée. Il commençait à s'angoisser : avec tous les bouleversements survenus en Serbie, l'organisme dont il dépendait était-il toujours opérationnel ? Enfin, son portable serbe sonna, ce qui lui envoya une grosse décharge d'adrénaline dans les artères.

Personne n'avait ce numéro, sauf *eux*.

Cette fois, c'est un homme qui parla. D'une voix posée et précise.

– On vous attendra à l'entrée de Zvecan, annonça-t-il. À partir de deux heures. Il y a un parking pour camions, sur la droite de la route, juste à côté d'un cimetière de voitures.

Il raccrocha sans attendre la réponse.

Faruk Dervishi regarda sa montre : onze heures. Il avait largement le temps. Jusqu'à Mitrovica, il fallait une heure sans se presser. Zvecan se trouvait au nord de l'Ibar, après la partie serbe de Mitrovica. Il avait déjà préparé ce qu'il voulait emporter et tout se trouvait dans son coffre. Bien entendu, il laissait tout le reste et même son compte en banque. On verrait plus tard. Si tout se passait bien, il

reviendrait peut-être. Cela lui faisait un drôle d'effet de
quitter le Kosovo où il avait toujours vécu, à l'exception
de sa période dans la JNA. Pendant quelques instants, il
se dit qu'il n'irait pas à ce rendez-vous. Sachant qu'on
ne lui en donnerait pas un second. Il suffisait de terminer son « ménage » et il n'y aurait plus de témoins pour
l'accuser…

Neuf personnes auraient pu le compromettre, le
connaissant personnellement. Quatre étaient mortes. Il en
restait cinq à éliminer. Sa ligne directe sonna. C'était l'entrée principale de Camp Bravo.

— Sergent, annonça la sentinelle, je viens de laisser
passer une équipe de la KPF. Ils vous cherchent.

— Ah bon. Pourquoi ?

— Ils viennent vous arrêter, fit l'homme en baissant la
voix. Cela doit être une erreur.

Faruk Dervishi s'imposa d'éclater de rire.

— Évidemment. Je vais les recevoir.

À peine avait-il raccroché qu'il attrapa son attaché-
case, son Glock de service et ouvrit son coffre. Il y prit
quelques papiers et le referma, puis, après un coup d'œil
circulaire à son bureau, il sortit. Son bureau se trouvait
tout au fond de l'immense Camp Bravo et les policiers de
la KPF mettraient un certain temps à y arriver, d'autant
qu'il n'y avait aucune indication…

Son 4×4 de service blindé était dans le parking. Il
prit le volant et fila le long de la clôture, pour atteindre
une porte peu utilisée dont il se servait pour quitter discrètement le compound. La sentinelle, en reconnaissant
son véhicule, leva la barrière sans hésiter.

Faruk Dervishi se trouvait au sud de Pristina. La route
de Mitrovica risquait d'être dangereuse, avec des check-
points ou même simplement les habituelles voitures de
police embusquées un peu partout. Aussi, il fila vers
l'ouest, contournant Pristina pour gagner d'abord Graco-
vac et rejoindre Mitrovica par des routes secondaires.

Il connaissait la lenteur de la KPF : sauf catastrophe, il aurait largement le temps de rejoindre son objectif. La KFOR seule possédait des hélicoptères et elle n'en prêtait à personne, cela réclamait trop de signatures. Il conduisait lentement, un Skorpio prêt à tirer, sur le plancher, et le Glock posé à côté de lui. S'il était arrêté par un policier, il était décidé à l'éliminer.

Une heure et demie plus tard, il aperçut les cheminées de l'usine chimique de Mitrovica et s'engagea en ville. Plutôt que de passer par le pont principal, gardé par la KFOR, il gagna un deuxième pont, plus à l'est, qui n'était pas surveillé. Il était dans le Kosovo serbe ! Toutes les inscriptions et les panneaux étaient en caractères cyrilliques serbo-croates et il devait être le seul véhicule en plaques albanaises.

Les dernières maisons de Mitrovica s'espaçaient. La route traversait des champs et des bois avant d'arriver à Zvecan, deux kilomètres plus loin. Il aperçut le parking indiqué plus vite qu'il ne l'avait pensé et ralentit. Personne derrière lui. Plusieurs camions étaient garés avec, au milieu, une Mercedes noire portant une plaque de Belgrade.

Elle était vide, il s'arrêta à côté. Il n'eut pas le temps de se demander où se trouvaient ses occupants. Une silhouette apparut au coin d'un des camions. Un homme tenant une Kalach à crosse pliante. Faruk Dervishi vit jaillir les flammes jaunes du canon et entendit les coups sourds des impacts sur le blindage de sa portière. Trois impacts étoilèrent la glace de son côté.

L'adrénaline jaillissait dans ses vaisseaux, quand un second tireur apparut sur sa droite, arrosant la voiture de la même façon systématique. Les chocs se succédaient comme des grêlons. Si le véhicule n'avait pas été blindé, il aurait été touché gravement, sinon mortellement, et ensuite, achevé tranquillement. Son cerveau resta paralysé quelques secondes puis se remit en marche.

Brutalement, il passa la marche arrière et le 4×4 recula en faisant crier les pneus. Les deux hommes continuaient à tirer et le pare-brise s'étoila de cinq impacts supplémentaires. Les dents serrées, Faruk Dervishi effectua un demi-tour sur la route déserte et repartit d'où il était venu. Le cerveau en ébullition. Pourquoi lui avait-on tendu ce piège ? Il n'avait jamais démérité, toujours obéi aux ordres... En arrivant aux premières maisons de Mitrovica, il réalisa soudain qu'on le traitait comme il avait commencé à traiter son réseau : en l'éliminant. Appliquant le vieux proverbe russe : pas d'homme, pas de problèmes.

Il avait encore le pouls à 150 lorsqu'il descendit vers l'Ibar, les nerfs en pelote : il était encore dans la zone hostile. D'un coup d'œil dans le rétroviseur, il vérifia qu'il n'était pas suivi et ralentit pour ne pas se faire remarquer. La circulation était beaucoup plus dense. Lorsqu'il parvint au pont principal, la sentinelle de la KFOR, en voyant sa plaque kosovare, lui fit signe de passer.

Un peu plus loin, il se retrouva englué en pleine ville, cahotant autour d'un rond point dépavé. Au lieu de s'engager dans la bretelle menant à la route Belgrade-Pristina, il resta sur une route secondaire filant vers l'ouest, passant par Gornija Klina.

Avant tout, il lui fallait regagner Pristina : c'est là qu'était sa base de secours. Il ne pouvait pas conserver son 4×4 de service, sûrement déjà signalé, et criblé d'impacts.

Dimitri Jovic et Radovan Milicevic étaient furieux et inquiets. On allait mal les recevoir à Belgrade. Seulement, personne ne les avait prévenus que le véhicule de l'homme qu'ils étaient chargés de liquider serait blindé. Ils ne s'étaient pas attardés sur le lieu de l'embuscade car la KFOR était encore présente dans cette zone. Abandonnant derrière eux quelques dizaines de douilles, ils avaient repris le chemin de la capitale serbe.

L'unité de la BIA à laquelle ils appartenaient n'avait pas d'existence officielle. Elle était utilisée seulement pour les « cas spéciaux ». Leur chef avait été succinct : ils devaient liquider un agent double responsable de la mort de plusieurs moines orthodoxes. Récupérer son véhicule et enterrer son corps quelque part en Serbie, au fond d'un bois. Pour ce travail, ils recevraient une prime exceptionnelle de cent mille dinars. Désormais, la prime s'était envolée, comme leur cible. De leur propre chef, ils ne l'avaient pas poursuivie.

Trop dangereux.

Ils regrettaient sincèrement de l'avoir ratée : un homme qui tue de saints moines méritait de mourir. C'est en tout cas ce que pensait leur chef.

Faruk Dervishi referma le rideau de fer du petit garage donnant sur l'avenue Nadim-Gassumi. Il se rendit compte qu'il était en sueur : la tension nerveuse. Même dans Pristina, il n'était pas tranquille. Il avait abandonné son 4×4 sur un parking du boulevard Bill-Klinton et continué à pied, son sac de voyage sur l'épaule et son attaché-case à la main.

Il posa le tout et alla prendre à la cuisine une bouteille de raki. Il s'en versa une bonne rasade qu'il but d'un coup. L'alcool lui dénoua les nerfs et il se laissa tomber dans un canapé. Finalement, il devait la vie à la Minuk qui avait insisté pour lui attribuer un véhicule blindé…

Maintenant, il fallait aviser.

La Serbie lui était interdite. Le Kosovo aussi. Il avait planqué assez d'argent pour s'en tirer ailleurs, mais il fallait sortir du pays. Ce qui n'était pas évident. Le Kosovo, enclavé, était entouré outre par la Serbie, par la Macédoine, le Monténégro et l'Albanie.

Il n'avait aucune confiance dans le Monténégro, dont le chef des Services, Doushko Markovic, coopérait avec les Américains. L'Albanie ne valait pas mieux : les Américains, désormais, y faisaient ce qu'ils voulaient.

Donc, il lui fallait quitter le Kosovo en avion pour aller dans un pays de l'Union européenne où il referait sa vie. Avec des faux papiers et de l'argent, c'était facile. Il connaissait une filière pour obtenir des visas Schengen. Idem pour les papiers. Mais cela prendrait un peu de temps Le risque était que la KFOR et la Minuk lui fassent de la publicité. Ce qui pourrait pousser les membres survivants de son réseau à le dénoncer. Cela ne changeait pas grand-chose à son cas, mais pour l'avenir, si. On n'avait encore aucune charge contre lui. S'il parvenait à quitter le Kosovo, il était sauvé. Alors que si on lui mettait sur le dos l'affaire des moines, il se retrouverait avec un mandat d'arrêt international. Dans ce cas, l'avenir était bouché. Donc, la première chose était de continuer à faire le ménage. Tout en préparant son exfiltration.

Pamela Bearden évitait le regard de Malko. Deux heures plus tôt, la KPF avait repéré le 4×4 de Faruk Dervishi, abandonné sur un parking de l'avenue Bill-Klinton. Chose curieuse, le véhicule était criblé d'impacts.

Ce mitraillage n'avait pas pu arriver à Pristina, car la KPF l'aurait signalé. Or, les impacts étaient tout frais.

– La KPF l'a raté à Camp Bravo, avoua l'Américaine, et aucune voiture de police ne l'a repéré sur la route de Mitrovica, mais la KFOR a signalé une fusillade au nord de Mitrovica. On a découvert plusieurs dizaines d'étuis vides de Kalachnikov, sur un parking, mais pas de cadavre.

Malko hocha la tête.

— Vous pouvez être certaine que c'est le véhicule de Dervishi qui a été mitraillé. Comme il était blindé, il a survécu au guet-apens et doit se trouver quelque part au Kosovo.

— Pourquoi pas en Serbie ?

Il lui sourit.

— Après la façon dont il a été accueilli, cela m'étonnerait qu'il souhaite rester là-bas.

— Mais ici, il va finir par se faire prendre, objecta l'Américaine. Le Kosovo, c'est minuscule et, entre la KFOR et la KPF, il ne nous échappera pas longtemps.

— S'il reste ici. Il va sûrement essayer de quitter le Kosovo.

— Comment ? Il n'a pas de visa Schengen ; chaque fois qu'il a eu à se rendre en Europe, on lui en faisait un pour une durée déterminée. C'est Enver Kastriot qui s'en occupait.

Les Kosovars n'avaient pas de véritables passeports mais des titres de circulation à couverture bleue, délivrés par la Minuk.

— Avec de l'argent, on trouve sûrement un visa, insista Malko. Il s'agit de le coincer avant. Pour qu'il reste au Kosovo. Ce qui nous donne éventuellement le temps de trouver des charges contre lui. Nous n'en avons toujours aucune. S'il se présentait spontanément à la KPF, que pourrait-on faire ? Le mettre en prison quelques jours, le temps qu'il fasse jouer ses soutiens. Le fait que les Serbes aient essayé de le tuer le fera bien voir des gens d'ici...

— C'est bizarre, remarqua l'Américaine. D'après vos informations, c'était un agent serbe. Ils auraient donc dû l'accueillir à bras ouverts, puisqu'il rentrait au bercail. Vous n'auriez pas tout faux ?

Piqué au vif, Malko répliqua vertement :

— Pas du tout, cela confirme ce que mon ami serbe m'a dit : leurs Services ne sont pour rien dans l'affaire des moines décapités. Ce qui expliquerait qu'ils aient tenté de liquider Faruk Dervishi. Même si c'est un agent serbe, le BIA n'aime pas qu'on tue des moines orthodoxes.

– Mais alors, qui lui a donné l'ordre de commettre cet horrible forfait ?

– C'est justement ce qu'il faut trouver ! Donc, il faut le coincer, car il est le seul à pouvoir nous le dire.

CHAPITRE XX

Faruk Dervishi attendait depuis presque une heure, garé sur le trottoir de la rue Ismael-Qemal, observant la grille de la mission grecque. Celle qu'il attendait, la secrétaire du chef de la mission, Fati, sortait d'habitude vers six heures, mais, aujourd'hui, elle avait du retard. L'Albanais avait garé sa vieille Renault grenat entre la mission française et la grecque, sur un des trottoirs de l'étroite voie, comme tout le monde.

Avec son blouson de toile, son jean, sa chemise à carreaux, il passait complètement inaperçu. Dans une sacoche de cuir posée à ses pieds, il avait son pistolet-mitrailleur Skorpio et une grenade. Il avait aussi une fausse carte d'identité au nom d'un mort, ainsi qu'un titre de circulation au même nom. Depuis qu'il était revenu de Serbie, il était en «plongée profonde». Personne ne connaissait l'appartement où il s'était réfugié, propriété d'un lointain cousin émigré en Allemagne qui lui en avait laissé les clefs, revenant parfois pour quelques jours, ainsi que la vieille Renault. Depuis longtemps, Faruk Dervishi avait préparé cette planque. Au cas où...

Il avait épluché les journaux sans trouver trace de lui. Pas le moindre communiqué, pas d'avis de recherche... Il était trop prudent pour donner le moindre coup de fil à ceux qui auraient pu le renseigner. Il valait mieux qu'on le croie parti. Ou en Serbie. Ou, mieux encore, mort.

Désormais, son problème était de sortir du Kosovo.

Bien sûr, il avait tout de suite pensé à son «traitant» du FSB, le Russe qui lui transmettait ses instructions, celui qui avait récupéré de la main des Serbes son dossier complet. L'homme qui lui avait donné l'ordre d'exécuter les moines sur instruction de Moscou.

Il ne s'était pas étendu sur le sujet. Faruk Dervishi avait le sens de la hiérarchie : il ne posait pas de questions. À leur première rencontre, des années plus tôt, l'homme qui se faisait appeler «Marimanga», lui avait montré une partie de son dossier, remis par le KOS serbe, en lui laissant entendre que tant qu'il exécuterait ses ordres, tout se passerait bien. Dans le cas contraire, ce dossier atterrirait dans des mains hostiles... Celles du KSHIK de l'UCK traquant les collaborateurs. Faruk Dervishi avait compris le message et toujours obéi au doigt et à l'œil... Le Russe, même s'il avait voulu, aurait été bien incapable de lui donner ce qu'il voulait : un visa Schengen lui permettant de gagner l'Europe. Or, Faruk Dervishi n'avait pas la moindre envie d'aller en Russie et, en plus, ne faisait aucune confiance au Russe...

Donc, il avait choisi la seconde solution : se procurer par ses propres moyens un visa Schengen grâce à son titre de circulation au nom de Hyzen Turboga. Une fois sorti du Kosovo, il se débrouillerait en Allemagne, dont il parlait la langue, ou ailleurs.

Le tout était de partir discrètement. Il y avait trois ou quatre vols par jour et, à l'aéroport, personne ne le connaissait physiquement.

Il sursauta : la grille de la mission grecque venait de s'ouvrir pour laisser passer une fille en pantalon qui s'éloignait dans la direction opposée. Il mit en route et attendit qu'elle ait pris un peu d'avance pour la rattraper et donner un léger coup de klaxon. Elle se retourna et le reconnut, lui souriant immédiatement.

Faruk Dervishi baissa sa vitre.

– Tu veux que je te dépose ?

Avant de travailler à la mission grecque, Fati Serikata était dans la police ! Très jolie fille à la poitrine arrogante, elle avait de l'ambition et n'avait pas hésité à répondre à une annonce parue dans l'*Express*, un des quotidiens du Kosovo : « La mission grecque recherche une secrétaire présentant bien entre 24 et 30 ans. »

Le chef de la mission lui avait été immédiatement antipathique. Un Grec comme on en voit dans les mauvais films policiers : le regard fuyant et lubrique derrière de grosses lunettes, gras, négligé, et surtout épouvantablement corrompu. Ce qui ne déparait pas au Kosovo, probablement le seul pays au monde où on distribuait à l'aéroport un document mettant en garde contre la corruption... Dès leur première entrevue, il lui avait fait comprendre qu'elle devrait se montrer docile à tous points de vue si elle voulait garder son job. La pelotant un peu au passage. Comme elle était en pantalon, cela avait limité les explorations. Ensuite, il se contentait de lui tâter les seins au passage, entre deux portes. Une sorte de marque d'estime. Mais il lui avait surtout fait comprendre qu'elle pouvait facilement arrondir ses fins de mois. Comme toutes les missions européennes, la grecque était assaillie de demandeurs de visas Schengen. Des dizaines par jour. Presque tous refusés, car il y avait un certain nombre de contraintes.

Seulement, Dyonisos Agion avait un contingent spécial de dix visas par mois qu'il délivrait à sa guise. Pour la modique somme de mille euros, sur laquelle il rétrocédait cent euros à Fati, la secrétaire qui établissait les dossiers. Système qui fonctionnait à la satisfaction générale. Dyonisos Agion, ayant appris sa mutation dans un pays moins sympathique, avait, depuis peu, doublé le nombre de visas « spéciaux ». Il fallait bien penser à l'avenir.

Fati Serikata se glissa à côté de Faruk Dervishi, ravie de ne pas être obligée de marcher.

– Où vas-tu ? demanda celui-ci.

– Retrouver une copine, en bas du boulevard Garibaldi, mais tu peux me déposer ailleurs.

– C'est mon chemin, affirma le policier. Tu es en retard aujourd'hui.

Elle se tourna vers lui, surprise.

– Comment le sais-tu ?

– Je t'attendais.

Avant qu'elle soit revenue de sa surprise, il lui avait tendu le document au nom d'Hyzen Turboga, d'où dépassait le vert de quelques billets de cent euros.

– J'ai un ami qui a besoin d'un visa, expliqua-t-il. Tu peux me l'avoir pour quand ?

– Ah, c'est bête, fit Fati, Dyonisos est parti en Grèce pour trois jours. Maintenant, pas avant la fin de la semaine. Tu peux revenir ?

– Garde-le ! proposa Faruk Derishi. Je vais te donner un numéro pour me prévenir dès qu'il est prêt.

La carte au nom d'Hyzen Turboga portait sa photo, mais il savait que Fati se moquait éperdument de l'identité de ceux qui bénéficiaient des visas « spéciaux ». Elle n'ouvrait même pas les papiers... Elle glissa le document dans son sac, et ils ne parlèrent plus que des élections. La jeune femme était discrète et ne mentionnerait pas sa démarche.

Lorsqu'il la déposa, il était au moins certain d'une chose : les recherches le concernant ne s'étaient pas ébruitées. Au volant de sa petite Renault, il passait totalement inaperçu. Il n'avait plus qu'à attendre.

***

Malko broyait du noir.

Trois jours s'étaient écoulés et Faruk Dervishi semblait avoir changé de planète. Pour des raisons politiques,
Pamela Bearden n'avait pas voulu ébruiter ses recherches.
Les membres de la KPF savaient qu'il était recherché,
mais sans mandat de la Minuk et sans motif précis. Donc,
ils ne faisaient pas de zèle.

Malko prit place en face de l'Américaine. Le patron du
Pellumbi, obséquieux à son habitude, leur avait donné la
meilleure table, au fond.

— J'ai encore reçu une relance de Langley, annonça
l'Américaine. Ils voudraient être certains qu'une nouvelle
vague d'attentats ne va pas se produire.

— Tant que Faruk Dervishi sera en liberté, assura
Malko, on ne peut pas l'affirmer. D'autant que nous
sommes certains désormais que ce ne sont pas les Serbes
qui lui donnent des ordres.

— Les fous furieux de l'AKSH ? hasarda Pamela
Bearden.

— Pourquoi pas ? Mais cela peut être aussi les Russes.

— Les Russes ?

— Ils ont, plus que n'importe qui, intérêt à saboter le
processus d'indépendance. Quoi de mieux que de démontrer que les Kosovars sont des sauvages assoiffés de
sang, indignes d'être indépendants ?

Pamela Bearden fit la moue. Montrant qu'elle n'était
pas loin d'avoir la même opinion.

— C'est surtout une bande d'horribles voyous ! soupira-t-elle. À côté d'eux, les mafieux italiens sont des
enfants de chœur.

— Vous avez des contacts avec le FSB local ?

— Ce n'est pas moi qui m'en occupe. Le chef de mission, Andrei Dronov, est un homme charmant, le représentant du FSB, un retors très discret. Nous échangeons
quelques informations sur le terrorisme et la lutte contre
la drogue.

– Vous lui avez parlé de l'affaire des moines ?

– Il y a eu une réunion de tous les Services pour faire le point. Sans intérêt. Andrei Dronov a exprimé son horreur de voir des moines massacrés de cette façon. En Russie, en ce moment, la religion est très tendance...

– De toute façon, conclut Malko, ce n'est pas lui qui va nous aider à retrouver Faruk Dervishi.

– Vous pensez qu'il est toujours à Pristina ?

Malko avoua avec un haussement d'épaules :

– Je n'en sais rien. Il avait sûrement pris ses précautions. Une taupe s'attend toujours à être démasquée. Donc, il n'a pas été pris par surprise. Il faudrait avertir les différentes missions qui délivrent des visas. S'il est encore au Kosovo, il va chercher à filer. Or, il n'a pas tellement de choix.

– La délivrance des visas est très encadrée, affirma l'Américaine. Je pense plutôt qu'il est déjà en Albanie ; de là, on passe en Italie facilement. D'ailleurs, j'ai prévenu nos homologues de Tirana avec qui on a de bons rapports. Pour l'instant, je n'ai pas de retour.

– Est-ce qu'Enver Kastriot est au courant ?

– Non.

– Je vais lui parler, proposa Malko. Il connaît bien toutes les combines d'ici. Il sait peut-être comment se procurer un visa Schengen.

Agron Leka n'arrivait pas à retrouver la paix de l'esprit. Seul dans son agence immobilière de Pec, il relisait inlassablement les coupures de presse relatant les trois derniers meurtres survenus à Pristina et aux alentours. Les noms ne lui disaient rien mais les visages, si. Les trois hommes avaient participé à l'expédition contre le monastère de Decani, avec lui. Il les avait parfaitement reconnus. Lorsqu'ils faisaient une opération, ils ne connaissaient que leurs noms de code, mais ils se voyaient…

Comme les autres, Agron Leka ne connaissait du chef de réseau que son visage et son pseudo, «Vula». Une fois, de passage à Pristina, il avait cru le reconnaître dans un véhicule officiel, mais il n'en était pas certain. Il n'avait aucun moyen de le joindre, c'est toujours l'autre qui appelait, en prononçant simplement son pseudo, «Tushi».

Son portable sonna : aucun numéro ne s'afficha. Lorsqu'il entendit la voix de «Vula», son pouls grimpa à toute vitesse.

– «Tushi», annonça «Vula», je dois vous voir. Demain, au point 6.

Il avait déjà raccroché et Agron Leka sentit son front se couvrir de sueur. Il était brutalement mort de peur. Un sixième sens lui souffla que cela avait dû se passer ainsi pour les trois hommes abattus au cours des derniers jours. Une convocation et ensuite, une rafale ou une balle dans la tête.

Il n'avait pas envie de mourir.

En quelques minutes, sa décision fut prise. Il avait un cousin qui travaillait pour la famille Mulluki. Il allait se réfugier sous l'aile du clan, quitte à être obligé de se livrer à des activités illégales. Il préférait risquer de la prison que de terminer au cimetière.

Divorcé, il ne voyait ses trois filles que de temps en temps car leur mère vivait en Allemagne. Sa secrétaire ferait tourner l'agence pendant son absence. Il n'irait pas au rendez-vous fixé par «Vula». Il possédait un studio à Pristina où, protégé par le clan Mulluki, il serait en sécurité.

*
* *

Faruk Dervishi regarda sa montre, étonné plus qu'inquiet : «Tushi» avait une demi-heure de retard. C'était non seulement inhabituel, mais unique. Il attendit encore dix minutes, bien calé dans sa voiture, à l'entrée de Dragovac, non loin d'un petit bois où il avait projeté de liquider « Tushi ».

S'il avait obtenu son visa immédiatement, il aurait laissé survivre les cinq membres restants du réseau. Mais, du moment qu'il devait patienter quelques jours, autant terminer son « ménage », ne pas laisser derrière lui une bombe à retardement. Si un de ces hommes se confiait à la police, Faruk Dervishi serait recherché dans le monde entier et ne serait nulle part en sécurité.

Sa trahison au profit des Services serbes ne concernait que les Kosovars, alors que le massacre des cinq moines lui vaudrait d'être poursuivi partout. Les seuls qui pouvaient l'accuser étaient ceux qui y avaient participé. Donc, la solution s'imposait.

Vraiment inquiet, il composa le numéro de « Tushi ». Qui sonna longuement, puis passa sur messagerie. Il décida une ultime vérification et prit la route de Pec. L'agence immobilière de « Tushi » était ouverte, mais sa voiture n'était pas là. Faruk Dervishi se gara et entra dans l'agence où une blonde plantureuse l'accueillit avec un sourire commercial.

— Je suis un ami de M. Leka, annonça-t-il, de passage à Pec… Je voulais lui dire bonjour.

— Je suis désolée, fit l'employée, M. Leka est absent pour quelques jours. Est-ce que je peux faire quelque chose pour vous ?

Faruk Dervishi battit en retraite avec un sourire.

— Merci, ce sera pour une autre fois.

Il ressortit, tenaillé par une fureur aveugle. Au lieu de venir à son rendez-vous, « Tushi » s'était tout simplement enfui ! Désobéissant aux ordres. Une seule explication à cela : il s'était douté de quelque chose et avait pris la fuite. Ennuyeux. Très ennuyeux. Si « Tushi » avait eu des doutes, d'autres pouvaient faire de même. Une seule solution : il ne fallait plus leur donner rendez-vous, mais frapper sans préavis…

Tandis qu'il conduisait mécaniquement, il réalisa que « Seku », un autre membre de son réseau, habitait une petite bourgade sur sa route, Lapuznil. Il y·fut une heure plus tard. Celui-là était marié, ancien policier, reconverti dans la culture du maïs. Il passa devant sa maison et aperçut sa voiture.

Dans la mémoire d'un de ses portables, il avait tous les noms, toutes les caractéristiques de ses hommes. Les adresses personnelles, les lieux de travail, les habitudes. À cette heure-ci, « Seku » était probablement au café voisin de son domicile. Faruk Dervishi se gara sur le petit parking où il avait repéré la voiture de « Seku » et attendit.

Trois quarts d'heure plus tard, « Seku » émergea du café avec un copain, mais, heureusement, ils se séparèrent tout de suite et lui se dirigea vers sa voiture. Il était en train de mettre la clef dans la serrure lorsque Faruk Dervishi surgit silencieusement derrière lui, armé d'un Walther PKK prolongé d'un silencieux. Il lui tira une balle dans la nuque et lorsque sa victime se fut effondrée comme une masse, deux autres balles dans la tête. Il regagna ensuite paisiblement sa voiture et s'éloigna.

Au moins, il ne revenait pas bredouille à Pristina.

Malko finissait de déjeuner avec Enver Kastriot. Le fonctionnaire du ministère de l'Intérieur ne s'était pas encore remis des révélations de Malko sur Faruk Dervishi.

– Au Kosovo, conclut-il, on ne peut se fier à personne. Je considérais Faruk comme l'un des rares policiers honnêtes de ce pays. En plus, c'était un héros de la Résistance, agréé par l'UCK : la Minuk lui mangeait dans la main. Chaque fois qu'il y avait un visiteur étranger, on le faisait venir pour montrer qu'on luttait réellement contre le crime organisé et le terrorisme.

— C'est triste, je sais, conclut Malko. Malheureusement, j'ai des preuves certaines : les Services slovènes ne savaient même pas *qui* nous recherchions, ils n'ont pas pu nous manipuler. Et ce qui s'est passé depuis confirme ce que nous avons appris. Il ne reste plus qu'à mettre la main sur lui.

Enver Kastriot secoua la tête.

— Il est parti. Il n'est plus à Pristina, ce serait trop dangereux pour lui. Il a pu filer par le Monténégro ou l'Albanie et gagner ensuite l'Italie. Là-bas, c'est facile de se procurer des faux papiers ou même de survivre en tant que clandestin. Je crains que vous ne sachiez jamais la vérité.

— C'est un risque, reconnut Malko. Vous êtes certain de ne pas connaître de filière clandestine de visas Schengen ?

— Je vais me renseigner, promit le Kosovar, mais je n'en vois pas.

Lorsqu'il prit congé d'Enver Kastriot, Malko était découragé. Il n'en pouvait plus de Pristina ! Et il tournait en rond. Impossible de compter sur la KPF, ni même sur les Services de Kadri Butka. Il se donna une semaine avant de décrocher.

L'appel de Pamela Bearden le surprit alors qu'il allait se garer devant l'OSCE pour y récupérer Karin Steyr.

— Un des types de la liste vient encore de se faire descendre, annonça l'Américaine. Un certain Hasan Petershani. Une balle dans la tête alors qu'il sortait d'un café. Personne n'a rien vu, rien entendu…

— Cela fait quatre ! soupira Malko.

— Il n'y a plus qu'à attendre le prochain faire-part, conclut l'Américaine, résignée.

— Cela signifie que Faruk Dervishi est toujours au

Kosovo. Et s'il fait le ménage, c'est qu'il a l'intention de ressortir de son trou, une fois qu'il aura supprimé tous les témoins, les membres de son réseau.

– Ou alors qu'il veut être « clean » avant de partir, rétorqua l'Américaine.

Karin Steyr venait de sortir de l'immeuble de l'OSCE, très sexy dans un long manteau dissimulant à peine la jupe ultracourte et le pull fin moulant. Elle se glissa dans le 4×4 et embrassa Malko.

– Du nouveau ?

– Si on veut ! L'élimination continue. Faruk Dervishi a disparu et règle ses comptes. Nous sommes complètement impuissants.

– Le principal, remarqua la jeune femme, c'est qu'il soit neutralisé.

– Je n'en suis même pas sûr, rétorqua Malko. Puis, l'idée que cet homme, après ce qu'il a fait, puisse filer des jours paisibles quelque part en Europe me rend malade.

Karin Steyr posa gentiment une main sur sa cuisse.

– N'y pense plus. On va se changer les idées. D'ailleurs, ce n'est pas évident de sortir du Kosovo, si on ne va ni en Serbie ni en Albanie.

– C'est difficile de se procurer un visa Schengen d'une façon détournée ?

Karin Steyr secoua ses boucles brunes en souriant.

– Pas vraiment, si on connaît la filière.

Malko sentit son adrénaline monter au ciel.

– La filière, tu la connais ? demanda-t-il.

– Oui, bien sûr, il y en a au moins une.

CHAPITRE XXI

Karin Steyr fixait Malko avec un sourire ironique, alors qu'il était complètement à cran.

– Ce n'est pas une plaisanterie ? demanda-t-il sèchement. J'ignore ce que prépare Faruk Dervirshi. On peut se réveiller demain matin avec une nouvelle horreur sur les bras et tout ce qui suit. Cette histoire de visa Schengen est pour l'instant le seul moyen éventuel de l'attraper.

Le remue-ménage provoqué par l'attentat contre les religieuses de la Drenica s'était apaisé. Comme aucune n'avait été blessée, les journaux serbes s'étaient contentés de fustiger la complicité « évidente » entre les extrémistes kosovars, la Minuk et son bras armé, la KFOR. Un éditorial dans *Politika* avait souligné que l'Union européenne, après avoir bombardé illégalement la Serbie en 1999, voulait désormais livrer les derniers Serbes du Kosovo à des assassins.

Évidemment, ce genre d'éditorial n'était pas fait pour encourager les pays européens à reconnaître l'indépendance du Kosovo. Ce que cherchaient les fauteurs de troubles...

Karin Steyr ne se démonta pas.

– Rien ne va se passer ce soir ! Nous reparlerons de tout cela après, remarqua-t-elle. Emmène-moi chez *Tiffany*, c'est le seul endroit où on trouve du bon champagne. Toi qui es autrichien, tu sais bien que les femmes de ce pays aiment qu'on les traite bien.

Comme Malko ne se décidait pas, elle précisa d'une voix suave :

— De toute façon, on ne peut pas exploiter cette information avant demain matin. Détends-toi.

Partagé entre désir et fureur, Malko effectua un demi-tour brutal pour prendre la direction du *Tiffany*. Comme tous les soirs, c'était bourré, et on les installa à l'extérieur, dans le jardin. Tout Pristina était là... Presque uniquement des internationaux, avec, au fond, Hashim Taci et ses gorilles, en pleine campagne électorale.

Karin Steyr ne retrouva le sourire qu'en voyant sauter le bouchon de la bouteille de Taittinger Comtes de Champagne Rosé 2002, arrivée jusque-là Dieu sait comment. Elle trinqua joyeusement avec Malko. Dépouillée de son long manteau, elle était encore plus sexy, avec ses cuisses charnues émergeant de la mini, gainées de noir comme il se doit. À la troisième flûte de Comtes de Champagne, elle se pencha vers Malko, le regard brillant.

— J'ai envie de toi, ce soir.

— Pas les autres soirs ?

Sous la table, la pointe de son escarpin s'enfonça dans l'entrejambe de Malko.

— Ce soir, tu es en colère, tes yeux sont extraordinaires ! Dorés avec des filaments verts. On dirait un chat.

Elle s'était déchaussée et le massait doucement avec son pied. Une authentique salope. Penchée, elle découvrait la plus grande partie de sa somptueuse poitrine.

— Si tu n'as pas faim, suggéra Malko, on peut rentrer quand on aura fini le champagne...

Elle rit.

— J'ai faim et c'est mon anniversaire ! Alors, je veux passer une belle soirée. Nous parlerons travail après.

Malko n'osa pas insister. Elle avait commencé à manger de bon appétit, tout en s'attaquant sérieusement à la bouteille de Taittinger.

Deux heures plus tard, ils étaient toujours au *Tiffany* et la seconde bouteille de Taittinger venait de rendre l'âme. Karin Steyr repoussa son gâteau « Schwartzwald [1] » et dit enfin :

– Viens. Je voudrais qu'on emporte une bouteille à la maison.

Elle n'avait plus reparlé de son tuyau et Malko, entre le champagne et l'envie qu'il avait d'elle, n'avait pas osé la relancer. En passant par le bar, il négocia à prix d'or une bouteille de Taittinger Comtes de Champagne. Karin n'attendit même pas qu'il démarre. D'humeur joyeuse, elle se pencha sur son ventre et commença à le mordiller à travers son pantalon d'alpaga. Comme un chat joueur.

Il eut du mal à atteindre le domicile de la jeune femme. La bouche avait remplacé les dents et c'était à sa peau nue qu'elle s'attaquait quand il se gara sous la voûte. À l'arrêt, Karin continua à l'aspirer de plus en plus voracement.

Il dut glisser à terre pour qu'elle s'interrompe…

Si ses voisins les avaient croisés, elle aurait perdu sa bonne réputation. Le chemisier ouvert, découvrant sa poitrine, elle tira Malko dans l'escalier par son sexe bandé. Lui, la bouteille de Comtes de Champagne à la main, n'avait pas vraiment envie de résister. Dans le studio, il fit sauter le bouchon et ils recommencèrent à boire. Pas longtemps. Malko avait trop envie d'elle. Il poussa Karin en direction du lit, mais elle lui échappa.

– Attends !

En un clin d'œil, elle fut débarrassée de son chemisier, ne gardant que le bas. Ses seins pointaient orgeilleusement vers Malko, les pointes raides.

– Carresse-moi *très doucement*, demanda Karin. Juste

1. Forêt-noire.

les pointes. Très doucement, répéta-t-elle, comme si c'était le vent...

Il obéit, se faisant le plus délicat possible. Appuyée au mur, les yeux clos, le bassin en avant, la jeune femme respirait de plus en plus vite Ses mains s'activaient sur le sexe de Malko, avec la même délicatesse.

– Prends-les, maintenant ! dit Karin d'une voix rauque, cassée.

Au moment où Malko saisissait à pleines mains les globes durcis, la jeune femme eut une secousse de tout le corps et lança un cri bref, tandis qu'elle serrait le membre de Malko à l'écraser. Quelques instants plus tard, le tenant toujours de la même façon, elle le tira jusqu'au lit et s'y allongea sur le dos.

– *Ich möchte daß du zwischen meine Titten spritzest*[1], murmura-t-elle.

Installé à califourchon sur elle, Malko plaqua son membre raide comme une épée entre ses seins, que Karin rapprocha des deux mains pour en faire un étui doux et tiède.

Il se mit à aller et venir de plus en plus vite, effleurant la bouche de Karin. Celle-ci s'agitait sous lui et sa respiration était de plus en plus rapide. Finalement, elle cria presque.

– *Komm jetzt*[2] !

Il n'eut pas beaucoup de mal à lui obéir et, aussitôt, elle avança son visage pour qu'il puisse se déverser dans sa bouche.

Lorsque Malko explosa avec un cri sauvage, elle l'avala jusqu'à la dernière goutte, puis sa tête retomba en arrière, les yeux fermés.

Anéantie par le Taittinger et son orgasme. Endormie net.

1. Je voudrais que tu éjacules entre mes seins.
2. Jouis maintenant.

Apaisé sexuellement, Malko se dit qu'il allait devoir attendre pour connaître la combine des visas Schengen.

*
* *

Faruk Dervishi s'était levé tôt. C'était vendredi et, bien que ce ne soit pas un jour férié, beaucoup de Kosovars allaient à la mosquée, coiffés de leur *pliss,* leurs drôles de couvre-chefs qui les faisaient ressembler à des melons blancs.

Il se dirigea vers le cimetière de Sthatori, à l'ouest de Pristina. «Noli», un autre de ses agents, avait perdu sa mère l'année précédente et ne manquait jamais d'aller déposer des fleurs sur sa tombe, le vendredi matin. Policier affecté à la surveillance routière, il avait pas mal de temps libre et des horaires souples.

Faruk Dervishi se gara sur le boulevard Plava, à cent mètres du cimetière, s'arrêta pour acheter des fleurs et s'engagea dans les allées. Il y avait peu de monde : les Albanais n'étaient pas très pratiquants. Quelques vieilles femmes, peu d'hommes. Une famille éplorée devant une tombe fraîche. Personne ne lui prêtait attention. Il arriva devant la tombe de Aziza Zeka et s'immobilisa, soulagé. Il n'y avait pas de fleurs fraîches. Donc, «Noli» allait bientôt venir.

Il fit semblant de se recueillir sur une tombe voisine, guettant du coin de l'œil l'allée menant au cimetière. Il vit enfin celui qu'il attendait, en uniforme, un pot de fleurs à la main, marchant d'une démarche chaloupée.

Un brave homme...

Qui s'était quand même rendu coupable de quelques horreurs, pendant la lutte clandestine. Une fois, pour faire parler un membre de l'UCK qui connaissait l'emplacement d'une cache d'armes, il avait jeté dans un puits sa femme d'abord, puis son fils de neuf ans. Le maquisard s'était décidé à parler alors qu'il ne restait plus que deux enfants.

Ceux-ci étaient désormais orphelins…

Après les avoir menés à la cache d'armes dans la Drenica, le militant UCK avait été abattu et son corps abandonné dans un fossé. C'est « Noli » qui lui avait lui-même tiré une balle dans la bouche, puis quatre dans le dos, alors qu'il gisait dans le fossé. Faruk Dervishi se souvenait encore de la main du mourant agrippant le bas du pantalon de son meurtrier… À chaque balle lui entrant dans le dos, les doigts se crispaient un peu.

Bien entendu, ces auxiliaires opéraient toujours cagoulés. Les policiers serbes du SDB aimaient bien les mettre en avant, évitant ainsi de se salir les mains. En plus, les comptes rendus extrêmement détaillés qu'ils établissaient après chaque opération donnaient les noms de tous les participants et le rôle qu'ils avaient joué… Bien entendu, « Noli » avait ensuite, sur l'ordre de ses chefs serbes, rejoint les maquisards de la Drenica et s'était montré particulièrement féroce envers les militaires serbes. N'hésitant pas à torturer et à achever les blessés.

Ce qui lui avait valu les félicitations de ses chefs. Il faut dire que dans la vallée de la Drenica, après le massacre des trente-huit membres de la famille Jashari, liquidés au canon et brûlés vifs dans leur demeure, avec plusieurs enfants, la clémence n'était pas vraiment tendance.

« Noli » déposa avec délicatesse le pot de fleurs sur la tombe et se redressa, priant à la musulmane, les paumes des mains vers le ciel, recueilli.

Il devina vaguement une silhouette qui s'approchait derrière lui mais ne lui prêta pas attention.

Après s'être assuré qu'il n'y avait personne, Faruk Dervishi lui tira rapidement deux balles dans la nuque avec son PKK muni d'un silencieux.

« Noli » s'effondra, foudroyé, au pied de la tombe de

sa mère, tandis que Faruk Dervishi s'éloignait tranquillement, après avoir posé ses fleurs à côté des autres.

Malko avait eu du mal à se réveiller... Il ne restait pas
une goutte de la troisième bouteille de Taittinger. Il fonça
sous la douche et laissa longuement couler l'eau chaude,
d'abord sur sa nuque, pour remettre son cerveau en route.
Lorsqu'il en sortit, Karin Steyr était déjà debout, enrou-
lée dans une serviette, et avait fait du café. Avant même
que Malko ouvre la bouche, elle lui dit :

— Si ton type veut se procurer rapidement un visa
Schengen, il n'y a qu'une seule adresse à Pristina : la mission grecque.

— C'est vrai ?

— Oui. Cela dure depuis deux ans. Il y en a eu des
dizaines. Le chef de la mission grecque se remplit les
poches régulièrement.

— Tu le connais ?

— Non. Bien entendu, quand on lui en parle, il nie.
Mais il y a sa secrétaire, Fati Serikata, et Enver Kastriot
la connaît bien. Je pense qu'il l'a sautée.

Voilà pourquoi le fonctionnaire n'avait pas soufflé mot
de ce trafic à Malko.

— Comment la contacter ?

— De la part d'Enver Kastriot. Si elle voit que tu es au
courant, elle n'ira pas vérifier. Si tu passes par lui, il la
mettra en garde.

— Cela ne me paraît pas un bon plan, soupira Malko

— Propose-lui de l'argent, conseilla Karin Steyr. Elle
gagne cent euros par visa.

— Tout le monde le sait ? demanda Malko, effaré.

La jeune femme haussa les épaules.

— C'est le Kosovo... Les autres missions se sont
plaintes directement au gouvernement grec qui a promis

de déplacer ce diplomate indélicat. Ce dernier a nié, même si c'est un secret de Polichinelle.

— À qui vend-il ces visas ?

— Principalement à des trafiquants. Le Kosovar moyen ne peut pas s'offrir un visa Schengen à mille euros. Mais, pour quelqu'un comme Faruk Dervishi, c'est parfait.

— Il n'a sûrement pas déposé un dossier à son nom, objecta Malko. Si cette secrétaire refuse de coopérer, cela ne mènera à rien.

Karin lui adressa un sourire ironique.

— C'est une *très* jolie fille. Tu vas sûrement y arriver.

Agron Leka lisait son journal assis au fond du café *Metro* situé au début du boulevard Garibaldi. Un des fiefs des journalistes et des hommes du KSHIK dont les bureaux se trouvaient pratiquement en face. L'Albanais fixait la manchette de *Koha Ditore*, relatant la mort d'un certain Bekim Zeka, abattu pour une raison inconnue dans le cimetière où il venait de déposer des fleurs sur la tombe de sa mère.

Le nom ne lui disait rien, mais la photo, si : c'était « Noli », celui qui avait lui-même poussé deux des moines de Decani sous la guillotine improvisée…

L'article ne mentionnait en rien ses liens avec les Services serbes… Policier apprécié, père de famille, il menait une vie sans histoires, en apparence.

Agron Leka replia son journal. La liquidation du réseau continuait… Désormais, il était certain que, pour une raison qu'il ignorait, les Serbes avaient décidé de supprimer ces gens qui les avaient servis, même en faisant contre mauvaise fortune bon cœur… Peut-être à cause des réactions à la suite du massacre des cinq moines orthodoxes. L'ordre était pourtant venu de Belgrade.

Ou alors les Serbes voulaient effacer toute trace les reliant à cette affaire.

Pendant quelques instants, l'agent immobilier fut tenté de se rendre à la KPF pour demander protection. Seulement, le remède risquait d'être pire que le mal. Une fois découvert et ses aveux faits, après les élections, les gens de l'UCK le traqueraient sans pitié…

Il fallait donc gagner du temps. Il ne pourrait pas indéfiniment abandonner son business. Il écarta les pensées sombres. La famille Mulluki l'envoyait à la frontière du Monténégro chercher une importante cargaison de cigarettes, en compagnie de deux autres membres de la *banda*. Au moins, durant cette période, il serait en sécurité.

*
**

Malko avait décidé d'agir selon son instinct. Invitant Enver Kastriot à déjeuner au *Prichat*. Pendant qu'ils dégustaient quelques poivrons piquants, spécialité de la maison, il attaqua directement :

— Enver, dit-il, vous m'avez beaucoup aidé. J'ai encore besoin d'un coup de main.

L'éternel sourire du fonctionnaire du ministère de l'Intérieur s'accentua encore.

— Vous savez bien que je ferai tout mon possible.

— Vous connaissez une certaine Fati Serikata ?

Une ombre passa dans le regard de l'Albanais, mais il répondit presque sans hésitation.

— Oui. Pourquoi ?

— Elle travaille à la mission grecque, continua Malko, et elle est impliquée dans un trafic de visas Schengen. Vous ne le saviez sûrement pas, ajouta-t-il.

Le regard d'Enver Kastriot dérapa et il dit d'une voix mal assurée :

— Non, bien sûr ! Elle était chez nous, pourtant…

– O.K., dit Malko, je ne veux lui causer aucun ennui. J'ai seulement besoin qu'elle me dise si elle a vu passer une demande de visa au nom de Faruk Dervishi. Personne n'en saura rien et je la dédommagerai.

– Je comprends, fit Enver Kastriot, plutôt soulagé. Qu'attendez-vous de moi ?

– Que vous la contactiez pour qu'elle accepte de me parler et de coopérer. Vous avez son portable, je suppose ?

– Oui, bien sûr.

– Vous pouvez l'appeler. *Maintenant.* C'est urgent.

Enver Kastriot ne discuta pas et prit son portable. La conversation ne fut pas très longue.

– Elle sera ce soir, à sept heures, au bar *Miley's,* en bas de Garibaldi.

– Comment vais-je la reconnaître ?

– Elle m'a demandé de venir avec vous. Ensuite, je vous laisserai.

Oleg Vatrouchine avait sorti du coffre de la mission russe un dossier signalé de trois traits rouges, signifiant qu'il ne pouvait être consulté que par le chef de la Rezidentura du FSB et qu'il devait être remis aussitôt au coffre. Avant d'arriver à Pristina, il avait transité par Moscou. C'était un cadeau du KOS serbe au GRU qui, sur ordre exprès de Vladimir Vladimirovitch Poutine, l'avait transmis au FSB. La liste de tous les agents serbes au Kosovo. Le GRU l'avait obtenu de ses homologues du KOS après des négociations et en échange d'avantages conséquents, comme la liste des agents américains dans les Balkans connus des Serbes.

Peu de gens à Belgrade étaient au courant de ce «cadeau». Le BIA était beaucoup moins proche des Russes que les militaires. Et les membres de ce Service n'auraient pas apprécié qu'on leur pille leur trésor. Eux pouvaient avoir encore besoin de ces agents dans la période mouvementée qui s'annonçait avec l'indépendance du Kosovo.

Oleg Vatrouchine avait reçu de Moscou l'ordre de tout faire pour que le processus d'indépendance déraille, sans toutefois engager les agents du FSB qui devaient demeurer à distance. Rien ne devait relier la Russie à ces «incidents». Après le massacre de Decani, il avait également commandé l'élimination des religieuses de la Drenica, mais, malheureusement, cette affaire-là avait en partie raté.

Donc, il fallait mettre sur pied une autre action. Il avait déjà une excellente idée : tirer des obus de mortier sur le Patriarcat orhodoxe situé à côté de Pec. Même si cela ne faisait pas beaucoup de victimes, cela marquerait les esprits.

Or, le matin même, un de ses adjoints chargé de surveiller la criminalité organisée lui avait apporté un rapport étonnant. D'après lui, trois meurtres récents commis par des professionnels ne seraient pas dus à des réglements de comptes entre clans criminels. Le FSB possédait un excellent informateur en la personne d'Ahmet Mulluki, qui, en raison de ses activités au Kazakhstan, avait intérêt à être en bons termes avec le FSB.

Oleg Vatrouchine avait alors vérifié une hypothèse qui lui était venue : et si c'était une autre cause ?

Après l'examen de la liste des agents serbes au Kosovo, il avait retrouvé les trois noms. Tous étaient membres du réseau de «Vula».

Qu'est-ce que cela signifiait ? Ce n'étaient sûrement pas les Kosovars, les Serbes encore moins. Les Américains ou les Britanniques non plus, ils n'auraient pas procédé de cette façon. Il ne restait donc qu'une possibilité. C'était «Vula» lui-même qui éliminait ses hommes. Sans en avoir reçu l'ordre et sans raison apparente.

Ce qui était plus qu'inquiétant.

Le Russe chercha le numéro de portable par lequel il joignait « Vula » et le composa.

Pour la première fois depuis qu'il était en poste à Pristina, le numéro ne répondit pas. Au Kosovo, il n'y avait pas de messagerie, mais on pouvait savoir quel numéro avait appelé. Celui du Russe, en cas d'interception, ne mènerait à rien. Il correspondait à une carte achetée par une tierce personne sûre. Oleg Vatrouchine se persuada que « Vula » allait le rappeler. C'était impensable qu'un chef de réseau désobéisse à ses traitants.

*
* *

– La voilà, annonça Enver Kastriot. Tiens, elle est avec une copine.

Le *Miley's* était plutôt cosy, avec de profondes banquettes et de la musique douce. Deux jeunes femmes étaient installées sur la banquette du fond. Ravissantes, très maquillées, brunes, arborant des pulls moulants. Enver Kastriot fit les présentations. Fati avait une bouche charnue très rouge, un regard de braise, et parlait à peu près anglais. Sa copine, Sabrija, était tout aussi piquante, avec un nez retroussé et de longs cheveux noirs cascadant sur ses épaules.

Enver Kastriot discuta un peu avec elles, puis se tourna vers Malko.

– Nous allons dîner rapidement, après je vous abandonnerai. On va au *Renaissance,* ce n'est pas loin.

Les deux filles se levèrent.

Fati Serikata portait un pull de fine laine noire et une minijupe en tissu écossais tenue par une grosse épingle de nourrice, contrastant avec les bas noirs et les bottes avec des talons de douze centimètres. Sabrija arborait, elle, un pantalon qui semblait peint sur sa croupe cambrée.

Malko se demanda si cette sulfureuse employée des Grecs allait le conduire à Faruk Dervishi. C'était son ultime carte.

CHAPITRE XXII

Faruk Dervishi regardait le numéro qui s'était affiché deux fois sur son portable monténégrin. Celui de son «contrôleur», l'homme à qui les Serbes l'avaient vendu. Et qui possédait toutes les preuves de ses turpitudes. Son premier réflexe avait été d'ignorer ces appels. Il n'avait plus l'intention de travailler pour les Russes ou pour quiconque. Il était en train de changer de vie…

Seulement, il ne pouvait pas traiter «Marimanga» par le mépris. Ce dernier était capable de transmettre son dossier à des gens qui en feraient un très mauvais usage. Les Russes ne faisaient pas de sentiment.

Il décida donc d'attendre le lendemain pour lui répondre. D'ici là, il aurait réfléchi à la conduite à tenir… Il prit sa sacoche et gagna son garage. Tous les témoins capables de l'identifier devaient être éliminés avant son départ. . Lorsqu'il sortit, la nuit était tombée. Il s'engagea sur la route de Prizen. «Togeri» ne s'attendait probablement pas à sa visite. Il habitait seul un appartement dans la grande ville du Sud.

Son élimination ne devrait pas causer trop de difficultés. Si tout se passait bien, il pousserait ensuite jusqu'à Dakovica, où demeurait «Sultani». Là, cela risquait d'être plus délicat, car celui-ci travaillait comme maître d'hôtel dans un restaurant, était marié avec des enfants.

Si Faruk Dervishi arrivait à le coincer au restaurant, cela
irait. Dans le cas contraire, il serait obligé d'éliminer toute
la famille.

Ensuite, il n'en resterait plus qu'un.

La jupe écossaise n'arrêtait pas de bâiller, découvrant
la lisière de broderie noire du bas et une large bande de
peau blanche, au-dessus. Fati Serikata ne semblait pas
troublée outre mesure par son exhibition. Son regard ne
fuyait aucunement celui de Malko, bien au contraire. À
tel point que celui-ci se demandait ce qu'Enver Kastriot
lui avait vraiment dit… La jeune Albanaise semblait plus
orientée vers une aventure que sur une collaboration d'affaires. Ce qui n'avait rien d'étonnant : la vie était dure au
Kosovo, avec 60 % de chomage. Même les « élues » qui
travaillaient pour des étrangers gagnaient mal leur vie.
Alors, beaucoup de filles n'hésitaient pas à sortir avec des
étrangers, ne serait-ce que pour aller au restaurant ou se
faire offrir des menus cadeaux.

Enver Kastriot venait de s'éclipser, emmenant Sabrija,
laissant Malko en tête à tête avec l'Albanaise. Un pianiste
jouait sur l'estrade. Malko n'avait pas encore abordé la
question des visas. Il fallait d'abord mettre Fati en condition. Pour cela, il avait eu recours à l'arme fatale : une
bouteille de Taittinger Comtes de Champagne. Effectivement, plus le niveau baissait, plus Fati Serikata se montrait câline, lui expédiant des regards de plus en plus
directs. Il était temps de la « recadrer ».

C'est un garçon de huit ans qui ouvrit la porte et s'enfuit aussitôt. Intérieurement, Faruk Dervishi jura, mais
c'était trop tard. Un homme venait d'apparaître derrière

l'enfant. Il s'arrêta net en reconnaissant le chef de son réseau. Ses prunelles se rétrécirent.

– Qu'est-ce qui se passe ? souffla-t-il. Vous n'avez pas appelé ?

Faruk Dervishi avait la main enfouie dans la sacoche de cuir suspendue à son épaule. D'un geste naturel, il en sortit le PPK prolongé du silencieux.

– Non, c'est vrai, reconnut-il, en tirant une balle en plein visage de « Togeri ».

Ce dernier recula, puis s'effondra presque sur place, avec un cri étouffé. Faruk Dervischi lui tira encore deux balles dans la tête alors qu'il gisait, recroquevillé sur le sol. Il s'apprêtait à repartir, prenant le risque de laisser le garçonnet comme témoin, lorsqu'une femme apparut, vit le cadavre et poussa un hurlement. Cette fois, il n'avait plus le choix.

Il visa, bras tendu. D'abord dans la poitrine de la femme, puis, lorsqu'elle fut à terre, il lui en tira encore deux dans la tête. Parfois, les femmes avaient la vie dure. Il hésitait encore quand le gosse qui avait ouvert débola, attiré par le hurlement de sa mère. Il s'accrocha aux jambes de Faruk Dervishi en sanglotant et ne se vit pas mourir quand le tueur lui tira une seule balle dans le sommet du crâne, presque verticalement.

Déjà, ce dernier battait en retraite. Il se retourna en bas de l'escalier et regretta de ne pas avoir refermé la porte. Heureusement, personne ne l'avait vu entrer dans l'immeuble. Il repartit vers Pristina.

Il était trop tard pour terminer son nettoyage.

– Qu'est-ce que vous faites à l'ambassade de Grèce ? demanda Malko.

– Je m'occupe des visas, je prépare les dossiers pour mon chef, Dyonisos Agion.

– Il y a beaucoup de demandes ?

Elle pouffa et mit la main au-dessus de sa tête.

– Beaucoup ! Mais on ne les donne pas à tout le monde. Athènes est très dificile.

C'était le moment de plonger.

– Enver m'a dit qu'il y avait parfois moyen de s'arranger, remarqua Malko.

Fati Serikata marmonna quelque chose qui pouvait être un « oui » ou un « non ». Il insita :

– Je peux vous faire gagner beaucoup d'argent.

La jeune Albanaise lui jeta un regard noir.

– Je ne veux pas argent ! Vous me plaît ! Je, pas putain. Vous m'énervez.

Elle avait probablement voulu dire « m'excitez ».

Dans sa colère, sa jupe écossaise s'ouvrit encore plus et Malko aperçut fugitivement le trait d'une culotte noire. Il se hâta de la rassurer :

– C'est de business que je parlais !

Fati Serikata le fixa, étonnée.

– Quel business ? Vous, pas besoin visa.

– Moi, non, précisa Malko, mais un ami albanais en veut un. C'est possible ?

Sans répondre, Fati Serikata marmonna :

– Encore champagne, possible ?

Malko se dit que s'il lui cédait, il serait obligé de la ramener sur son dos.

– On va rentrer, proposa-t-il. Nous sommes les derniers.

Pas contrariante, l'Albanaise bredouilla :

– *Miré*[1].

Le patron hippie les raccompagna jusqu'à la porte avec des courbettes. À peine dans la cour sombre, Fati Serikata se pendit au cou de Malko, lui enfonçant une langue imprégnée de Taittinger Brut jusqu'aux amygdales. Le

---

1. Bien.

trémoussement de son bassin contre lui était encore beaucoup plus explicite.

– Vous m'énervez ! répéta-t-elle.

Elle commençait à « l'énerver » aussi et elle le sentit.
Ravie, elle l'entraîna aussitôt, en titubant, sur les pavés
inégaux.

– Où habitez-vous ? demanda Malko une fois dans le
4×4.

Elle lui glissa un regard carrément provocant.

– Vous, *Grand Hôtel* ?

– Oui.

– On va !

Difficile de discuter. Même si la tentative de recrutement dérapait. Fati Serikata traversa le hall glauque du
Grand Hôtel, la tête haute, d'une démarche légèrement
chaloupée. Dès qu'ils eurent atteint la chambre, elle se
planta en face de Malko, avec un sourire salace.

– Je énerve vous ?

Avec sa superbe poitrine qui avait la dureté orgueil-
leuse de la jeunesse, la micro-jupe écossaise, ses longues
jambes et ses bottes, elle était plus que bandante. Malko
se dit qu'il allait faire des infidélités à Karin Steyr, ajou-
tant hypocritement que c'était pour la bonne cause.

– *Po*[1] ! fit-il en souriant.

Aussitôt, Fati colla son bassin au sien et, les yeux dans
les yeux, souffla :

– *Ma fut*[2] !

Sans comprendre l'albanais, Malko saisit quand même
ce qu'elle voulait.

D'ailleurs, la jupe écossaise était déjà à terre, découvrant un string et des bas « stay-up » noirs. Ses mains
s'activèrent sur Malko avec la célérité d'un infirmier du
SAMU venant au secours d'un blessé.

1. Oui.
2. Mets-la-moi !

C'était une âme simple. Reculant jusqu'au lit, elle s'y allongea, l'attira sur elle et répéta :

— *Ma fut !*

Ce qu'il fit. Elle était si excitée qu'il ne mit pas long-temps à prendre son plaisir. Fati l'embrassa une dernière fois, puis, assommée par le champagne, murmura poliment «*Natem e mire* [1]» et s'endormit avec ses bas et ses bottes.

Le maquillage en ruines, les yeux cernés, les traits chif-fonnés, Fati Serikata était encore très séduisante. Elle ne cessait de faire des allers-retours entre le buffet et la table où ils s'étaient installés, dans la lugubre *breakfast room* du *Grand Hôtel*.

— Ici, très bon ! fit-elle, ravie.

Cela ne dépassait pourtant pas le niveau cantine. La bouche pleine de croissants, elle regarda sa petite montre.

— Je dois aller !

Ils n'avaient encore parlé de rien, l'Albanaise étant pas-sée directement du lit au *breakfast*.

— O.K., fit Malko. Vous voulez gagner dix mille euros ?

Devant l'énormité de la somme, Fati Serikata faillit s'étouffer avec ses croissants.

— Dix mille euros ! répéta-t-elle. Faire quoi ?

— Je travaille pour le gouvernement américain, expli-qua Malko en s'exprimant lentement. Je veux faire arrê-ter un espion serbe qui a demandé un visa Schengen à la mission grecque. Si vous m'aidez à le démasquer, vous gagnez dix mille euros.

Elle s'était arrêtée de manger et il pouvait presque voir ses cellules grises au travail. Les États-Unis, c'étaient les sauveurs du Kosovo, les Serbes, l'ennemi héréditaire. Et dix mille euros, une somme énorme.

1. Bonne nuit.

– Quel nom ? demanda Fati.

– Je ne sais pas sous quel nom il a demandé, expliqua Malko, mais c'est dans le contingent des visas « spéciaux ».

Il ne voulait pas prononcer le nom de Faruk Dervishi qu'elle risquait de connaître.

Fati Serikata n'était pas idiote

– *Miré !* fit-elle, je prends liste et j'appelle vous. Quel numéro ?

– Je préfère qu'on se voie…

– *Miré.* Midi devant mission.

Les chaînes de télé et de radio ne parlaient que du triple meurtre de Pristina. Toute une famille abattue par un tueur, y compris un garçonnet de huit ans. On se perdait en conjectures sur les mobiles du meurtre. Rien n'avait été volé, aucun témoin. Personne n'avait rien entendu. Une fois de plus, on avait utilisé une arme munie d'un silencieux…

Agron Leka ferma la télé, atterré. La victime de la veille au soir se trouvait aussi avec lui, lors de l'expédition au monastère de Decani. Il ne le connaissait que sous le nom de « Togeri ». Maintenant, il savait son vrai nom : Tahir Sadiku. Et il avait de plus en plus peur. Sur les dix hommes qui avaient participé à l'expédition, en dehors de « Vula » et de lui-même, six avaient déjà été assassinés.

Le tueur ou les tueurs allaient finir par le trouver… Sa décision fut prise : justement, il avait de l'argent à remettre à Ahmet Mulluki, le chef du clan et le candidat aux élections. Il gagna à pied le QG installé au *Diplomat*. Il n'y avait qu'une douzaine de personnes. Il gagna le box le plus proche du bar et reconnut le voyou aux cheveux ondulés. Ce dernier leva les yeux sur lui et lui adressa un sourire.

– Tout s'est bien passé ?

– *Po.* J'ai l'argent.

– *Miré.* Pose-le là.

– *Kapo*[1], fit l'Albanais, il faut que je vous parle. C'est important.

Le vieux voyou regarda ses traits crispés, son regard affolé et comprit que c'était sérieux. Il fit signe aux deux hommes assis avec lui de le laisser et invita Agron Leka à s'asseoir.

– Qu'est-ce que tu veux ? demanda-t-il. Les Monténégrins t'ont fait des propositions ?

L'autre secoua la tête.

– Non, *kapo*, j'ai besoin d'un conseil.

Ahmet Mulluki le laissa parler sans l'interrompre. Agron Leka n'en pouvait plus, les mots se bousculaient dans sa bouche. Il avouait tout, ses trahisons, sa participation au meurtre des cinq moines serbes.

Ahmet Mulluki l'écouta jusqu'au bout. Son cerveau travaillait à toute vitesse. Le ciel lui apportait un cadeau inespéré.

– Tu as eu raison de me parler ! conclut-il. Je vais te protéger. Attends là-bas.

Agron Leka alla s'asseoir dans un autre box et le chef de clan convoqua le responsable de sa protection.

– Tu vas l'emmener à la maison, ordonna-t-il, et l'installer au premier étage. Personne ne doit savoir qu'il est là. Et surtout, mets deux hommes pour le surveiller.

Lorsque Agron Leka fut parti, encadré par les deux gorilles, Ahmet Mulluki alluma une cigarette et se mit à réfléchir à qui il allait vendre son prisonnier.

*
* *

1. Chef.

Fati Serikata sortit à midi pile de la mission grecque et rejoignit la voiture de Malko. À peine à l'intérieur, elle lui tendit une feuille de papier avec une vingtaine de noms.

– Tous visas spéciaux ! annonça-t-elle.

Il glissa la liste dans sa poche et demanda :

– Où allez-vous ?

– Boutique Lazmi Latifi, boulevard Garibaldi.

Dix minutes plus tard, ils s'arrêtèrent devant une des boutiques élégantes du boulevard Garibaldi. Toute la gamme des chaussures et des bottes italiennes. Des plus grandes marques. Fati sauta à terre, laissant Malko au volant. Aussitôt, il examina la liste qu'elle lui avait remise : dix-sept noms, mais pas de Faruk Dervishi. C'était à prévoir… Déçu, il la rejoignit dans le magasin.

Fati Sarikata avait choisi de modestes bottillons et tournait entre ses mains une superbe paire de bottes vernies, avec des bouts renforcés en cuivre, des boucles partout.

– Très belles, lança-t-elle à Malko en les reposant.

– Pourquoi vous ne les prenez pas ?

La jeune Albanaise secoua la tête.

– Beaucoup cher. Sept cent soixante euros !

Malko prit les bottes et les déposa sur la caisse.

– Faites un paquet cadeau.

Avant que Fati puisse intervenir, il avait posé les billets sur la caisse. Les yeux brillants, la jeune Albanaise prit les bottes et les serra sur son cœur, jetant à la vendeuse :

– Ne les emballez pas ! Je vais les mettre !

Lorsqu'elle émergea de la boutique, elle se jeta dans les bras de Malko.

– Je suis beaucoup bonheur !

Il attendit d'être dans la voiture pour lui rappeler :

– Hier, je vous ai promis dix mille euros.

– Vous avez trouvé nom ?

– Non, reconnut Malko.

Fati secoua la tête, quand même un peu triste.

– Alors, pas dix mille euros.

– Ça dépend, dit Malko. Je peux reconnaître cet homme. Il y a des photos avec les demandes de visas ?

– Oui, sur demande et sur passeport.

– Bien, conclut Malko, cet homme a sûrement utilisé un faux passeport, mais avec *sa* photo. Si je peux voir les formulaires de demande avec les photos, je le trouverai, s'il a demandé un visa.

Fati Serikata, en admiration devant ses bottes, n'hésita pas longtemps.

– Ce soir, sept heures, dit-elle, j'apporte tous papiers.

Enfin, « Vula » répondit. Oleg Vatrouchine s'efforça de conserver un ton égal.

– J'ai essayé de vous joindre, remarqua-t-il.

– Je sais, dit l'Albanais, mais je n'étais pas ici.

– J'ai un travail pour vous.

– Bien.

– Retrouvons-nous à l'endroit habituel, demain, à l'heure habituelle.

– Pas demain ! corrigea « Vula ». Je vous rappelle. Très vite.

Le Russe en resta médusé. C'était la première fois que son agent ne lui obéissait pas sans discuter ! Il n'était pas encore revenu de sa surprise lorsque son adjoint pénétra dans son bureau, avec une liasse de coupures de presse ainsi que des comptes rendus de radio et de télévision. Tout ce qui se rapportait au crime de Pristina.

Oleg Vatrouchine se rua sur son coffre, connaissant déjà la réponse. La victime faisait partie de la liste communiquée par les Serbes… « Vula » continuait à liquider son réseau. Il se dit qu'il y avait de fortes chances qu'il ne le revoie pas.

***

— Ahmet Mulluki veut vous voir, annonça Enver Kastriot. Il vous invite à déjeuner au *Pellumbi*.

— Vous savez pourquoi ? demanda Malko.

— Non.

— Vous pensez qu'il faut y aller ? Ce n'est pas un
guet-apens ?

— Je ne crois pas, mais prenez vos « baby-sitters ».

Malko baissa les yeux sur sa Breitling. Il était déjà plus
de midi.

— Très bien, conclut-il. Je passe vous prendre dans une
demi-heure.

Chris Jones et Milton Brabeck étaient heureux comme
des épagneuls qu'on sort du chenil pour aller chasser.
Après trois jours d'inaction, ils sentaient l'odeur de la
poudre.

— On va se taper des malfaisants ? demandèrent-ils
avec gourmandise.

— C'est une possibilité ! reconnut Malko.

Chris Jones fouilla dans sa valise et lui tendit une veste
en cuir qui paraissait tout à fait normale.

— Alors, mettez votre Kevlar...

De mauvaise grâce, Malko enfila la veste mal coupée.
Se demandant ce que lui voulait ce voyou d'Ahmet
Mulluki.

Ses hommes se trouvaient devant le restaurant et lorsqu'il y pénétra, le patron moustachu et huileux se précipita vers lui.

— M. Mulluki vous attend, dit-il.

Si Malko lui avait demandé de lécher ses chaussures,
il l'aurait fait sans hésiter... Les gorilles scrutèrent la salle
sans voir rien d'inquiétant et prirent place derrière Malko.
Ahmet Mulluki lisait son journal. Il le replia, invita Malko

à s'asseoir et lui adressa un sourire froid. Sa main portait
encore les marques rouges des dents de la fourchette.

— Vous avez été très désagréable avec moi, attaqua-t-il,
mais je ne vous en veux pas.

— C'est pour que je vous fasse des excuses que vous
m'avez invité ?

Le voyou albanais accentua son sourire.

— Non. Pour parler affaires.

— C'est-à-dire ?

— Vous connaissez un certain « Vula » ? Ce n'est pas
son véritable nom. Un Albanais qui travaille pour les
Serbes.

Malko sentit son pouls s'envoler. Comment Ahmet
Mulluki connaissait-il l'existence de « Vula » ?

— Pourquoi ?

— Je connais un homme qui a participé aux crimes
commis par ce « Vula ». Dont le massacre des cinq moines
de Decani. Il est prêt à témoigner contre cet homme qu'il
connaît seulement sous le nom de « Vula ». Cependant, il
peut le reconnaître physiquement.

— Où se trouve-t-il ?

Ahmet Mulluki ne répondit pas directement.

— Un de mes frères se trouve à La Haye, dit-il, sous
l'inculpation de crimes de guerre, alors qu'il n'a fait que
punir des traîtres comme ce « Vula ». Je veux que vous
fassiez ramener mon frère au Kosovo et je vous livre ce
témoin.

CHAPITRE XXIII

Malko demeura interdit. Comment Ahmet Mulluki s'était-il emparé du témoin vital qu'il rêvait de découvrir ? Et surtout, quelle crédibilité avait cette histoire ? Cela ressemblait furieusement à une arnaque destinée à obtenir le retour de son frère. Il y avait surtout un problème énorme : Faruk Dervishi dans la nature, ce témoin ne servait à rien.

Le garçon s'était approché pour prendre la commande. Malko n'avait aucune envie de déjeuner avec Ahmet Mulluki. Ignorant le garçon, il précisa :

– Monsieur Mulluki, j'enregistre votre proposition. En ce qui concerne votre frère, je n'ai aucune influence sur le Tribunal international de La Haye. Il est évident que si vous me livrez cet homme, cela ne pourra qu'influencer favorablement son sort.

Ahmet Mulluki s'était transformé en statue de pierre. Ses petits yeux noirs brillaient comme des agates. Il se pencha par-dessus la table, avec un mauvais rictus.

– Monsieur Linge, je ne remettrai jamais cet homme à la police. Si vous n'en voulez pas, il disparaîtra. À jamais. Avec ses secrets. Ce n'est pas mon problème. Je sais ce qu'il a fait et je lui tirerai moi-même avec plaisir une balle dans la tête...

Voyant que Malko s'était levé, il ajouta, pointant le doigt vers lui :

– Je vous donne trois jours de réflexion. Après…

Il eut un geste signifiant que son otage serait exécuté. Malko ne répondit pas, ne lui serra pas la main et se dirigea vers la sortie, escorté du patron, qui affichait une désolation parfaitement simulée.

Chris et Milton couvrirent son départ, marchant à reculons. Déçus.

– On ne déjeune pas ? demanda Chris Jones. J'ai faim, ça avait l'air chouette, ce rade.

– Seulement en apparence ! assura Malko ; on va au *Tiffany*, la clientèle y est meilleure.

Désormais, tout son espoir reposait sur Fati Serikata, la secrétaire de la mission grecque. Si, grâce à elle, il mettait la main sur Faruk Dervishi, l'otage du clan Mulluki prendrait toute sa valeur. Et il était bien décidé à le récupérer, même s'il devait faire encercler la résidence des Mulluki par la KFOR.

Faruk Dervishi avait dormi comme un bébé. Les choses se présentaient plutôt bien. Le lendemain, le chef de la mission grecque serait de retour. Son expédition à Prizren n'avait pas présenté de problème Cela lui avait rappelé l'épuration ethnique de 1998, lorsqu'on nettoyait certains villages serbes. Désormais, il ne restait plus que « Sultani ». Il vivait à Pristina et était plus difficile à atteindre, mais tant que « Tushi », l'agent immobilier de Pec, serait dans la nature, cela ne servait à rien de liquider « Sultani ». Il se dit qu'en faisant parler la secrétaire, il arriverait probablement à le retrouver.

D'après Fati Serikata, le chef de la mission grecque revenait le lendemain. Il aurait donc son visa Schengen rapidement. Ensuite, il ferait une ultime tentative pour terminer son nettoyage et, quels que soient les résultats, il filerait vers l'Allemagne. Comme il n'avait rien à faire, il prit la route de Pec. Toujours pas de voiture devant l'agence de «Tushi». Il gara la sienne bien plus loin et entra.

Tranquillement, il referma la porte et demanda :

– Est-ce que votre patron est revenu ?

La secrétaire secoua la tête, désolée.

– Non. Il m'a téléphoné. Il ne revient pas encore.

Faruk Dervishi lui rendit son sourire, le regard fixé sur le décolleté profond de son pull bleu marine. Elle était un peu grasse mais appétissante. Voyant la direction de son regard, la secrétaire se détendit. Aussi ne s'alarma-t-elle pas lorsqu'il s'approcha et demanda d'un ton plus insistant :

– J'ai absolument *besoin* de lui parler. Vous avez sûrement un moyen de le joindre.

L'atmosphère avait brusquement changé. La fille mit quelques secondes à avaler sa salive et assura d'une voix tendue :

– Non, je vous assure ! Mais laissez-moi votre nom, je lui donnerai quand il appellera.

Faruk Dervishi se retourna, marcha jusqu'à la porte et la ferma à clef. Cette fois, la secrétaire sentit son cœur s'emballer. Faruk Dervishi se planta devant elle et lança d'une voix sèche :

– Tu vas me dire tout de suite où il est.

Elle demeura muette. Son patron lui avait dit où il se trouvait à Pristina, hébergé chez des amis, en lui faisant jurer de ne rien dire à *personne*.

– Je ne sais pas, je vous jure !

Faruk Dervishi se baissa imperceptiblement et lorsqu'il se redressa, il tenait dans sa main droite un long poignard dont le fourreau était fixé à son mollet, invisible sous son pantalon. Il en piqua la pointe juste sur la carotide droite de la fille.

– Si tu ne me dis pas l'adresse, je te saigne.

Elle recula, bloquée par le dossier du fauteuil, blanche comme un linge. À tâtons, elle essaya d'attraper le téléphone. Aussitôt, la pointe appuya et fit jaillir une goutte de sang. Faruk Dervishi se pencha et annonça d'une voix calme :

– Je vais te tuer, si tu ne me dis pas où il est.

Leurs regards se croisèrent et elle sentit qu'il ne bluffait pas. Ses jambes tremblaient, elle sentait le sang qui coulait de son cou sur sa poitrine.

– Chez Ahmet Mulluki, dit-elle d'une voix mal assurée. Voilà le numéro où je peux le joindre.

Faruk Dervishi relâcha la pression sur sa carotide.

– C'est bien ! dit-il.

Il nota le numéro, remit son carnet dans sa veste de toile et sourit à la secrétaire. Tout en plongeant la main dans sa sacoche de cuir. Quand elle vit le Whalter PPK, la fille poussa un hurlement, ce qui permit à Faruk Dervishi de lui tirer une balle dans la bouche. Elle s'affaissa dans son fauteuil, la tête en arrière, les yeux vitreux, le cerveau éclaté.

Faruk Dervishi referma la porte à clef et regagna sa voiture. Il attendit d'être revenu à Pristina pour appeler d'un de ses portables « *safe* » le numéro qu'elle lui avait communiqué. Une voix d'homme répondit.

– Je suis chez Ahmet Mulluki ? demanda Faruk Dervishi.

– Il n'est pas là, fit l'homme en raccrochant.

Il ne fit pas d'autre tentative. Réfugié chez le clan Mulluki, « Tushi » était hors de portée. Ce qui modifiait ses plans. Désormais, il n'avait plus qu'à récupérer son visa Schengen et à filer.

*
* *

Malko guettait depuis vingt minutes la grille de la mission grecque. Sept heures vingt. Pourvu que Fati Serikata

ne lui ait pas posé un lapin. Elle apparut enfin, un grand
sac accroché à l'épaule, chaussée de ses belles bottes vernies, et marcha rapidement vers lui. Dès qu'elle se fut his-
sée à l'intérieur du 4×4, elle lança triomphalement :

– J'ai documents !

Elle entrouvrit son sac et lui montra une liasse de passeports kosovars, accompagnés des formulaires de
demandes de visas.

– Bravo ! fit Malko.

– Il faut regarder maintenant, dit la jeune Albanaise, si
garder, très dangereux pour moi.

Son anglais était succinct, mais parfaitement
compréhensible.

Malko démarra et parcourut une centaine de mètres,
afin de ne pas rester en face de la mission grecque. Il s'arrêta en face de celle de la Hongrie.

Fati Serikata alluma une cigarette, nerveuse, tandis
qu'il commençait à éplucher les demandes de visas qui
toutes comportaient une photo.

Au sixième formulaire, son pouls s'envola. Faruk Dervishi était parfaitement reconnaissable sur la photo
d'identité. Un peu plus jeune. C'était officiellement celle
d'Hyzen Turboga, né à Radac le 1ᵉʳ juillet 1956.

Il nota toutes les indications et rendit les documents à
Fati Serikata.

– Tu viens de gagner dix mille euros, annonça-t-il. Tu
les auras demain matin.

– C'est vrai ? demanda-t-elle, extasiée.

Cela représentait pas mal de paires de bottes.

– Absolument ! confirma Malko, d'ailleurs, je pense
que je vais pouvoir te les remettre tout de suite…

Il composa le numéro de Pamela Bearden et annonça :

– Je suis en possession de l'information que nous cher-
chons. Avez-vous dix mille euros dans votre coffre ?

– Oui, bien sûr ! confirma l'Américaine.

– Eh bien, préparez-les, conseilla Malko, j'arrive. (Il

se tourna vers Fati :) Vous voulez remettre les documents
en place maintenant ?

– Oui.

– O.K., allez-y. On se retrouve ici dans un quart
d'heure. Une chose encore. Quand cet homme doit-il
venir récupérer son passeport avec le visa ?

– Il doit me téléphoner demain vers onze heures. Si le
passeport est prêt, il viendra le chercher à sept heures du
soir, ici.

– Il sera prêt ?

– Oui. M. Agion revient demain matin. Il va signer
tous les visas.

Malko bouillait d'excitation.

– C'est formidable ! dit-il. À tout à l'heure.

Dès qu'elle se fut éloignée vers la mission grecque, il
fonça vers la mission américaine. À peine s'était-il présenté devant la herse que la plaque d'acier s'escamota
dans le sol.

Pamela Bearden l'attendait en tirant sur sa cigarette
comme une folle.

– Faruk Dervishi va récupérer demain soir à sept
heures un passeport avec un visa Schengen au nom
d'Hyzen Turboga, annonça Malko.

Pamela Bearden écrasa sa cigarette dans le cendrier.
Extatique.

– *That's wonderful ! What's next*[1] *?*

– On s'empare de Faruk Dervishi, proposa Malko. On
l'amène ici et, ensuite, on récupère l'homme qui peut
témoigner contre lui. Même si on doit attaquer au canon
la demeure d'Ahmet Mulluki.

– On n'aura pas besoin. Je vous ai dit qu'il en croque
avec le « 6 ». On va faire passer le message. Je préviens
Langley.

– Attendez ! Je ne veux pas seulement Faruk Dervishi

1. C'est fantastique ! Et ensuite ?

qui danse sur une musique qu'il n'a pas écrite. Je veux celui qui a écrit la musique. Son « traitant ».

— Vous croyez qu'il parlera ? On ne peut pas le… .

Amusé par cet accès de pudeur, Malko précisa :

— Je n'ai pas envie de le torturer mais je pense qu'il préférera parler et rester aux mains de la KFOR, plutôt que d'être livré à l'UCK qui va le couper en morceaux. O.K. Ne vendons pas la peau de l'ours. Vous avez les dix mille euros ?

Elle lui tendit une enveloppe marron.

— Voilà. En billets de cent.

Fati Serikata n'arrivait pas à détacher les yeux des beaux billets verts de cent euros. Quand elle se tourna vers Malko, elle avait des larmes plein les yeux. D'une voix enrouée, elle murmura :

— *Falemderit*[1].

Avant d'enfouir les billets dans son sac. Malko démarra, descendant vers le centre.

— Vous allez oublier tout cela, dit-il, n'en parlez à personne. Quand cet homme vous appellera, vous lui direz que tout est en ordre et, demain soir, vous lui remettrez son passeport avec le visa.

— Et après ? demanda Fati Serikata d'une voix inquiète.

— Après, rien. Je vais vous déposer. Ce soir, je ne veux pas que l'on nous voie ensemble.

— Mais je vous reverrai ?

— Bien sûr ! promit-il.

Karin Steyr l'attendait au *Tiffany* pour dîner. Elle s'était sûrement faite très belle.

* *

1. Merci.

Faruk Dervishi avait le cœur battant en approchant de la mission grecque au volant de sa vieille Renault grenat. Il était en avance, mais ne voulait pas risquer de manquer Fati Serikata. Il n'avait même pas essayé à nouveau de contacter «Tushi». L'agent immobilier savait dorénavant à quoi s'en tenir. Bien sûr, en laissant deux témoins derrière lui, Faruk Dervishi prenait un risque, mais il n'avait guère le choix.

Il s'arrêta au moment où la secrétaire de Dyonisos Agion émergeait de la mission grecque. Elle se dirigea d'un pas rapide vers sa voiture et, à peine assise, lui tendit le passeport.

– Voilà. Le visa est dessus.

Faruk Dervishi le vérifia soigneusement, puis demanda :

– Il n'y a pas eu de problème ?

– Pourquoi ? Vous aviez payé.

L'Albanais empocha le passeport et proposa :

– Je vous dépose ?

– Non, merci, je vais retrouver une copine au bar *Pi*, à côté.

Déjà, elle sortait de la voiture, s'éloignant vers le bout de la rue du 24-Mai. Faruk Dervishi, un peu étonné, se dit qu'elle avait peur d'être vue avec un «client». Il repartit, passant devant la mission grecque, et cent mètres plus loin, arriva à l'embranchement de la rue Selim-Berisha qui descendait vers la ville.

Il dut freiner, un 4×4 venait vers lui, roulant à contre-sens car la rue était en sens unique. Faruk Dervishi s'arrêta et s'apprêtait à faire marche arrière, sans s'affoler car les sens uniques étaient rarement respectés. Soudain, son pouls grimpa vertigineusement, il avait distingué derrière le pare-brise un visage connu. Celui de l'agent de la CIA Malko Linge !

L'homme qui le soupçonnait.

Ce ne pouvait pas être une coïncidence. Il avait été balancé ! S'il avait tenu Fati, il lui aurait arraché les seins. Le 4×4 s'était placé en travers de la rue étroite, l'empêchant de continuer. Rageusement, il passa la marche arrière et écrasa l'accélérateur. Il n'eut pas le temps de parcourir plus de deux mètres.

Un énorme 4×4 Cadillac Escalade venait de surgir derrière lui. Il l'emboutit, défonçant l'arrière de la petite Renault, et Faruk Dervishi fut collé à son siège par la violence du choc.

Pendant quelques secondes, étourdi, il ne réagit pas, puis sa main droite plongea vers le plancher pour y récupérer le Skorpio. Il venait de le saisir lorsque les deux portières s'ouvrirent en même temps.

– *Freeze !*

Le géant aux yeux gris qui avait lancé cet ordre braquait sur lui un revolver dont le canon lui parut énorme. Un 357 Magnum. À cette distance, son crâne éclaterait comme une pomme pourrie. Faruk Dervishi tourna légèrement la tête et aperçut, de l'autre côté, un pistolet automatique, braqué sur lui par un homme qui semblait le jumeau du premier.

Il eut le temps de reconnaître les deux «baby-sitters» de l'agent de la CIA puis, de la main gauche, le numéro 2 lui arracha le Skorpio et le jeta dehors. Ensuite, une main énorme crocha dans sa veste de toile, l'extirpant du véhicule, lui et sa sacoche. Il fut littéralement porté jusqu'à l'Escalade et jeté à l'arrière, sous la menace du 357 Magnum, le numéro 2 prenant le volant. L'énorme 4×4 repoussa sur le côté ce qui restait de la vieille Renault. Cinq minutes plus tard, il s'engouffrait dans la mission américaine, dont les grilles noires se refermèrent aussitôt. Faruk Dervishi fut extrait de l'Escalade, menotté, et traîné dans un bureau où on le força à s'asseoir sur une chaise. Il n'avait pas encore récupéré lorsque Malko Linge entra à son tour.

– Je vous ai cherché longtemps, monsieur Dervishi, dit-il.

Faruk Dervishi tenta de se rebeller.

– Qu'est-ce que cela veut dire ! Je suis citoyen koso-var, membre de la KPF. Vous n'avez aucun droit de me traiter de cette façon. C'est un kidnapping.

Malko approuva.

– *C'est* un kidnapping. Mais vous n'êtes pas seulement membre de la KPF. Vous êtes « Vula », un agent du SDB depuis des années, coupable de nombreux crimes. Le der-nier étant le meurtre atroce de cinq moines orthodoxes du monastère de Decani.

– Qu'est-ce que vous racontez ! protesta l'Albanais.

– Vous connaissez un certain Agron Leka ? « Tushi » dans votre réseau. Il faisait partie de l'opération contre les moines. Il est prêt à témoigner contre vous.

Cette fois, Faruk Dervishi marqua le coup. Malko en profita pour enfoncer le clou.

– Vos amis serbes vous ont trahi. J'ai la liste des membres de votre réseau. Dont ceux que vous avez assas-sinés pour « faire le ménage ». Vous vous apprêtiez à quit-ter le Kosovo avec un visa Schengen sur un faux passeport au nom d'Hyzen Turboga.

Faruk Dervishi, accablé, demeura silencieux. C'est Malko qui rompit le silence.

– Monsieur Dervishi, vous avez le choix entre diffé-rentes possibilités. La plus agréable est de vous constituer volontairement prisonnier et de demander à être jugé par le Tribunal pénal international de La Haye. Certes, vous risquez pas mal d'années de prison, mais vous serez vivant. Si vous refusez cette solution que je préconise, je vais tout simplement vous livrer à Kadri Butka. Je pense que vous regretterez alors de ne pas être à La Haye. Seu-lement, pour bénéficier de ce « traitement de faveur », vous devrez remplir une condition.

– Laquelle ? demanda Faruk Dervishi, d'une voix étranglée.

– Je sais que ce ne sont pas les Serbes qui ont ordonné le massacre du monastère de Decani, dit Malko. Je veux le nom de celui qui vous en a donné l'ordre.

CHAPITRE XXIV

Faruk Dervishi demeura silencieux d'interminables secondes. Malko priait intérieurement. L'Albanais lui importait peu. Il pouvait être remplacé. Par contre, s'il ne coupait pas la tête du serpent, toute son enquête n'aurait pas servi à grand-chose. Il y avait encore des centaines d'agents serbes disponibles au Kosovo.

– Je ne connais pas son nom ! laissa enfin tomber l'Albanais.

– Vous vous moquez de moi !

Le Kosovar secoua la tête.

– Non, je le connais sous le pseudo de « Marimanga ». Et je sais qu'il travaille à la mission russe.

– À quoi ressemble-t-il ?

– C'est un homme d'une cinquantaine d'années, corpulent, le visage rond, brun. Il est toujours bien habillé. Il porte une très grosse montre squelette au poignet.

Malko contenait sa joie Ainsi, les Serbes ne lui avaient pas menti ! Ils avaient cédé ou vendu leur réseau d'agents au Kosovo aux Russes. Le vrai nom du « traitant » de Faruk Dervishi importait peu. Le problème était de s'en débarrasser. S'il se savait découvert, il repartirait pour Moscou et, grâce à l'immunité diplomatique, rien ne pourrait lui arriver. Un autre le remplacerait.

– Bien, conclut Malko, il nous faut vérifier cette information. En attendant, vous restez ici.

Laissant Faruk Dervishi sous la garde de Chris Jones et de Milton Brabeck, il gagna le bureau de Pamela Bearden.

– Ce sont les Russes ! annonça Malko.

Pamela Bearden écouta le récit de Malko avec attention, mais, alors qu'il s'attendait à une explosion de joie, il la sentit très réticente.

– Peut-on croire Faruk Dervishi, lorsqu'il implique un agent du FSB ? demanda-t-elle.

– Il n'y a qu'une seule façon de le savoir, rétorqua Malko. Arranger un contact entre Dervishi et son « traitant », de façon à vérifier s'il dit la vérité.

– Oui, en effet, admit l'Américaine. Mais vous ne pensez pas que ce serait plus normal de livrer cet homme à la KPF ?

Malko sentit la moutarde lui monter au nez.

– Il sera en liberté dans quarante-huit heures. Jamais il n'avouera et les Kosovars voudront le protéger, quitte à le liquider plus tard.

– Je n'aime pas beaucoup ces méthodes, reconnut Pamela Bearden. Nous sommes dans l'illégalité la plus totale. Vous avez kidnappé cet homme et il se trouve retenu dans un bâtiment officiel américain. Je vais être obligée d'en avertir le chef de mission. Vous avez magnifiquement réussi, mais je me demande s'il ne vaudrait pas mieux s'arrêter là et remettre Faruk Dervishi aux autorités compétentes.

Malko répliqua sèchement :

– Donc, vous ne voulez pas savoir *qui* veut mettre ce pays à feu et à sang. Faruk Dervishi n'est qu'un exécutant.

La responsable de la CIA au Kosovo alluma une cigarette, embarrassée.

– O.K., dit-elle finalement. Je vais aviser Langley et nous ferons ce qu'ils diront.

Malko émergea du bureau de l'Américaine, ivre de fureur. Celle-ci illustrait parfaitement le surnom de la CIA : CYA [1]. Pamela Bearden, qui avait sans doute réfléchi, le rattrapa dans le couloir.

— Je vais demander au «6» d'intervenir auprès d'Ahmet Mulluki, afin que ce témoin puisse faire une déposition impliquant Faruk Dervishi. Si nous devons le livrer aux autorités, cela rendra le dossier plus solide. Mais il ne faut pas que cette affaire traîne. Si ce kidnapping revient aux oreilles de certaines personnes, je le paierai très cher.

Malko la foudroya du regard.

— Vous vous apprêtez à livrer le Kosovo à des clans mafieux et vous vous souciez d'une arrestation illégale, même si elle est amplement justifiée… Guantanamo *aussi* est illégal, aux yeux du monde entier.

Pamela Bearden resta muette comme une carpe. En partant, Malko lui lança sa flèche de Parthe :

— Essayez de vérifier quand même si le signalement donné par Faruk Dervishi correspond à un membre de la mission russe. Même si vous ne souhaitez pas utiliser cette information.

Malko était encore sous le coup de la fureur de la veille lorsqu'il pénétra dans le bureau de Pamela Bearden. Il savait que, grâce au décalage horaire, celle-ci avait eu amplement le temps de consulter Langley.

L'Américaine arborait un sourire radieux !

— *Well done* [2] ! lança-t-elle. Langley a donné le feu vert pour organiser – si c'est possible – une confrontation entre Faruk Dervishi et son «traitant», quel qu'il soit.

---

1. *Cover your ass* : ouvrez le parapluie.
2. Bien joué !

D'autre part, le « 6 » m'a promis de tordre le bras à Ahmet Mulluki pour qu'il nous remette son témoin clef.

Rien que des bonnes nouvelles... Malko s'assit, un peu calmé.

— Bien, dit-il. Supposons que son « traitant » soit un Russe. Que fait-on ?

Pamela Bearden secoua la tête.

— Rien, dit-elle.

— Comment, rien ?

L'Américaine alluma une cigarette pour affronter le regard glacial de Malko.

— Il faut d'adord l'identifier, argumenta-t-elle. Le *rezident* du FSB à Pristina correspond effectivement au signalement donné par Faruk Dervishi. Il se nomme Oleg Vatrouchine. L'idée de Langley est donc d'obtenir une confession détaillée de Faruk Dervishi, avec reconnaissance sur photo de son « traitant », et d'élever une protestation officielle, mais secrète auprès des autorités russes.

— Les Russes vont se tordre de rire ! laissa tomber Malko. Les protestations platoniques, ils s'assoient dessus.

— Peut-être, reconnut Pamela Bearden, mais ils sauront que nous possédons des preuves de leur implication dans ce crime abominable et que nous pouvons les rendre publiques...

De nouveau, Malko bouillait.

— *Quid* de Faruk Dervishi ?

— Sa confession obtenue, nous le remettrons aux autorités du Kosovo.

— Qui le relâcheront très vite...

L'Américaine eut un geste désabusé.

— Je comprends votre frustration, mais ce sont les ordres de Langley.

— Donc, au pire, Oleg Vatrouchine sera rappelé à Moscou.

– C'est probable, concéda-t-elle.

Malko resta silencieux un long moment. Il se retenait très fort pour ne pas partir en claquant la porte. Puis, une autre idée germa dans son cerveau et il se força à sourire.

– Très bien, je vais tenter d'organiser cette confrontation.

Soulagée par son apparente compréhension, Pamela Bearden ajouta, sur le ton de la confidence :

– En dehors des freins politiques, il y a aussi la tradition ! Entre Grands Services, il y a des choses qui ne se font pas.

– Je comprends, admit Malko. On va respecter la tradition. En attendant, je vais voir Faruk Dervishi.

Le policier kosovar semblait avoir vieilli de dix ans en une nuit.

– Enlevez-lui les menottes, demanda Malko à Chris Jones.

Pendant qu'il se frottait les poignets, l'air absent, Malko annonça :

– Monsieur Dervishi, les responsables d'ici sont d'accord pour ne pas vous livrer aux autorités kosovares, mais directement au tribunal de La Haye. Vous allez donc sauver votre peau. Il y a évidemment une condition. Je veux savoir de façon certaine qui est votre « traitant ». Et pour cela, il n'y a qu'une méthode…

Oleg Vatrouchine sursauta en reconnaissant la voix de « Vula ». Cela faisait quatre jours qu'il n'avait aucune nouvelle de lui et, en réalité, il n'en attendait plus. Il avait déjà rédigé son rapport pour Moscou, relatant la liquidation de son réseau et demandant des instructions.

– Il faut que je vous voie, annonça « Vula ». Aujourd'hui.

– Où ?

– Comme la dernière fois, dit le Kosovar. À quatre heures. C'est très important, ajouta-t-il avant de couper la communication.

L'agent du FSB réfléchit quelques secondes : c'était une offre qu'il ne pouvait pas refuser. Il fallait simplement prendre certaines précautions.

Le parc Germaya était désert, en cette fin d'après-midi, et les terrasses des restaurants vides. Bien que le soleil brille encore, le fond de l'air était frais.

Oleg Vatrouchine avait garé son 4×4 au pied du restaurant *Villa Lira*. Après avoir traîné un peu, il s'engagea dans un des sentiers s'enfonçant dans les bois, à flanc de colline. Trois cents mètres plus loin, il aperçut « Vula », assis sur un banc, en train de fumer une cigarette. Le Russe s'approcha sans qu'il se lève. Il apostropha le Kosovar.

– Qu'est-ce qui se passe ? Pourquoi n'êtes-vous pas venu aux autres rendez-vous ?

– Je n'en voyais pas l'utilité, répliqua « Vula » d'un ton calme.

Le Russe se raidit.

– Vous ne voulez plus obéir aux ordres ?

« Vula » eut un léger haussement d'épaules.

– Je ne veux plus travailler pour vous ni pour personne. Je vais quitter le Kosovo.

– C'est pour cela que vous avez liquidé votre réseau ?

– Ils représentaient pour moi un risque de sécurité, dit « Vula ».

Oleg Vatrouchine ne broncha pas. De la main gauche, il égrenait son chapelet d'ambre.

– *Dobre*, fit-il, je pense que vous ne reviendrez pas sur votre décision.

– C'est exact.

– *Dobre*, répéta-t-il. Dans ce cas, nous ne nous reverrons pas.

Faruk Dervishi se leva de son banc et, passant devant le Russe, commença à descendre le sentier. Oleg Vatrouchine le suivit, de son habituel pas lent, se dandinant un peu comme un ours, tout en faisant glisser les boules d'ambre de son chapelet entre ses doigts.

Ils parcoururent ainsi une centaine de mètres, puis le Russe héla Faruk Dervishi.

– « Vula » !

Machinalement, l'Albanais se retourna, le regard interrogateur. Oleg Vatrouchine s'était arrêté, lui aussi.

Boris Baïkal avait été formé dans les Spetnatz[1] et n'avait rejoint le FSB qu'après une blessure reçue en Tchétchénie qui lui interdisait le service actif. Il avait été ravi d'être affecté hors de Russie, ce qui doublait sa solde. En plus, dans un endroit peu dangereux Il assurait la protection rapprochée d'Oleg Vatrouchine, le numéro un du FSB au Kosovo. Un travail de routine, mais pas désagréable.

Sauf exception.

Ce jour-là, il avait gagné le parc Germaya dans son propre véhicule immatriculé à Pristina, un peu avant Oleg Vatrouchine, et s'était enfoncé dans les bois, son sac de sport à la main, avant de prendre position à l'endroit indiqué par son chef. Là, il avait sorti de son sac de sport un fusil Dragonov équipé d'une lunette et d'un silencieux, et avait assemblé son arme de sniper dans les Spetnatz.

1. Commandos des forces spéciales russes.

Ensuite, il avait attendu, voyant d'abord passer « Vula »,
puis Oleg Vatrouchine. Maintenant, les deux hommes
redescendaient vers le terre-plein où se trouvaient les restaurants. Il suivait dans sa lunette la silhouette de
l'homme qui lui avait été désigné. Pour plus de sécurité,
il ne devait tirer que lorsqu'il s'arrêterait. Il aurait pu tirer
même lorsqu'il marchait sans risque de le rater, mais
Boris Baïkal était un soldat discipliné. Il appuya sur la
détente quelques secondes après que sa cible se fut retour-
née. Dès qu'il le vit s'effondrer, il se leva, démonta le
Dragonov qu'il remit dans son sac de sport et se hâta de
s'éloigner.

Avec cette arme, une seule balle suffisait. Des projectiles spéciaux qui se fragmentaient à l'impact. Il ne devait
rien rester de sa cible.

Oleg Vatrouchine contempla quelques secondes le
cadavre de « Vula ». Son voyage se terminait là. Il avait
reçu l'ordre du Centre de l'éliminer. C'était trop dangereux de laisser un homme avec un tel secret disparaître
dans la nature. Et comme on disait en Russie : « Pas
d'homme, pas de problème ».

Par acquit de conscience, il le fouilla rapidement, sans
rien trouver. L'odeur fade du sang faillit lui provoquer
une nausée. Il n'aimait pas la violence directe. Il se
redressa, sa fouille terminée, et recommença à descendre
le sentier.

Il n'avait pas parcouru cinquante mètres qu'un homme
surgit du sous-bois, devant lui, et s'immobilisa au milieu
du sentier, comme s'il l'attendait.

Oleg Vatrouchine sentit son pouls grimper très vite.
Quelques années de FSB lui avaient donné un sixième
sens. Cette apparition ne lui disait rien qui vaille. D'au-

tant que Boris Baïkal devait déjà rouler vers la sortie du
parc et que lui-même n'était pas armé.

Il arriva à la hauteur de l'inconnu et dut s'arrêter. Son
visage ne lui disait absolument rien.

— *Gospodine* Vatrouchine ? demanda l'inconnu.

— *Da.* Qui êtes-vous ?

— Je pense que mon nom ne vous dira rien, fit Malko.
Je suis le prince Malko Linge et je travaille pour un Service homologue au vôtre.

Le Russe esquissa un léger sourire, rassuré par le ton
calme de son interlocuteur.

— Si, si ! J'ai entendu parler de vous. À différentes
occasions.

— C'est moi qui ai amené votre agent « Vula » ici,
continua Malko.

— Pourquoi ?

— Je voulais vous rencontrer.

Oleg Vatrouchine sentit son estomac se contracter
légèrement.

— Vous auriez pu le faire à la Mission. Je vous y aurais
reçu volontiers.

— J'en suis certain, acquiesça Malko. Mais je n'aurais
pas été aussi libre qu'ici.

— Que voulez-vous dire ?

Il avait arrêté de jouer avec les boules d'ambre et son
cœur cognait contre ses côtes.

— *Gospodine* Vatrouchine, enchaîna Malko, c'est vous
qui avez donné l'ordre à votre agent « Vula », Faruk
Dervishi, d'exterminer les cinq moines du monastère de
Decani.

Comme le Russe demeurait silencieux, Malko continua :

— Je n'ai pas besoin de votre confirmation, Faruk
Dervishi a tout raconté.

Toujours pas de réponse. Malko écarta les pans de sa
veste, afin que son interlocuteur puisse apercevoir la

crosse du Glock glissé dans sa ceinture. Oleg Vatrouchine pâlit légèrement et dit d'une voix mal assurée :

– Que voulez-vous faire ?

Malko eut un sourire froid.

– Vous ne vous en doutez pas ?

Il avait posé la main sur la crosse du Glock et le sortait lentement de sa ceinture. Cette fois, le Russe dut faire un prodigieux effort de volonté pour ne pas perdre son sang-froid.

– Vous êtes fou ! lâcha-t-il d'une voix étranglée. Vous savez très bien que j'obéis aux ordres de ma Centrale. Comme vous.

– Je sais, reconnut Malko. Moi aussi, j'ai reçu des instructions vous concernant.

– Lesquelles ? demanda Oleg Vatrouchine.

– De ne vous faire aucun mal ! Nous appartenons tous les deux à un Grand Service. Ce sont des choses qui ne se font pas.

Les traits du Russe se détendirent d'un coup.

– C'est vrai, reconnut-il avec un demi-sourire, il faut se respecter. Votre Centrale a parfaitement raison.

– C'est vrai, confirma Malko, c'est la tradition. Seulement, aujourd'hui, je n'ai pas envie de suivre la tradition…

– Mais votre Centrale vous a dit…

– De vous épargner, termina Malko. Mais je vais désobéir.

Oleg Vatrouchine avait la bouche ouverte pour lui répondre quand il lui tira une balle en plein visage.

Désormais
vous pouvez commander
sur le Net:

SAS

BRIGADE MONDAINE — L'EXECUTEUR

POLICE DES MOEURS

HANK LE MERCENAIRE

BLADE — L'IMPLACABLE

LES NOUVEAUX EROTIQUES

LE CERCLE POCHE

EN TAPANT
WWW.EDITIONSGDV.COM

DÉJANTÉ
HILARANT
ÉNORME

prix france TTC : 6 €

LE SAN-ANTONIO
DE L'ESPIONNAGE

parution : JANVIER 2008

Achevé d'imprimer sur les presses de

BUSSIÈRE
GROUPE CPI

à Saint-Amand-Montrond (Cher)
en décembre 2007

Mise en pages : Bussière

ÉDITIONS GÉRARD DE VILLIERS
14, rue Léonce Reynaud - 75116 Paris
Tél. : 01-40-70-95-57

— N° d'imp. 71958-073943/1. —
Dépôt légal : janvier 2008.
Imprimé en France